青山哲语

屠锡淙◎著

文化发展出版社
Cultural Development Press
·北京·

图书在版编目（CIP）数据

青山哲语 / 屠锡淙著. — 北京 : 文化发展出版社, 2023.10

ISBN 978-7-5142-4122-8

Ⅰ. ①青… Ⅱ. ①屠… Ⅲ. ①散文集－中国－当代 Ⅳ. ①I267

中国国家版本馆CIP数据核字（2023）第207525号

青山哲语

屠锡淙　著

出 版 人：宋　娜
责任编辑：周　蕾
责任印刷：邓辉明　　　　装帧设计：书道闻香
责任校对：侯　娜　　　　特约编辑：黄　双　鲍英智
出版发行：文化发展出版社（北京市翠微路2号　邮编：100036）
网　　址：www.wenhuafazhan.com
经　　销：全国新华书店
印　　刷：杭州万星印务有限公司

开　　本：710mm×1000mm　1 / 16
字　　数：247千字
印　　张：27
版　　次：2023年12月第1版
印　　次：2023年12月第1次印刷

定　　价：68.00元
I S B N：978-7-5142-4122-8

◆如有印装质量问题，请电话联系：13121110935

前言

人生的美丽来自简单而真实生活中的点点滴滴，简单而真实的品格就是人类的永恒之美。浅水是喧哗的，深水是沉默的。

这个世界，人人都在努力奋斗、冲刺，希望冲出各种阻碍，走向人生巅峰。殊不知人这一辈子，活着是在扮演着三个角色——亲人、朋友、自己，每天在这三个角色中转换。但是，每个人的思想和抱负还是会有所限制的，既然成不了教科书式的人物，或者达不到人生巅峰，那就做一个无愧于心的普通人，还是有机会的。如果你一定要逼着自己活成他人眼里的绝对优秀者，那也不能忘了自己的使命——三个角色的转换。否则，你一次次的忍受或妥协，也始终不能达到令所有人认可的局面。

人性是复杂的，即使在湍急的河流里也不会因为一支小溪水流的注入而变得平静。古今中外多少成功的伟人也没有活成众人眼中的佼佼者。

亲人、朋友都只是人生中的分支，他们为你装点生活的色彩，为你呐喊，但决定不了你的全部，关键还在于我们自己的把握。亲情、爱情、友情，有时候牺牲一点自己的幸福，奉献别人，也是一种伟大。

一个人如何把握自己的命运，要比关注别人的命运更为重要。舒畅的心情是自己创造和给予的，不要天真地去奢望别人的赏赐和乞求。人生短暂，但快乐总是在智慧的阳光下到来，带给你更多的自信。不要抱怨伯乐在哪里，你哪天足够优秀了，是金子自然会发光，伯乐也就自然发现你了。

人生是一个进与退的过程。你若做到了进退有度，就能有效处理好自己的一生。其实进与退并不等于成功与失败，有时候退是为了更好地进。进与退皆是战术，并非战略。这个世界，没有绝对“应该”两个字，任何理想都要靠自己去创造，随时保持清醒的头脑，认清自己，要明白自己的渺小，因为你其实并没有想象中的那么伟大。每个人都只是群体中的一分子，羡慕嫉妒恨，只是在自掘坟墓。人若是看透了自己，就不会小看别人。你离开了，明天的太阳照样会升起。要知道别人光鲜的背后也有很多不为人知的痛苦。因此，要默默地为他们祝福，方显你的气度。

人生之路，冥冥中自有因果轮回，永远怀着一颗善良的心，持续做自己认为正确的事，做一个简单的人，用你最强的磁场，去感召同磁场的人。没有夕阳西下，何来旭日东升?

我的青春七十岁才爆发，我不完美，但我真诚。人生的区别，是因思想的不同而不同，所有的横空出世，都是一场厚积薄发。希望在有限的生命中实现无限的人生价值。谁共我？醉明月。

作者花了一年的时间，延伸了第一部《丁洋微语》的思想，进一步对人生哲学进行解读，对人生真谛有一个更深的阐述：生命的真谛在于不断的渴求和顽强的斗志，在面对困难时席卷的落魄，不会是永远趴下而起不

来，唯有静心修炼、努力学习、蓄势待发；生活的真谛在于创新，生活的理想在于远大，生活的艺术在于选择，生活的步伐在于踏实，生活的乐趣在于追求。

作者发挥了自己独特的思维方式，为广大读者开辟了一方心灵乐园，对人生有更深层次的解读和启迪。鼓励读者在未来的人生道路中爱得博大深沉，活得充满激情，充满信心去追求梦想。希望本书能帮助你找到人生方向，成为你的良师益友。哲理在你心中，路就在你的脚下。

谨以此书对话读者。书中所言如有不当之处，请予指正。

目录

001
哲思篇

085
管理篇

115
教育篇

171
人生篇

253
成长篇

331
社会篇

哲思篇

【挫折不是失败】

人生有时阳光明媚，有时狂风骤雨，可见世上并没有什么常胜将军。然而昔日姜子牙却说自己："袖中乾坤大，壶里日月长。"何等的气魄！也许是想告诉世人面对挫折与失败，我们需要做的是努力去争取，而不是怨天尤人，战胜困难才能够变强大。人生，拿得起，是一种勇气与智慧；放得下，是一种胸怀与豁达。比天空更大，比海洋更宽广的是人的胸怀，凡成就大事的人必然有宽广的胸怀。宽容是一种美德，更是一种智慧。然姜子牙做到了，他直钩钓鱼，扶周灭商，他成功了。他的思维能在几千年前就把宇宙装进自己的壶里和袖中。当然，再坚强的人也有脆弱的一面，心灵是灵魂的窗口，扔掉一些负能量，留下更多的空间去接受爱与阳光。生命无常，别把挫折当作失败。世界上没有人能随随便便成功，伟大的人之所以被人尊重，就是他们从来不把挫折当借口，只有沉淀，勇敢向前。否则，你永远都只能是一个弱者。

***　***　***　***　***

【怎样看一个人的真实面】

生活中，难免要与外界接触，少不了社交活动。但是这个世界，每个人都会戴着面具，不轻易表露本性。所以，想真正了解一个人，不能只看平常的表现，而是要看在极端情况下的反应。这时候的反应，才更接近一个人的本性。在面对利益和威胁的时候，也更能真正看出一个人的操守。当别人都筋疲力尽、饥饿疲乏的时候，你还能保持精力旺盛的状态，才是真正有毅力的人。所以，观察一个人的度量，要看他在喜怒哀乐时的行为表现。世界多变，更有许多的诱惑，在面对这些纷纷扰扰时，一个人的内在修养就会体现得淋漓尽致。而缺乏修养的人，很容易被外在的纷扰影响，经不住诱惑，从此沉沦，或者走向灭亡。当然，看一个人的修养和能力，在此时的反应才是最真实的，才能体现出你的应变能力。从容不迫地处理问题，表现出独当一面的魄力和能力，天生就是领袖模式。所以，观修养当在纷扰上；看镇定宜在震惊时。

*** *** *** *** ***

【一览众山小的胸怀】

动物的价值。狐狸的价值在于皮值钱；牛的价值在于肉还有皮值钱；而人的价值在于骨头。虚心的人用文凭来鞭策自己；心虚的人用文凭来炫耀自己，这就是人骨头的区别，也就是价值的区别。虚荣促使人们装扮成不是我们本来的面目，以赢得别人的赞美；虚伪鼓动我们把自己的罪恶用美德的外衣掩盖起来，其实都是企图避免社会的责难，亵渎人类的价值。这个世界不是有钱人的世界，也不是无钱人的世界，它是有心人的世界。一个人的成就在于：大事难事看担当；顺境逆境看胸襟；喜怒哀乐看涵养；得失从容看智慧；成败得失看坚持，全在于你的气度凡与不凡。所以，能够看淡世事沧桑，你的内心就会无比坦荡，会有一览众山小的胸怀。

【只有与众不同，才能出类拔萃】

人人都渴望成功，实现梦想，但是最后真正能实现自己的目标者往往只有少数人。很多人虽然有勤奋的努力和对目标的赤诚，但由于对自己的人生目标缺乏规划和设计，更没有管理意识，只是认为自己已经付出了很多，可收获却很是有限。于是，只有情绪的扩张而缺乏对自己处境的评估，更没有适者生存，对优胜劣汰自然法则的认知。须知一个人成功的背后，无论受了多少的苦难和打击，仍然要始终不懈地努力，还要微笑着面对生活的辛酸，在克服困难的过程中砥砺自我，不断超越。这是需要强大的心理素质和牢不可破的信念来支撑的。一个人要想改变自己这种朦胧而毫无建树的局面，首先要静下心来，切勿浮躁，专心去研究成功者背后的历史，找到正确的思维方式，树立自信心。在别

人怀疑你的时候仍然坚持;在自己怀疑自己的时候找到力量,要做人群中最优秀的人,每一天都在创造自己的历史。真理有时掌握在少数人手里,要走出自己的路,应当选择别人还没走的路,去做那些别人做不好的事,只有与众不同才能出类拔萃。

*** *** *** *** ***

【认识到别人都比自己聪明,才是最聪明的人】

不要给自己制定过高的目标,也不要太高估自己的能力,压力是一种动力,但当压力超出了自己能力承受的范围,你就会被压垮。万物都有它的轨迹,各自运行,各就各位,很多东西你无法改变,要做的就是遵守自然规律,敬畏客观规律。芸芸众生,到了最后你不得不承认,除了改变自己,这个世界,你什么都改变不了。从小到大,你曾被寄予厚望,很多时候,盲目地按别人的期待活着。但无论你多么尽心尽力,总是跟他们对你的期待有距离,怎么想都想不明白。很难让所有人都喜欢你,其实你自己喜欢了,所有人也都喜欢了,只看你的实力是否足够。所以,凡事都要面对,能够认识到别人都比自己聪明,此时,你可能已经超越了别人,已经是最聪明的人了。因为人生太复杂,所以要在复杂中活得简单;因为人生多苦难,所以要在苦难中活得快乐;因为人生有太多的禁锢,所以要在禁锢中活得洒脱。人生除了生和死,过程皆由你选择,心简单了,这个世界就简单了,追求幸福也就简单了。

*** *** *** *** ***

【强大从认清自己开始】

人越是有清醒的认知，越能铸就高层次的人生。在现实生活中，人与人之间的差距，其实就是从一生的认知过程中拉开的。越清醒越能透过眼前的虚华看清现实，能区分遇到的事情孰轻孰重，看懂人性，看清世界。一个真正清醒的人，明白了这个道理后，才不愿意把时间浪费在谈论是非之上，而是集中精力做自己该做的事情。人生成就不是由起跑线决定的，而是在过程中学习的持续。人生道路的奔跑，不在于瞬间的爆发，而在于途中的坚韧和坚持。限制人们发展的也不是智商和学历，而是你对世界的认知，追求思想的突破。每个人都想活出光彩的人生，让自己顷刻变强。殊不知在变强的过程中，首先要认清自己，一个人的强大皆从认清自己开始。只有尽快尽早地提升自己的认知，才能进一步了解世界有多大，自己在这个世界所占的比例有多少。

*** *** *** *** ***

【自律】

在这个快节奏的时代，事情多，静态少，只有浮躁。可是解决一连串的问题，首先是要静下心来，浮躁解决不了任何问题，因此先要做到自律。但是自律并不是立竿见影的，而是细水长流的。人生所谓的好运，都来自平常的点滴积累，并非一蹴而就。如果你把工作当作一种乐趣，你的生活就是天堂；如果你视工作为一种义务，那么，你的人生就是地狱。世上没有一份工作不辛苦，但你要学会调整自我，端正心态。一个人对待工作的态度，决定了你生活的高度。把工作当作修行，用心经营，才能收获成果。人生就是一场赛跑，到了中年，赛程已经过半，而自律就是为了让你继续跑完剩下的路程。自律就是对自己渴望什么，想得到什么的无形限制，能够避开繁华的诱惑，扫清途中的障碍，积极进取，走向巅峰。

***　***　***　***　***

【富养自己】

人到中年，才知人情冷暖，世态炎凉，渐渐明白人生最大的依靠，原来是自己。因为没有任何人会成为你的避风港湾，唯有自己才是最后的避难所，因此，要富养自己。但是，要走好、走完这下半程路，无论何时何地，仍需努力奋斗，悄悄播种，静待收成。世界上最难的事情，不是买彩票中奖那样简单，而是日复一日地坚持一些见效极慢、执行极苦的优良习惯。别人知难而退，而你却在默默地坚持，这就是成功的开始。然而，懒惰享乐是人之天性，与天性较劲，往往会让人痛苦不堪，而懂得富养自己的人，正是通过这种与天性较劲的自律，赢得更广阔的人生。然生而为人最大的责任，就是成为自己命运的掌舵者，任何人都取代不了。因此，无论处于什么阶段，不满足永远都是向上的动力。当然，不满足，并非贪得无厌、索取无度，而是孜孜以求，行以致远。富养自己不是让你享乐腐化，而是承担别人不能承担的，自然就能得到别人想要而得不到的。

***　***　***　***　***

【内心返璞归真】

贵气，即贵族之气质，也是一个人的静气，真正能成大事者，大多具备这种品质。世上只有一样东西始终能经受住生活的冲击，那就是有一颗静气的心。心静，精神自然通透明亮，意念就会辽阔久远，思想就会高度清明。无欲时的生命是安静的，越安静，格局越大。《老子》有云："致虚极，守静笃。"越是浮躁的社会，越是要让自己的心静下来，养自己的静气，长自己的贵气。越是喧嚣的人，越是没有格局。一个人，只有在绝对静心的时候，才可以找到自己的初衷，追溯自己的目标，唤醒自己，面对现实，忘记过去的不堪，让自己的心灵变得强大起来，扛起今天的苦难和责任。当你心中有希望，就不怕苦难，格局也就在承受和希望中慢慢变大。当你静下心来，明白了自己的人生价值，生命和格局也自然得到升华。安静是一种内心自然的沉淀，随着时间的磨炼，内心逐渐返璞归真，生命逐渐摆脱浮躁而取得安静。真正的智者，都懂得适时地沉默，修炼静心，把风度和高雅刻进骨子里。在喧嚣的红尘中，心平气和，既然少有净土，就当修身养性。

*** *** *** *** ***

【战胜自己】

平庸的人生，多半是脱离不了思想的腐朽和糜烂的精神状态。这个世界，若想自己不俗，就得不断地为自己加码人生目标，逼迫自己努力奋斗，不惧任何困难，不怕任何阻碍，或许更能从中感受到幸运与机会的垂青，充满激情。人要是平庸，那一定是不求进取的，因为骨子里的认知太肤浅、太单薄，而自己还自满骄傲，可别人却一眼就看穿了你的所有，没有任何神秘与惊艳，而自己还沾沾自喜，已是平庸到家了。而具备卓越品质的人，善于反思与内省，总能自觉调整与改变；抓住机遇，努力学习，聚集力量，更好地运用机遇所带来的发展趋势；善于创新革新，努力提升思维的敏锐度，不断地推进直至巅峰。一个有心要及早摆脱平庸的人，都是在成长过程中准备目标，或者有着极高的诉求，积累和沉淀，拥有内心的基本平衡与清晰，不需要外界的补充，也能到达彼岸。一个真正内心强大的人，都是及早摆脱平庸，不是战胜别人，而是战胜自己。

【大象的重量】

生活不能控制过去，也不能控制未来，能够控制的只是当下的心念、语言和行为。从医学理论上来说，人的生命其实只能活在当下，其他的都是头脑里的幻境。所以，过去和未来都不存在，只有当下此刻才是真实的。一个人如果总是回忆过去，就会被内疚和后悔套牢在想改变的旧现实中无法解脱。然而，如果人总是担心未来，则会把人不想发生的事情吸引进现实中来。因此，只有专注调整好当下的思想、语言和行为，命运才会在不知不觉中向好的方向发展。但是，人生在达到目标前80%的时间和努力，只能获得20%的成果，这是个非常重要的定律，人们往往在追求目标的时候，由于久久不能见到明显的成果，于是失去信心而放弃。而人生命运的修造是比较漫长的事，需要有足够的耐性。不要预期前80%的努力就要有很大的收获，只要不放弃，最后20%的努力可能会有80%的收获。人生须知施比受更重要，施的本质就是很大的福祉，无须从受者身上获得回报，试想送一条丝巾给大象头上扎起来，然后称称大象的重量增加多少。

【笨拙的智慧——厚道】

在这个快节奏的社会，人们的精力大都会耗在内卷上，从而疏忽了一个最重要的指导思想——做人要厚道。厚道者，品格也！《周易》有云："地势坤，君子以厚德载物。"清华大学的门楼上也大书"厚德载物"四个字，以宣学子。当然，说起来容易做起来难。但是，生活中往往同一件事情会有两种截然不同的结果，追溯下来乃是厚道与不厚道的区别，因此，其结果的受益也就不一样了。厚道的核心是真，狡猾的核心是假。真，是为人之根本，也是一个人最重要的底牌。《庄子》云："真者，精诚之至也，不精不诚，不能动人。"其实厚道者并非懦弱、无能，更不是愚蠢，而是有着常人所不能及的大智慧以及高瞻远瞩。目光深邃，目标远大，最终的收获一定远超急功近利的不厚道者。厚道，看似一种笨拙的智慧，其实更是一种深藏的远见。现在，茶余饭后时髦的话题都说情商，没有人会提厚道了。能代表情商的词语有很多：聪明、机智、人缘、圆滑、体贴，懂得照顾人，等等，而厚道才是一个人的顶级情商。生活和生命需要厚道，看似吃亏让步，实则是为自己涨粉。厚道者实乃得道也！得道多助，失道寡助。拥有了厚道，才能积累人缘，充满人气，引发八方相助。厚道之人攒的是人品，还能为下一代造福。

***　***　***　***　***

【聪明与靠谱的区别】

这个世界，聪明人很多，但是，聪明人的结局，往往多是聪明反被聪明误。于是，靠谱，才是一个人最全面、最值得信任的才华。其实，靠谱这个词语出自清朝同治年间，距今一百多年之久，并非现代创造。过去，只是以为聪明才是最好的表达方式，20世纪80年代，改革开放推动了经济发展，也开拓了人们的文化视野，世人发现仅仅聪明是不够的，不如靠谱全面，而且更有高度。一个人即使再有才华，但如果给人留下了不靠谱的印象，那么，领导或别人也是不敢轻易把重要的事情交给你的。反之，一个人即使才华不够突出，但如果能够做到处事件件有着落，那么，也是能够获得他人信任的。靠谱的核心价值观，就是把领导交给的任务或者别人的事情当成自己的事情来对待，做到绝对完成。《孟子》云："敬人者，人恒敬之。"生活告诉我们，对他人的事情上心、尽心，便是在尊重别人，也赢得了别人的尊重，同时表现了突出的品质。在现实生活中，一万句夸夸其谈，不如一个踏实可靠的行动。反之，贪了人世的便宜，就会吃天道的亏。这是天道酬勤的法则，也是聪明与靠谱的区别。

***　***　***　***　***

【变化与智慧】

一个人遇事的第一反应，就体现出你的定力和见识，然而遇事最有效的处理方式，就是冷静、变通和释怀。因此，面对困境，冷静理智，才会有效防止我们因冲动而贸然行动，从而导致失败。陆游诗为什么既浅近又经典："山重水复疑无路，柳暗花明又一村。"前方本无路，走过去就成了路；路本有尽，转了弯就无尽了。自然界的植物也懂得转弯而生存，人类懂得转弯也是成功变通的一种方法。人生懂得转弯，是一种接受变化的智慧，为成功创造条件。我们改变不了环境，但是可以改变自己；改变不了过去，但是可以改变现在。人生最大的幸运，不是永远陶醉在一帆风顺中，而是要掌握不断变通、转变的生存之道。所以，明智的人努力使自己适应世界，而耍小聪明的人只会坚持让世界适应自己。真正的强大不是忘记，而是接受。

***　***　***　***　***

【要先付出爱】

幸福的核心是富足，除金钱、财富之外，还有精神富足。金钱只是其中的一种，你所有的需求都可以轻松实现的体验，以及所有的渴望都自然地被满足，而想要实现和满足的途径，就是人类能够在生命的每一刻都感受到愉悦、健康、富足和活力，此时就是我们幸福的感觉。其实人生当中，并不存在匮乏和不足，因为我们的富足与生俱来，只是种种因素导致了我们内在产生了匮乏和无助，就像有的人虽然拥有财富，但内心却很空虚。所以，我们要静下心来，去看待你遭遇的每一个困难、每一个挑战，去寻找这中间蕴含的本质和契机，把自己置于富足的空间中，那么，你需要的东西就会在你需要的时刻出现。要实现富足，关键能力是执行力和决策力。世上万物都是从你的思、言、行的连接中来的，思想是基础，语言是过程，最后行动决定结果。你想赚钱就要为别人带来价值，你想要拥有良好的人际关系，你就要先付出爱，以自己的实力和能力创造出更高的价值。须知富足的信念也有其章法：道义、人情、恩赐。如果都如你所愿，如你所有，那就需要靠你自己去经营了。

***　***　***　***　***

【静的逻辑】

研读关于“静”的人生逻辑。所谓静，并不是耳边无声，而是心中无争。心若不与人争，便人无所扰，万事皆安。心若静，自不会为尘世的喧嚣所惊，自不会为世事的纷繁复杂所扰，一切皆按自然规律之轨迹运行，可以省略许多烦琐的欲望，该得的自然归你，不该得的莫去强求。可尘世中，总有我们看不透的风景和无法释怀的过往；总有看不惯的是是非非和无法逾越的鸿沟，这就是世人之生活，谁都不能例外。漫漫人生路，当你什么都经历过的时候，才会发现，人生无论你怎样去精心设计和策划，都抵不过一场命运的安排。“命里有时终须有，命里无时莫强求。”一路走来，蓦然回首才发现，人活的原来是一种心情在支撑。穷、富、得、失皆是过眼烟云，而最值得珍惜的，不过就是这平平淡淡的每一天。你所有的想不通、看不惯，不过都是自己在与自己较劲。唯静，方可省观自身，聆听发自灵魂深处最真实的声音；唯静，方能领悟人生真谛，才知所有的欲望和纷争不过是一场从容淡然的旅程。

***　***　***　***　***

【幸福的质量】

生命就是一场孤独的旅行，人生这么长的旅程，一走近百年，怕的不是累，怕的是厌倦。然而，这个世界就是一面镜子，你给它展现了什么面貌，它就会用什么样的面貌来还给你。因此，无常的人生轨迹，只有前进，没有后退和后悔；只有继续用生命的慷慨对抗世俗的繁华，用一腔热血来抵御岁月的刻薄和

荒芜。人生就像一条深广的河流，就算曲折，也会最终到达该去的地方。因此，成熟的人，不问过去；聪明的人，不问现在；豁达的人，不问将来。人生每一条路都有它的风景，都有不得不跋涉的曲折和理由，所以，我们每个人都有自己的人生追求，目标方向。如果懂得把握好人生的节奏，忙时赶路，闲时欣赏风景，其他时间才是柴米油盐酱醋茶的生活。好的人生就是一幅现实中诗意、淡然的风景，生活就应该是忙里有闲。不一定荣华富贵才算成功，不一定风光辉煌才是美丽，朴实无华，心安理得才是最高境界的生活。真正有追求、有质量的人生，就是最幸福的人生。

***

【坚持与成功的逻辑性】

小草在发芽之前，一直在黑暗的泥土里坚持生长。最后，才能看到春天里灿烂的阳光。蝴蝶在破茧之前，一直在黑暗中坚持蜕变。最后，才能破茧成蝶，获得重生。一个人的优秀，也是从成长的过程中蜕变的。没有努力过的人生，是苍白无力的；没有坚持的梦想，是会破灭的。一个优秀的人，追求的不是成长过程中所带来的喜悦，而是享受追梦路上的义无反顾、一路拼搏、坚持的过程和在巅峰上的高呼。然而，事实并非如此，不是每次努力都有收获，而每一次收获都必须努力，这是一个不公平的不可逆转的命题。努力不一定会有收获，但是，不努力永远都不会有收获，这也是符合逻辑的命题。所以，只有努力成长，砥砺前行；只有坚持到底，永不言弃，方能涅槃重生。有时候，坚持或许不会成功，但不坚持，永远也不会成功。

*** *** *** *** ***

【半亩方塘】

人生其实没有不幸福，只是不知足。想通了，这个世界山外有山，天外有天，总有人比你更胜一筹。如果一味是蛇吞象的心态，盲目与人攀比，你贪图越多，烦恼也就越多；你欲望越大，痛苦也就越深。人的欲望皆是欲壑难填，但是一切都要遵循客观规律和自然规律，应宜而行，放下即是得到，懂得知足才能心生快乐，幸福感也就随之而来。幸福没有标准，并不是像一个产品的检验那样，必须达到所设置的那个标准。没有心宽似海，哪有风平浪静。做人，尽本分；做事，凭良心。贫穷时，尤要把自己当人，正视自己；没有人扶时，自己要站直身体，表现的是骨气和勇气；富有时，要把别人当人，不嘲笑和藐视任何不如自己的人。生而为人，有了底气，更要有正气，一轮明月，半亩方塘。不卑不亢，心安理得地一步一步向前走，就有了诗和远方！

*** *** *** *** ***

【人生希望】

人生只活一次，无法重来，因此，我们既要拿得起，又要放得下，一切都要沿着自然规律的轨迹运行，不可违背或强求。在短暂的一生中，要按照自己遵循自然规律的意愿去生活，安排好自己的人生课题，为自己做主，走自己的路，不必在乎别人的眼光。生活是自己的，终究与别人没有多大的关系，不能活在别人的看法之下，一定要活出自我。人生没有过不去的坎，活着就会有希望，活着就是幸福。人生就是一场修行，在挫折和困难之中修成一颗平常心，在起落无常和生死之中修炼一颗淡然的心，应当看开一切，接受一切。生活就是要一步步走下去，屡败屡战，越挫越勇，就会豁然开朗。即使生活虐我千万遍，也依然笑着面对。只有真正认清生活的真相及意义后，才能依然热爱生活。所以，人生从容地活着，就会有乘风破浪会有时，直挂云帆济沧海的度量。三千烦恼事，淡然一笑之，心中豁达、积极、乐观，人生就有希望。

*** *** *** *** ***

【让世界充满阳光】

生活中的10%由发生在你身上的事情组成，是我们无法掌控的，而另外的90%则是由你对所有发生的事情如何反应所决定，这却是我们可以掌控的。如是，则由什么来决定人生命运？我们本着抱怨命运不如改变命运的原则，抱怨生活不如改善生活的指导思想。人生，是一次可以选择的旅程，我们无法控制环境和他人，但我们始终可以控制自己，只要有方向，就按既定的方向去处理这10%的事情。否则，所有的不满、抱怨、矛盾和情绪都根本解决不了问题，反而会让我们吸收大量的负能量，影响心情及带来的不良后果。因此，不妨试着去建立新的思维，直接去解决这10%里面的任何分子。优秀的人，一般都是不抱怨的人。他们总是会把消极的想法从自己内心中扫除殆尽，让自己的内心充满阳光与希望，进而影响他人，让这个世界充满阳光，把自己的活力变成正能量。

【共情能力】

人类之所以能够站在动物链的顶端，是因为人类拥有思想、智慧和思考能力，这是其他动物所没有的。但是，到了现代，随着时代的变化，社会的进步，只是思考还远远不能跟上时代的步伐和满足社会的需求，因此需要深度思考才行。在面对问题的时候，只有足够深入，多角度思考，换位思考，掌握问题的根源，才能一步步解决问题。换位思考的指导思想是克服了在以自我为中心的基础上，与他人建立起共同认知，才能有充分的共情能力，才能站在别人的角度去思考问题。多角度思考，能帮助你对问题的认知更加透彻，从而在与人交往中实现有效沟通。在浮躁的世界里，除深度思考，还要筛选和鉴别过于庞大的信息量，因此就需要有明辨是非的能力，懂得取舍，认真掌控自己的情绪及思维，少走弯路，走向人生巅峰，不愧身为万物灵长的人类。

【越努力越幸运】

人有小算盘，天有大算盘。一个人再聪明，也抵不过幸运；一个人再突出，也不如一个人有运气。聪明人善于抓住每一个机遇，擅长钻营取巧，深谙人情世故，但却容易陷入一失足成千古恨的噩梦。而有好运气的人，通常没有那么聪明，但却十分靠谱，极力遵循客观规律和自然规律，容易获得上天的眷顾，这样的运气还是科学的。这样看，一个人再玲珑剔透，也抵不过时运，因为这个世道的因果法则，只有靠谱的人才会去遵守，事实上也证明你越靠谱，越诚实，幸运的机遇就越多。这个社会，人的命运是越努力越幸运。古人云："上行，下效。存乎中，形于外。"一个人人都看出来的小聪明，那一定是你在自作聪明。因此，想要获得幸运，首先要摒弃小聪明。《吸引力》法则告诉我们，你感受到的是好是坏，它回馈你的也是同步的感受。所以，这个世界种什么因，就得什么果，这是无可辩驳的处世法则。

***　***　***　***　***

【诗和远方】

浮生若梦，有的人一生锦衣玉食，享受荣华富贵；有的人一生粗茶淡饭，朴实无华。一个人能够过怎样的生活，有时候是命运的安排，有时候又是自己的抉择。浮生三千，安然于心才最重要。追赶不上的止足，不属于自己的不要，挽留不住的不留，生活没有那么复杂，简单就好。新时代了，人们不乏努力奔跑，需要尽力而为，但也要量力而行。四季更迭，花开花谢是规律，莫为时光流逝而伤怀，不为岁月沧桑而怨叹。生活中，少一些欲望，就会多一些简单；少一些贪婪，就多一些安全。不完美的人生才是寻常生活，凡事不要强求十全十美，天天令自己的心在纠结，会因小而失大，让自己陷入困境。简朴的生活，既能减少负累，又能愉悦心情。所以，素心若简，看到的都是诗和远方！

***　***　***　***　***

【灵魂的觉醒】

人的灵魂需要觉醒，只有灵魂觉醒了，才能真正懂得生命的意义。人生，其实就是一个不断努力活出各种花样的过程。然而，面对生活的困难和考验，却还很难觉醒，觉得即使自己已经很努力了，可也没什么轰轰烈烈的成就。殊不知生活不是有钱人的，也不是权贵的，而是你自己的，每个人都有自己的个性与特长，看你如何把握。每个人都可以把生活过得有意义，当灵魂觉醒了，无论怎样，无论身处何地，何种环境，都会把生活过好，促进人生价值的最大化。一个灵魂觉醒的人，不但注重结果，更会注意过程，因为过程比结果更重要。清楚自己要什么，该做什么，懂得自己有可为有不可为。这个世界，成功者很多，可自动觉醒的人却不多，但人生真正的价值要在觉醒后反映出来，才是完美的，否则，那是伪价值。

***　***　***　***　***

【再看雪福】

真正厉害的人，早把人生调成了“静音模式”。在这物欲横流的社会，内卷迭出，人们都像上足了发条的机器，不带情感，昼夜不舍，不思停歇。只有真正的聪明人，在丰富的安静中，打开轩窗看春暖花开，到秋风骤起，再看雪花纷飞，洁白轻盈，不管风吹雨打，喧嚣诱惑，与自己的灵魂对话，拨开迷雾，寻找人生的方向。然而，生活中，不是每个人都有这样的诗情画意，能独自静下心来，潜心研读人生概念。有的人总是不甘寂寞，希望在从众中找到方向。殊不知人生有许多解不开的迷茫，都需要在静寂中条分缕析，得到化解。其实一个人培养好寂静的习惯，也是人生变得更为丰盈的开始。聪明人都懂得深耕自己，戒骄戒躁，不断积累，不断攀登。生活实苦，不经历过深夜一个人痛哭的时刻，不足以让你真正成熟，只有沉淀自己，默默变得优秀，才能走向自强。真

水无香，很多价值连城的东西往往蕴含在朴实无华的境遇里。做人，应当把优秀作为争取的目标，潜移默化地滋养我们的身心健康。当你不再关注那些虚华和热闹，谦虚谨慎地探索自己的人生方向的时候，说明你已经真正地成熟了。况且人生从来不在乎你说了多少，炫耀了多少，而在于你真正做了多少。

*** *** *** *** ***

【曲径通幽】

时代在飞速发展，微妙又复杂，变化万千。若要读懂它背后的规律，真是很难，否则就成高手了。聪明人一心选择走捷径，那是靠运气、偶然和投机取巧，但这种对赌即使获得成功可能也只是一瞬而已。须知才华忌傲，平庸忌懒。越有才华，越需要谦虚谨慎，低调奢华，方得半亩方塘，力求蜕变。优雅知性需要底气，辉煌华丽更需实力。那些漫不经心的轻松与自在，不过是短暂的错觉。人生会遇到各种各样的海洋，或大或小的风浪。平步青云终是侥幸，厚积薄发方是人间正道。反之，内心越渴求，往往越容易失去。生活是唯物辩证的，你不是人民币或美钞，不可能让所有人都满意，接受你，这个世界没有人能独占鳌头，把风光占尽。可人们还是喜欢走捷径，殊不知，捷径有时候也是险象环生，一去不返。而弯路虽然曲折，但是能够曲径通幽，使你柳暗花明。

*** *** *** *** ***

【片段】

人生智慧，学习所得；人生经历，实践证明。天下事纵然充满整个世界，但细想之一切事物皆在开始之时，本来是没有的，现在有了，也应当一切顺其自然，不起妄心，依然平静，心中便没有了固执不化的念头，心境也就渐渐表现得天高云淡了。然读书做学问，是学习知识，灌输思想，越学就会越多，开拓你的眼界，提升你的水平，使你加速进步。但一个人的修炼，改正的是个人的观点和缺点，消除的是不良习气，克制的是欲望，是日益减损。生命本就是个从无到有，而后从有到无的过程。因此，不必执着于自我，更不要执着于永恒。得失淡定，好事坏事终将成为过往云烟。所谓福达、福观，就是以一颗虚静之心，看待世间沧桑循环往复。世间万物自有其运行轨迹及法则，但它们也不断地生长消亡，不以人的意志为转移。而人则不过是变化过程中的一个小小的片段。你能读懂它，心底便能容纳它，就不会强求它因你而改变了。

***　***　***　***　***

【格局的层次】

谚语云："再大的烙饼也大不过烙它的锅。"生活中，我们所希望的未来就好像这张大饼一样，是否能烙出满意的大饼，是完全取决于烙它的那口锅。这就是所谓的格局。格局乃人之眼光、胸襟、胆识等心理要素之内在布局也！然而一个人的发展往往受局限，其局限就是格局太小，为其所限之过。故谋大事者必要布大局，对于人生这盘棋，我们首先要学习的不是技巧，而是布局。大格局，即以大视角切入人生径途，力求站得更高、看得更远、做得更大。大格局决定着事情发展的方向，掌控了大格局，也就掌控了局势，看到别人看不到的东西，对事物的评判有了自己的见解和标准，并能准确地对未来进行预测，懂得可为与不可为。格局决定人生层次：放在当年岳飞那里就是“八千里路云和月，三千功名尘与土”的壮烈；放在马致远那里却是“小桥流水人家，断肠人在天涯”的孤旅；放在昔日苏轼那里就是“我欲乘风归去，又恐琼楼玉宇，高处不胜寒”的寂寞。是故，有什么样的眼界和胸襟，就会看到什么样的人生风景。

【世风与赢家】

人与人之间的差距，是没有可比性的。可愚蠢的人，总是喜欢用自己的尺子来衡量别人的人生。当衡量过后便产生了一种莫名的优越感，便飘飘然渐渐变得目空一切。这好比一只鸟总是在以飞得多高、飞得多远来衡量一条鱼的速度，发现鱼根本不在自己的层次上，于是，就看不起鱼，也就越来越自高自大，还不知自己的浅薄。丰富的生活，必然包含着酸甜苦辣，人心中的成见有如一座大山，还不断放大，任你怎么努力，都难以搬动，当然也无须搬动。如果我们选择了争辩，即使争赢了，也往往改变不了这样的认知者的成见。但是，值得乐观的是并不是我们不够优秀，而是源于他们心中的成见。我们不与这样持有成见的人争是非，那就是一个人顶级的自律和修养，到时候却让总持成见者不攻自破。集中自己有限的时光，去做无限的事情。看透世风，同时也要看清自己，不要在意别人的毁誉，走好自己的路，才是赢家。

*** *** *** *** ***

【坚持到底】

青山绿水，蓝天白云。生命就是山一程水一程的奔赴在不同的季节之中，人生的每一阶段都有属于自己的美好，风雨之中，日夜兼程，却也无怨无悔。时光在雕琢生命，在草木的枯荣中，从少年走到中年，从年少轻狂到中年成熟，少了幼稚和浮躁，多了沉稳与冷静，时间改变了我们，岁月催老了生命，也让我们在春秋更迭中懂得了很多。没有经历过沧桑的人，是不会有这种感觉的，若没有一颗淡然的心，更是不懂得如此坦白。岁月已晚，人生入

秋，即使韶华不再，青春远去，但我们依旧要拥有一颗年轻的心，不惧岁月沧桑，季节寒凉。然而，其心不老，就是无忧少年，既已爬到半山腰，已经完成了人生一半以上的目标，何不坚持到底，继续攀登。一心向前，老去的就不是心态，而是年龄，若内心年轻，何惧岁月沧桑。这个世界，只有轮回的四季，没有轮回的人，成年人的世界，除了生命的终点越来越近，其他任何东西都是渐行渐远。叹息西窗过隙驹，微阳初至日光舒。只要内心美好，心态自然不老，每一天都是最好的安排，每一个季节都最美，你想要的也已经都在路上，等着你。

***　***　***　***　***

【自知者明】

人，之所以有诸多烦恼和痛苦，主要根源是自己定位不清晰。高估了自己，事后又失望不已。当你认不清自己的位置时，烦恼自然增多。其实，你并没那么重要，也没那么特殊，只是自己在自诩不凡，不反思自己有多少斤两，却抱怨他人虚情假意，错把平台当成自己的实力，把梦境看成了现实。当然，人性是自私的，当认为自己很重要，无可替代时，一场灾难其实已经离你不远了。一个人如果看不清自己，不量力而行，很容易颜面尽失。然而，这个世界，大部分人对自己的评估，都会高于平均水平，这是一种认知偏差。其实，当你找准自己的位置，你就赢了；找不准位置，纵有用武之地，也难以发光发热。古人云："知人者智，自知者明。"做人最难的，不是要多聪明，而是人贵有自知之明。不卑不亢，做好自己，守住初心，便是人生最美的状态，行稳而致远。

*** *** *** *** ***

【人生半程】

自然界给我们每个人都有幸福的机会，但却不知道怎样得到它，也不明白幸福的真谛是什么。人这一生都在追求幸福，不停地在追逐金钱和名利，以为只要拥有了这两者，自己就拥有幸福。然而，奔跑在追逐名利和地位的道路上，跑着跑着却忘记了自己的初心和愿望。当名利、地位双收的时候，却发现自己并没有当初想象的那么幸福。因为，贪婪和欲望占据了自己的灵魂，不思穹顶的止境，使自己越活越累，尽管幸福就在自己身边，也感觉不到了。其实，你得到双收时，也许已年近半百了，值得考虑的应当是知足常乐。懂得了知足常乐的人，就会拥有良好的心态，懂得珍惜自己目前所拥有的一切。只有懂得拥有，珍惜自己所努力的结果，才能感到幸福。否则，即使拥有再多的财富，如果没有良好的心态，也是一种欲壑难填的执着思维，会引你走向灭亡，而不是幸福的多寡。树立了知足常乐的观念，让你在面对困难的时候，就会坦然接受，而不是惊慌失措，你会用更积极的心态去面对和解决所遇到的困难。走到人生半程，各方面都在变化，亲情、友情和社会都在瞪着眼睛看着你，看你的前方是悬崖还是坦途。因此，自己更要把握，没有什么比拥有一个健康的身体，良好的心态和融洽的关系，更让人羡慕和放心，达到人生永恒的幸福。

*** *** *** *** ***

【生命只有干出来的精彩】

生命只有干出来的精彩，没有等待出来的辉煌。狼行千里吃肉，马行千里吃草，虽不公平，但价值却不一样。活鱼逆流而上，死鱼随波逐流。所以，累和难就对了，舒服是留给去世了的人的。有目标的人在奔跑，没目标的人在流浪；有目标的人在感恩，没目标的人在抱怨；有目标的人睡不着，没目标的人睡不醒。给人生一个梦，给梦一条路，给路一个方向。跌倒了要学会自己爬起来，受伤了要学会自己疗伤。人要有信念，经历过人情冷漠，三番五次的跌倒，却仍然振作有加；濒临绝望的境地且还负痛前行。这就是信念的感召，让你热血沸腾，带伤奔跑。结三五好友，志同道合，三观一致，制定一个目标，一起干一件一生都干不完的有意义的事，赚一点一生都花不完的钱。苦，才能换来人生的快乐；累，才是充实自己的工作；忍，才是让你历练的机会；容，才能得到人生的智慧；做，才让你实现人生的梦想。凡容易走的都是下坡路，唯有向上攀登，坚持住，到达顶峰才是你的目标。

*** *** *** *** ***

【中国哲学与西方哲学】

西方人曾经嘲讽中国没有哲学，其实这是谬论。不过西方那种极致调用人类理性，运用严谨的逻辑思维递进式追求事物本源的方式，是与中国有所区别的。但哲学乃至哲学研究的本质与重点，并非在于寻找事物本源的方式，而在于本源自身。要否认中国哲学，正是人们对理性思维的过于迷信。严谨的逻辑最终可以运用于数学，发展出科学，但对于探索事物的终极原因及本源的追溯还是无能为力。这有如世界上先有鸡还是先有蛋。逻辑很简单：蛋孵鸡，鸡生蛋。诸如牛顿、爱因斯坦辈穷尽毕生身为人类最高智商却也无法得出结论，但他们又不愿向逻辑低头，于是便只能走向神学。而中国哲学本质上是人生哲学，探索的是人心之本源，解决的是人类如何安身立命的问题。中国哲学从来不过于借助理性，而在人内心极致的宁静中去感知世界的本源。中华文化几千年，一贯主张天人合一，遵循自然规律。《孟子》云："不虑而知者，其良知也！"可见中国哲学并非完全是对理性思维的分析，而是人类生命情感的体验，这就是中国哲学与西方哲学的区别。

***　***　***　***　***

【智慧与智商】

一个人自诩智商高，但并不代表智慧也高，欲做事必先学会做人，智慧才是你成功的根本保证。智商高只能让你把事情做好，不代表你的智慧也高，现实中怀才不遇者大有人在，只能说明智慧不足，智商可以。否则，自古至今也就没有大智若愚之说了。须知智商只是一个人智力测评的商数，是生活中认识客观事物并运用知识解决问题的能力。而智慧则是对事物能够迅速、灵活、正确地理解和处理的能力，在决定重要问题时有其独特的作用，表现在更高、更好、更全面地解决问题上。现代社会需要有现代人的智慧，没有现代人的智慧，就无法在现代社会中生存。所以，智慧不仅仅包括了智商，更代表一个人的人生经历和社会经验的积累；而智商只是反映了一个人的聪明程度，通过智力测试答出的智商数值：90～120，代表智商的总体水平。而智慧则是涵盖了智商的数值，所谓运筹帷幄，乃是智慧而不是智商，两者的概念不同，范围更不同，但可以共存，积累和发挥。一个大智慧的人是不会自诩自己智商有多高的。

*** *** *** *** ***

【鹤立鸡群与鹤立鹤群】

人心本无染，心静自然清。此说即人心有多少静态，福报就有多少深邃，人这一生就是一场修心之行。一个真正强大的人，不是能拥有什么，而是能放下什么。能放下，才是对人生最大的考验。一个真正厉害的人，不是看外表多么强势，而是内心有多么柔和，静待各种环境的变化。聪明人都会反思和改变自己，戒骄戒躁，深恐自己不敌更优秀者。然古文化的认知以为鹤立鸡群就是优秀，殊不知鹤在鸡群里，鸡当然是仰望的，但是，作为鹤应当是去找鹤群，在鹤群里做成大鹤才是优秀。这有如一个学者在不同领域的人面前可以高谈阔论自己的专业，因为别人听不懂他的对错；在同一个领域里让人信服才是高手。古人云："欲成大树，莫与草争。”那是姿态。人生匆匆，自渡是能力，渡人是格局。心静，是岁月沉淀后的坦然，是一个人征服生活的资本，不是战胜别人，而是战胜自己；不是鹤立鸡群，而是鹤立鹤群创造优秀。

*** *** *** *** ***

【读书穷理，当有知趣】

读书穷理，以识趣为先。但识趣必先要知趣，能识得这个世上的趣味，懂得人的存在。一个有趣的人，能使周围的环境变得热闹起来，使人振奋，授人快乐，人生如此，不枉一种境界。然而，这个世界，有人低调，有人张扬。殊不知地低成海，人低成王的道理。地势低洼自然成为大海，要是人的姿态低了，反而境界显高，格局显大，构成了成就事业的外力支持。放低自己，是一种

不用成本的修炼，且蕴含着深厚的风范、哲学和境界。然而张扬源于浅薄，缺少厚度，更没有广度，经不起摔打，还沾沾自喜。聪明的人从来都不觉得自己很聪明，只有愚蠢的人总是认为这个世界上自己最聪明，无形中失去了先机，愚者求福于远方，智者培植于脚下。在现实生活中，人之颜值、激情都会被岁月耗尽，唯有一颗乐观、幽默、识趣、知趣，并且感性的心，却依然发光。

*** *** *** *** ***

【心境】

这个世界，凡事自有定律。看别人都不对，其实就是自己有错。不必好奇别人怎么评价自己，而是要反省自己是怎样评价他人的。生活中，不怕被人利用，就怕自己没用。尺有所短，寸有所长。人和事物皆有长处和短处，且彼此都有可取之处。古人云："金无足赤，人无完人。"世上没有十全十美的人，善于发现别人长处的人，其实本身就是一种长处，是大智慧。《楚辞·渔父》云："沧浪之水清兮，可濯吾缨；沧浪之水浊兮，可濯吾足。"一样是沧浪之水，清时濯缨，浊时濯足。所以，人生过程看似糟糕的环境，但换个角度看，或许就有不一样的心境，用你最好的磁场，去感召同磁场的人。既然环境不能改变，那么，我们就先改变自己。世事多艰，我们不仅要奋力进取，也要豁达变通。古人云"大丈夫能屈能伸""和光同尘"，即此道也！

*** *** *** *** ***

【心态与胸怀】

人的成熟不是年龄，而是心态。然心态的成熟也并不是遇到的事情多，而是你对待事情的态度。在常态之中遇非常之人，就要以非常的思维对待，世界上最难干的工程，就是改造人的内心世界。我们多在群体中生活，看到别人的错，更要想想自己的过。生命中那些得不到的，都要学会放下，人心越淡，伤害就会越少；心有多宽，快乐就有多少，于是，懂得放下，你的生命才会更加美好。所谓成功，并不是看你有多聪明，而是看你能否笑着渡过难关，能做什么事，做成什么事，是否有益于社会、有益于家人、有益于朋友。正义也许会迟到，但永远不会缺席。须知你的责任、担当和善良。做不成太阳，就做最亮的星星；成不了大路，就做最美的小径。一切皆为过往，快乐才是人生的唯一。

***　***　***　***　***

【人性的弱点】

人性最大的弱点，莫过于不爱听真话。其实，经常夸奖你、赞美你的人未必是你的真朋友，只是想讨好你、取悦你；而冒着得罪你的风险指出你的缺点和不足的人，才是你真正的朋友，印证了苦口良药的逻辑。说好就高兴，听到逆向声音就反感，那么，你注定就是要活在欺骗与被欺骗中。反之亦然，能够随时听到说你不对的声音，能够谏言献策，严格指出你的缺点的朋友才是诤友。

有的人不爱听真话，身边还有很多追随者，殊不知这样的朋友都是说谎的人。所以，走出别人的眼神，收获心灵的力量，才是智慧的人生。世界上最强大的人，是化敌为友的人，这就要看你的识人本事。物质和勋章同样重要，前者是生活享受，后者是精神刺激，看你如何选择。

*** *** *** *** ***

【宁静的力量】

所谓贵气，即一个人的静气，是一个人高贵的品质。真正成大事者都具有这种品质，能始终经受住生活中的冲击。有了一颗静气的心，精神自然通透明亮，意念亦可辽阔久远。为什么智者都懂得适时地沉默？在生活中，安静，是刻在骨子里的风度和优雅。《老子》有云："致虚极，守静笃。"凡有成就者，越是大事，越是心静如水，临危不惊。当一个人历经沧桑风雨，最终会发现一切都在改变，一切都是浮云变幻，唯有宁静的力量带你穿越时空，光芒永存。越是浮躁的社会，越要让自己静下心来，养好自己的静气，长出自己的贵气。人生最好的心境，就是遇事心平气和。水静，才能映出完美的月亮；心静，才能接收宇宙的能量，感通天地的磁场。实践证明，越是喧嚣的人，越是没有格局。须知人生如梦亦如幻，朝如晨露暮如雪，在这喧嚣的凡尘里，心安之处便是你的故乡，有诗和远方。

*** *** *** *** ***

【内心强大与影响力】

生活中不难发现那些真正有影响力的人，都是内心强大的人，绝不是夸夸其谈，他们有的是深度。影响力来自对事物和人性的洞察，对世界的理解与深刻的认知，非常人可以一时领悟。深度来自一个人的思想，而思想并不是先天的，它是基于对世界的认知与看法作出的判断。有影响力的人往往具有大局观，除了思考自己的命运还要思考大众的命运，对社会、家人、朋友都会有终极的关怀，有着担当的勇气。一个内心强大且有影响力的人，一定不会轻易被人影响，其内心有着自己对美好世界的构建意识，而且又符合潮流，用自己所学、所思调动力量来推动前进。所以，一个真正有影响力的人，是不会太在意别人的看法和认同，而是注重自己的操守，更尊重别人的生活态度。有深度思考能力，才会发现别人所不能发现的东西，才会拥有自己强大的信念与定力，才会洞悉世间的人情冷暖，看清人性真实的一面，说出最真实有力的语言。

*** *** *** *** ***

【明天的路】

人无完人，皆有缺点。若学不会体谅，做不到包容，就会引来矛盾，发生冲突。一个无法平静的人，看到的总是别人的短处，看不到别人的长处。殊不知人的心是一把标准的尺子，量人先量己，总站在自己的角度看人，会把别人的缺点和不足无限放大。这个世界，真正的聪明人，总是不会吃亏，因为他有先见之明，善于反省自己，不会把责任和错误推给别人，尽可能地自己来担当。一个懂得反省的人，一定能记住别人的好处，认识自己的不足。谁都有底线，要懂得分寸，大事重原则，小事随大溜。只有学会宽容对人，脚下的路才会好走；只有学会尊重他人，朋友才会为你加分。生活中，有了一点得意，切勿对人指手画脚，把该做的事做好；把该走的路走好，今天平稳度过，明天的路就更美好。

***　***　***　***　***

【格局与脾气】

为什么格局越大的人，脾气越小。因为格局大了，气量也就大了，气量大了，不正确的空间就小了，脾气也就小了。一个人的眼界决定了你能看到什么，一个人的格局决定了你会想什么。看到的世界大了，心中的格局打开了，一些小事就靠边了。反之亦然，一个人经历的风雨越少，阅历越浅薄,格局也只能小了。读万卷书,行万里路。最重要的在于眼界的拓宽和对万事万物有更深层次的思考和洞察。见过世界的辽阔,才知自己的渺小;遇见的人多了,深知人与人之间的相处多么重要。越是有心无力的人,越是气急败坏,生活中许多的愤怒皆源于自身能力的不足和无知。凡事都有两面性,若只看到让人不快的一面自然就会生出许多不该有的愤怒,这就是格局的体现。一个人不能总是原地踏步,遇事不懂变通,就会越活越累。任何事情都有其道理存在,或多或少都能给你带来学习和启发,问题就看你接不接受,格局与脾气的本质是对立关系,但却又相反相成,观察社会,总结经验,体悟深入,科学分析,相得益彰。懂得提升自己的认知,也就能改变自己的思维方式,格局越来越大,脾气就会越来越小。

***　***　***　***　***

【站得高与放得低】

凡见过大世面的人,一般都没有身份感,更没有脾气,往往谦逊有礼;所见越多,反而越朴素无华。其实这样的人并非没有脾气,而是不把脾气发到比自己弱小的人身上。鲁迅先生诗里的一句:“横眉冷对千夫指。”这脾气可谓大矣!这个世界唯有读书不多,心胸狭窄的人,通过贬低别人,来抬高自己。二者之间,素质和格局的差距立显。事实上,真正的高贵,不是因为站得高,而是把自己放得低。然而,素质越低的人,却越容易有一种莫名的优越感,应验了达克效应。而真正的强者却总是不以身贵而贱人,心里装的只是星辰大海——价值观和责任感。

*** *** *** *** ***

【没有质量的勤奋很可怕】

人生无常，一辈子注定要经历苦难，但也有幸运的时候，真正拉开人与人之间差距的，并不全是运气，而是应对苦难的能力。祸福相依的人生道路才是真实无华的写照，想透彻了这个道理，就会不甘寂寞，积极进取，哪怕一天进步一点点，也终究会到达理想的彼岸。由于时代的更迭迅速，聪明人都会把苦难当成自己人生的老师，与其自暴自弃，不如从中得到经验和教训，以此来帮助自己成长，思维升级，改变认知，洞察人性的阳光和险恶。你的困境源于你的心境，这个世界，弱者求心安，仁者求改变，强者求结果。因此，要改变命运，得先改变认知。你对人性有了足够的认知，就决定了你的层次。甩不脱低配的人生，是你的思维有问题，可以试着从3维到11维里寻找目标，重塑你的人生。混得风生水起的人，不一定比你聪明多少，只是因为他们深谙人性的潜规则。所以，没有质量的勤奋很可怕，瞎穷忙，乃是你认知有缺陷。

*** *** *** *** ***

【拿得起与放得下】

人生的最高境界——正确的认知。人这一生对应着春夏秋冬，每个阶段都有每个阶段的美好和烦恼。所以，不要太纠结，让一切顺其自然，才能活得坦然。一个人如果没有放下的智慧和觉醒，将背负许多不必要的负累。人生其实是一场博弈，拿得起容易，放得下却是一个艰辛的话题，但是，到最后才发现：人生最曼妙的风景，竟是自己内心的淡定与从容。如果让自己从容地走下去，这世上并没有太多不可放下的事。放下是与曾经的告别，同时也是对未来的设计与规划。拿得起是一种能力，放得下是一种魄力，唯选择耳！可人只有在能力大了之后，才能有更多的选择。一个人是否成熟，其标志就是拿得起放得下。这个世界能够拉开人与人之间距离的，表面看是身份和地位，实际上是个人的认知能力。

***　***　***　***　***

【人生的平静】

一个人真正的安静，是沉于内心，并不是一种性格的标签，更多时候，是一种选项。有些人喜欢喧宾夺主，哗众取宠；有些人收敛光芒，低调做人。人生真正的平静，是在心中修炼，才能修到“修篱种菊”的境界。安静的人，更习惯去自省，古人云：“吾日三省吾身。”这个世界，愤青有，而真正能够去反省自身者少。其实，反省是一个回顾自己成长的过程。如果带着一颗浮躁的心去看，往往看不到自己的短处和不足。只有真正沉下心来，安静而用心地去看待自己的过往，才能够明白自己需要提升什么、改进什么。最聪明的人，都是懂得自处的人，懂得要改变环境，首先得改变自己；而改变自己，首先要找到方向，不断反省，不断回顾，并非坐在那里看别人花开花落。

*** *** *** *** ***

【快乐的角度】

快乐，它有阶级吗？答案是否定的。快乐是一种内心的感受，并因心情传递到表情，是能够感染人的一种情绪。快乐，也并非只是眷顾有钱人，为什么同一个环境和同一个处境的人，有人活得轻松快乐，有人却活得终日郁郁寡欢，提心吊胆过日子？因为同样的环境，同样的处境，思考问题的角度不同，得到的结果就截然相反了。所以，快乐是与生俱来的，跟环境无关，跟金钱的多少也没有绝对的关系。只要心态平和，那么，看待问题的角度就不同了。以积极的心态去面对生活，就能感到快乐，快乐无处不在，它只与心态好的人在一起。

*** *** *** *** ***

【要有不伤人的教养，但也要有不被人伤的气场】

古人云："有心无相，相随心生；有相无心，相随心灭。"一个人的精神长相里，藏着你读过的书，走过的路，见过的人，藏着你的处世态度与修为。大海处于低势，所以容纳百川；高山静默无声，因此俯瞰众生。所以，真正见多识广的人一定是个有本领的人，也一定谦虚。《曾国藩传》云："贵而不显，华而不炫，谨慎低调，善待弱小，是最好的精神长相。”当然，谦虚、低调并不是没有骨气。骨气者，乃人性中之大美也！而傲气，则是人性中之大忌。有骨气的人，人品有高度；没傲气的人，人格有温度。傲气是人生失败之源，傲骨则是立身之本。做人，要有不伤人的教养，但也要有不被人伤的气场。有骨气而没傲气，那么，人生便既有高度又有温度，走遍天下都不怕了。

*** *** *** *** ***

【锋芒与底线】

一个成功者的最高境界，莫过于抱朴守拙。《曾国藩传》云：“唯天下之至拙，能胜天下之至巧。”可见做人至拙并不是投机取巧，乃是大直若屈，大巧若拙。守拙勤，看似慢，实则是最沉稳的处事方式。人这一生，若能在正确的方向上拙到深处，定有奇迹出现。故为人者应当收敛自己，提倡君子才华，玉韫珠藏。藏器于身，不显山不露水，才能在纷繁复杂的环境里周旋自如，站得高，看得远。古人云：“淡泊之士，多为浓妆者所疑；检饬之人，多为放肆者所忌。君子处此，固不可少变其操履，亦不可太露其锋芒。”是故，花宜半开，酒宜微醉，做人低调收敛，韬光养晦，乃是大智慧。在现实生活中，我们见证了许多张狂一时的人，其结果没一个是有什么成就的。所以，与其争一席之地，还不如坚守自己的底线，或许会保得住一座更大的城池。

*** *** *** *** ***

【逆商】

一个人在经历了大起大落之后，还没被逼死，那这个人就一定会拥有一个更强大的生存系统。从唯物辩证法的角度看，逆商越强，内心越强大；内心若足够强大，便能从最低处的生活里，活出最高级的优雅。其实，一个人在客观上的不得志，并不等于他的无能。或许越经受住嘲讽和打击，越能磨砺他的心志，迎接下一个打击，更促进了他的坚强，给嘲讽者留余地，为自己留尊严。一个人越有了足够的定力和忍耐力，也就越懂得控制自己的情绪，越不会和一些小事计较，更善于反省自己、总结自己。成长得好坏是一个循序渐进的过程，你想要拥有强大的内心，就必须要度过那些专注成长的日子。自带光环，有自己的执念，有自信，不自负，也不放纵，有掬水月在手，弄花香满衣的超脱。

*** *** *** *** ***

【城府的标尺】

所谓城府，很大概率是标志着一个人拥有怎样的人生概念。城府是一个人情绪的沉淀，是喜怒哀乐的反应，是控制自己情绪能力的表现。有一定城府的人，总是表现得很平静，不会轻易将内心的想法随便示人，无论发生什么事都会荣辱不惊，表现出很强的自制力，在悲剧面前也不会受情绪的影响，造成对身边人的伤害。城府越深的人越平静，处事淡定，越是在大是大非面前，越能做到淡然面对。一个人当你能明白多说无益的时候，此时就是你城府的表现，已经到了大智若愚的境界了。生活中，很多时候看一个人很平静不说话，并不是因为他什么都不知道，而是在给对方留机会，在给自己找退路。深知无论面对荣辱、激动或喧嚣都对既定的事实没有意义，这就是城府的表现。世上事，悲喜皆由情绪推动，控制好自己的情绪，就能控制悲喜的程度，这就是城府的标尺。

*** *** *** *** ***

【自己就是人生导师】

一个人内心的强大来自内在的觉醒，首先是回归到自我的内心，去认识生活，而不是经由别人来告诉我们，生活应该怎么做。当你懂得抓住生活的主动权，而不是被别人影响时，我们的内心世界就会开始变得强大起来。而内心强大的标准是成为自己生活的主人，要坚守对社会、家庭、朋友负责的原则。从本质上来看，一个人的觉醒越早越好，由于这样的觉醒才能带来生命的更迭与更新。但许多人总是喜欢追求各种人生导师，实际上应该明白自己是可以成为自己最好的导师。《王阳明传》云："吾性自足，不假外求。"所以，真正强大的人都会去挖掘内在的智慧和潜能。一个人懂得与自我连接，才是最强大的人，激活小我宇宙的力量。为什么星星之火，可以燎原？自我觉醒的内在力量就是一颗小火苗，自当激发，让你大胆前行。当你勇敢踏上自我人生的追逐道路，你的内心就会变得有力量，因为你会体会到自己每天过得有意义，都在为自己负责，不是活在别人的观望中，而是在发挥自己内在的激情。

*** *** *** *** ***

【年轮与初心】

人要变老，乃是自然规律，不分贫富贵贱，谁也无法改变，但是心态可以不必跟着年龄老去。我们的心性其实依旧可以保持年轻，无惧年轮的增加。人，都要经历那样一个过程，在逐渐变老的路上，同时会发现年龄逐渐增长，却也不是一件多么难以接受的事情。年龄不过就是一个数字的进化，人生岁月，真正会让我们变老的，从来都不是年龄本身，而是自己的心态，以及自己对待生活的态度。岁月的洗礼和沉淀，会让你深知这个世界人外有人，天外有天，让你比年轻人更有思想，从而更好地调整自己的心态，正确地发挥生命余热。一个人无论年龄大小，只要内心总是有着旺盛的求知欲和很强的好奇心，仍然坚持不懈学习，不断进取，整个人的气质总是生机勃勃的，生活也过得甚是充实、淡然。一个人老不老，比起外在，更多的还在于内在。心老了，即使年龄小，也就没有抱负了，基本没有了积极向上的精神；心不老，心态就还年轻，身体老了而精神永远不老，可以始终赤诚，保留着一份初心。

*** *** *** *** ***

【幸福与归属感】

人生尽管多幸福，但还是离不开两种烦恼——贪求和无聊。前者是欲望得不到满足的渴望；后者是欲望已经满足了的精神枯燥。然而人生的幸福不在于物质的多寡，而在于精神的平衡。社会精英大多遵循难者不会，会者不难的自然法则，有了一定的能力壁垒，所以，很多事情并非如外行人眼中那般艰难困苦，完全缓冲了那种贪求和无聊。生活的本质，其实就是一种习惯的集成，帮助人们消耗大量的时间和精力，以免我们在落寞时心浮气躁。然而，幸福离不开生活和工作，衡量一个人的幸福程度：活少、钱多、离家近，朋友多，小酌怡情，这些标准很有吸引力，有些想当然，其实不切实际。否则，这个世界又要走向第二次革命。因为活少的人很可能无聊枯燥，钱多的人要转换追求目标，变成压力山大，离家近的人未必真心愿意照顾家人。所以，我们要有个归属。把幸福的范围缩小，只站在归属感的角度上去判断一个人的幸福与否，不难发现泾渭分明的强弱界限。于是，心中的归属感越强烈，幸福感也就越大了。

*** *** *** *** ***

【宁静致远】

一个厉害的人为什么总是更懂得宁静致远，能够屏蔽掉外界的杂音，能够自律，忘却贪欲，耐住寂寞，精进自我，提升自己，全身心投入到事业中？他们拥有很强的情绪自控力，不会轻易地被情绪所影响。这样的人，成长总是无言，他们逐渐把它调成静音模式，经过生活的磨砺，在不知不觉中懂得了人生途中的一些道理。人通过读书、交友、看过、见过、经历过，才慢慢发现自己从开始的喧嚣热闹到后来的宁静致远，无不与修炼有关。通过修炼达到宁静致远，才能找到自己的信念。人的思想与行为，到行动与执行，都是从信念出发。这个世界，人与人之间的差距就是这样被拉开的，光说不做的人，生活一定是停滞不前的；而一个厉害的人总是戒骄戒躁，自强不息，等待时机的到来，一切以成绩说话，一举成功。生活中的付出，总是备受煎熬的，谁能够抵挡住诱惑，谁就能拥有更广阔的人生。静，很是难能可贵，在这快节奏的社会，人们的心绪也变得越来越浮躁，很难接受静的自律。只有通过顽强锤炼的强者，他们从不声张，从不炫耀，默默耕耘，静待花开。

***　***　***　***　***

【先人的觉醒与思维】

人生路上，没有经历就没有思考，只有认清世界的本质，才有资格讨论人生。这个世界，尤其内卷多多，似乎身处卑微的人，更有机缘看到世态人情的冷漠真相。也懂得了人生成就不是由起跑线决定的，而在于途中的持续和成长。凡是过往，皆是经历，有经历才能有思考，才能认清这个世界的本质，才有资格谈人生和竞争。反之亦然，你都没有去过世界，哪来的世界观？须知纸上谈兵终觉浅，欲图进取自躬行。《孟子》云："天将降大任于斯人也，必先苦其心志，劳其筋骨，饿其体肤，空乏其身，行拂乱其所为，所以动心忍性，曾益其所不能。”如此，先人之觉醒与思维，令千年之后的世人顿觉汗颜！

***　***　***　***　***

【中庸之道的平衡】

中庸之道乃是人生最智慧的一种活法。聪明人都在践行中庸之道，既不过于偏激，也不过于保守，处于中正状态，让人拥有简单而又幸福的人生。凡读过《中庸》的人，都能够明白世界事物是一种混沌的发展，是一种阴阳之间的相互转换。一个人如果太过阳刚，一旦遇到挫折就会立刻崩盘，其内心是脆弱的；而一个人如果过于阴柔，又缺乏力量感，无法让人信服。而真正厉害的人一定是刚柔并举，既具备了阳刚之气，又有温柔的气质，强调了中庸之道的平衡，显得非常有力量。因为世界万事万物都需要保持一种动态平衡，一旦失衡，就会天下大乱，而我们个人也一样，是一种大平衡里的演变。但是，维持这种平衡，少不了分寸与界限。唯有不断尊重这种分寸和界限感，方不失分寸与界限感的关系，不会变成烦恼与困惑的源头，保持关系也就不会失去发展与赖以生存的土壤。学会了中庸这种平衡原理，才能在彼此的关系中找到尊严与自由，才能充分体现中庸之道的妙用。

***　***　***　***　***

【做人与做事】

这个世界,低调做人,高调做事,似乎成为当前社会人们的共鸣。那么,可见高调做人就是最愚蠢的行为。生活中,人们总想把事情做完美,但结果是希望越大,失望越多。所谓完美其实是有参照系数的,和别人攀比,和别的事对比;这种比较是没有穷尽的,这山望着那山高,于是就出现了争强好胜。古人云:“水满则溢。”在成功时要想到失败,富足时要想着节俭。中国历史上的秦始皇,在当时多么不可一世,并吞六国,统一天下,而后不顾民生,不就是败在了高调做人的哲理上。到了现代社会,多少大佬,张狂高调,以为自己无所不能,到了最后还不是身败名裂。《道德经》云:“大直若屈,大巧若拙,大辩若讷。”意指正直的人学习屈尊;灵巧的人似是愚笨;口才高雅装作迟钝。须知要想蹦得高先要蹲一下,迟一步发力,给自己留条后路。道理极其简单,反映了低调做人、高调做事的人生哲理。

*** *** *** *** ***

【深度思维,由远及宽】

《心理学》把平常心定义为对自己做任何事情的成功和失败,其概率都有准确的预测,既积极主动,尽力而为,又顺其自然,不苛求事事完美。梦想高远,同时保持平常心,成功时不忘乎所以,失败时不自怨自艾,一步一个脚印地走,才会有不平常的成绩。然而,有些路看起来很近,走起来却很远,若缺少耐心还永远走不到头。路，人人都想走远，但要在走远的同时，不要忘了把它走宽。这就要看你的格局，格局越大，道路越宽。格局代表着为人处世的眼光、见识、经历、认知、气度与胸怀。站位，决定一个人的格局，格局可以影响人的一生。可大部分人都喜欢做简单的事情，而这些简单的事情，又会让人陷入忙碌，而自己却又会把这些忙碌当成生产力。殊不知愚公移山时代已经过去了，完善的生产关系才能孕育更先进的生产力，雇佣时代已经结束，利出一孔才能力出一孔。因此，凡事要有深度思维，有远见有广度，创造出相匹配的预测计划，才能走得更远。

***　***　***　***　***

【优秀的人都会承认别人优秀】

生活看似平坦，实则暗藏玄机，所以我们要居安思危，未雨绸缪。如果能够学会换位思考：你付出的都是自己认为合理的，而

不是别人想要的，那么，明白别人之所需，许多事情可能就迎刃而解了。人性还是有漏洞的，乐观的心态是最好的医嘱。机遇来了，只要方式合适，就要勇敢去捕捉。说服别人支持你，不一定要证明你自己的优秀，而是要表现出你有多优秀，更要多证明别人的优秀。其实有些事看似偶然，实则必然。世界有几个旷世奇才，旷世强者？梦想都是从学习开始，事业皆从实践起步。复杂的事情简单做，你就是专家；简单的事情重复做，你就是行家；重复的事情用心做，你就是赢家。来日也并非方长，有多少天赋异禀，也要靠自己主观努力，矛盾总会在发展中找到统一。因此，不要把眼睛看向别人的幸福，居安思危，才是更高层次的鞭策。

*** *** *** *** ***

【小成的积累】

人有逆天之时，天无绝人之路。生活中，为什么弱者抱怨，始终被困，强者自渡，却有出路。真正厉害的人，都能在苦厄中磨炼出强大的生命力。所以，一个人所站的高度，思想的深度，决定你的胸襟和气度。格局大的人遇难不会回避，反而迎刃而上，不惧烦琐，找出问题的原因，不狂妄自大，就事论事，彻底解决。凡事慎重固然重要，但过于谨慎，顾虑太多，做起来就会犹豫不决，畏首畏尾，结果什么都做不了。想法太多，读书太少，乃人生发展之大忌。当然，凡事并不是不行动，而是要立即行动，在行动中要具有执行力，在执行过程中修正问题，解决问题，不要等问题都解决了再去开始。唯有放大格局，放宽眼界，看清世界，认识自己，品味人生滋味。人生旅途漫长，不必拘泥于一城一地，在方寸小事上沉沦，须知最大的成功都是建筑在小成的积累上。

*** *** *** *** ***

【思维的力量】

人的思维越丰富越好，但要符合逻辑，要有深度，否则思维越丰富，错误越多。一个真正厉害的人，并不都是能力很强的，相反在他们身上有一种处事特别的智慧与良知，这是成就自己的关键。思维是一种心学，能连通人的潜意识，可以改变一个人的底层思维，向中上游攀升，练就了解事物的本质习惯，提炼正确的认知。失败从来都不是屈辱的，更不是没有价值的。许多大伽能够有所成就，都是因为懂得从失败中汲取教训，提升成长的智慧。所以，我们需要学会让失败成为自己的向导，而不是让失败与错误成为自己前进的障碍， 定要搞清楚思维的逻辑关系。生活中，一切事物，包括思想、精神和时间，都有它的结构性、稳定性和持续向好的方向发展的基础。思维方式可以多样化，但一定要符合逻辑，要有深度，遇事进行结构性分析和整合，你就会很快发现改善的效果，这就是思维的力量。

*** *** *** *** ***

【格局与同频】

人生皆有痛苦，但痛苦不是痛苦本身，乃是面对人生问题的不够洞悉，困囿于自己一叶障目，见识不足，格局偏小。当你遇到一个人信息密度和知识层面都远高于你，并且还俯身和你交流，尊重你的意见，还时不时提出一些你从未听过的专业术语和文学词汇，你会自惭形秽，格局比他小。格局的本质就是一个人自上而下的兼容性，而格局大的人绝对不会揭穿。因为大格局者已经跳出了自我的狭隘，站得更高看问题。当别人在谈 RCEP(《区域全面经济伙伴关系协定》)，你在说晚饭吃了啥；当别人讨论最新社会趋势时，你只能谈论孩子及家长里短，无法同频。“读万卷书，行万里路”在人类文明的大环境里，仍然重要。读万卷书无须赘述，而行万里路却不是旅游那样简单。行路最重要的是经历，人生的成长都是由经历带来成熟，找到磁场。而经历只是一种诱因，归根结底需要思考。没有思考，经历再多也改变不了什么。所以，一个格局大的人一定有开放的思维，懂得用敬重的态度看待他人，总是站立高地，望得见前路的坦荡，亦深知歧路的叠嶂。

***　***　***　***　***

【突破】

修为不足，才会张扬。《老子》云：“上善若水，水善利万物而不争。”生活中，我们若以水为师，把姿态放低，德行岂不是越来越高。然而，一个人见识越少，就越会把自己当回事，容易显山露水，更快暴露出自我的肤浅。所以，张扬源于浅薄，谦虚基于厚度。主动谦虚放低姿态，绝对是一种境界，反而能提高你的凝聚力和向心力，所有力量都会向你汇聚。人之格局变大了，相反姿态会降低。低调做人，高调做事，并非自卑，也不是怯懦，它可以让身居高处的你时刻保持清醒。放低姿态做人，才能看到自己的局限性，则会以更大的胸怀接纳世界；默默耕耘，养得根深，生命也就自然枝繁叶茂了。有了放低自己的勇气，自然也有无畏向前的底气。一个人境界高了，就会高处立，低处行，能以出世的豁达之心做入世的寻常之事。只要自己内心满足，努力化茧成蝶，剩下的都会一心寻求更大的突破。

*** *** *** *** ***

【知识与认知】

人与人最大的差距，其实不在于贫穷和富裕，而在于认知层次。由于认知层次的不同，所看到的世界也就不同，它完全局限了一个人的层次。古人云："下愚莫揣上智。"泥陷于认知漏斗底部的人看不到上层认知的风景，根本听不懂认知更豁达的人在说些什么，只有正常地陷入窘境，却找不到解决的办法，一生也走不出自己的情绪。须知人类社会的一切愤怒、冲突、怨气与对抗，都来自资源的匮乏，而资源的匮乏恰恰是注意力资源的匮乏。权力与能力争夺稀缺的社会注意力，带给更多人极大的困扰，导致认知差距的变大，这是一条"经济自由线"，拉开了不同人发展的差距。为了改善自我认知，只有通过努力，走出命运的低谷，从漏斗的底端一步步向上攀登，认知到了哪个层级，人生就是哪个状态。为什么拥有了一定财富的人，都有追求智慧的冲动，因为他们有了行动的力量。认知和知识是两个不同的概念，完全只限于书本知识的人，缺乏行动力，多半会和财富无缘。往往只看到一条船，而没有看到那条河，更忽略了河两岸美丽的风景。殊不知美丽的世界，源自豁达通明的认知和不懈向上的娴静心境。

*** *** *** *** ***

【放下与执念】

放下，是一种勇气。人生需要不断为自己做减法。就像一场长途旅行，无论身体，还是心灵，背负的东西太多，是无法坚持到终点的。放下，其实不是刻意地忘记，而是自觉地醒来。思路决定出路，意识改变命运。放下，其实是放下执念，人的痛苦，有时候不是得到太少，而是想要的太多。放下思虑，放下杂念，给精神一点自由舒展的空间。贪婪与妄求，比较与攀比，都是对生命的浪费。《菜根谭》云："风来疏竹，风过而竹不留声；雁渡寒潭，雁过而潭不留影。故君子事来而心始现，事去而心随空。"可见一个睿智的人当事情来临时，他的本然之性才会显现，当事情过后，其本性也就恢复原来的空虚平静。古人云："上善若水。"所以我们要学习水的智慧：物来则应，物去不显的境界。一念放下，万般自在。

*** *** *** *** ***

【破局与格局】

这个世界，人与人之间是有差别的，这些差异除金钱、地位之外，还有聪慧、善恶和心胸。前者表现在人们的视野里，而后者则是隐形的，但可以体现在行动上。在现实中，这种差距还是无法缩短，而在拉长。然而，破局之法，却是成就人生格局之道。人类总有些问题是不可能解决而只有取消的，跳出局外看局内，取消问题不仅是局外的境界，还是局内解决问题的法门。与其刻意缩短这种难以突破的差距，不如静下心来修炼自己。《庄子》云："游于逍遥，论以齐物。超乎象外，得其环中。"所以，睿智的修行，乃是修心、看淡、放下。当我们学会从未来看现在的自己，我们将变得不再迷茫，也不会去追求那种无果的差距；当我们能够学习多角度辩证地处理问题，我们将变得越来越智慧；当我们用更广阔的视野去鞭策自己，我们将会变得从容淡然。所以，懂得了如何破局，最终将形成自己的大格局。当你有了大的格局，那么，这些差距也已经无足轻重了。

*** *** *** *** ***

【平凡与平庸】

在这个世界里，我们摆脱不了平凡，但可以摆脱平庸，但摆脱平庸却要注重深耕自己，就看你怎么修篱种菊，锤炼自己内心的强大。其实，通往成功的路并不像我们想象的那么拥挤难走，所谓天才也需要99%的汗水，只要你方向正确，目标明确，披荆斩棘，不怕苦难，成功的愉悦还是不受限制地与你分享。当你孤独的时候能够忍住不哭，崩溃的时刻能够咬牙坚持，拥有了一颗强大的内心，等待机会。这个世界，能耐得住寂寞的人，一定是有理想的人；能忍受孤独的人，一定是有思想的人。须知生活中的矛盾却是大多时候，人想要更多的美好、灿烂，但终究需要用寂寞来偿还。人这一辈子，没有谁能保证一生都有好运，一帆风顺，都一定或多或少经历坎坷和崎岖的路，只有内心强大了，才能解决人生路上遇到的一切障碍和逆境，即使成功之路拥挤难走，也会突出重围，重见前方的光芒。

*** *** *** *** ***

【对立和统一】

人处不同的位置，想法都是不同的，所谓感同身受只是形容而已。处境不同，很难理解对方的感受；境遇不同，很难明白对方的做法。这个世界，不会有相同的人，走相同的路，有相同的感受，无人能把平衡理论打破。人的性格和思想的形成，是源于成长的积累过程，到了最后是巅峰是低谷，都不会相同。一个人站在自己的位置上去看别人，永远都不会有结果，也很难去解决问题。生命是一种回声，也是一种迭代，需要付出爱，才有感恩和回报。人生不是由起跑线决定的，人与人之间本无高低贵贱之分，也没等级界定，但却有不同的智慧和水平，也有不同的人品和三观。道路相同，能够同行；三观一致，思想相通。人与人因缘分相识，因感情相交，因人品珍惜，因品德敬重。漫漫人生路，矛盾总会在发展中有对立，直至统一，真善美或假恶丑，皆需自己判断和理解。

*** *** *** *** ***

【入局和出局】

生活的最高境界就是忍和熬，看你有多忍耐，有多少熬劲。这个世上凡大成者，都会经历几段人生的至暗时刻。身处低谷，难免会有彷徨和无奈，唯有不消沉，不懈地努力与坚持，才有机会突破重围，涅槃重生。其实，忍耐并不代表软弱，也不是无能，而是你所表现出的忍耐度，更是智慧和修养。人生最重要的是志向，是内心的渴望与蜕变，而不是外在条件的偏颇。当你苦尽甘来，回首往事，在低谷时，总是理解者少，落井下石者多。人生百态，不要计较，这却成了你不可或缺的自我沉淀的机会。人生有如山涧溪流，遇到急湍，哪怕需要逆流，也是勇敢向前，因此，唯有忍和熬，方可奔流入海。当然，难熬的日子真是需要忍耐，把它看作是对你人生的锤炼，熬得住，入局，熬不住，出局。

***　***　***　***　***

【细节不能决定成败】

有云细节决定成败，其实不然，真正决定成败的是强大的能力与格局。在现实生活中，若一味地拘于细节，只会阻碍你的眼界，殊不知要先布大局，再织细节。《史记》云："大行不顾细谨，大礼不辞小让。"欲成大事者，首先考虑的应当是大局形势而不是细节，唯有掌握了大局，再依次布局细节，未尝不可。但不可否认有时候细节能让你胜过对手，那是条件不均衡所致，切勿迷信。值得我们考虑的是要挑战更高层次的对手，是为了完成难以完成的梦想，星辰大海，因为遥不可及，才弥足珍贵。人生不可能面面俱到，但却可以不断前行，自我提升，比拘泥于细节更重要。没有大局观，没有能力去布局，不管细节有多丰富，结果都会败得很惨。真正能够让你光芒万丈的，是你的能力、知识、资源和格局，绝对不是由细节来决定成败。

*** *** *** *** ***

【吞得下委屈，方能喂得大格局】

笑着低头的人，其实并不是懦弱，不是愚笨，而是看透了生活喜怒哀乐的本质，仍然热爱生活，这是智慧。生活中，一个人若内心豁达、谦虚，积极进取，懂得退让，明白取舍，笑着低头也就正常了。《马斯洛人本哲学》云："人生有生理需求、安全需求、社交需求、尊重需求、自我实现需求。"人要一天天老去，奢望也一天天消失，吸取教训，被现实教育后，学会放下面子，面对真实的自己，面对真正的现实。吞得下委屈，才能喂得大格局，笑着低头也就自然而然了。人生的高度，不是你看清了多少事，而是你看轻了多少事。输在计较，赢在放下，想通了，看透了，笑着低头也就不难了。生活哪有不苦的，凡事在成熟前无不是苦涩的。人生哪有一帆风顺的，每个人都在为生活挣扎、为事业奔波，每个人都在争渡，用力地活着，是为了笑到最后。

*** *** *** *** ***

【心态与幸福】

人生幸福是多元化的，并非早有定数，从幸福本质来看，它只是一种感觉，一种心态。幸福很小，它就环绕在你的身边；幸福很大，它足以支撑起你的整个生命，贯穿于你的整个年华。然而，幸福从来不会从天而降，让你不劳而获，否则，天道酬勤就可以过期作废了。唯有不断努力，提升自己，冲刺挑战，创造出更好的生活品质，才能使幸福成为你的可能。生活是全靠努力经营，智慧注入而充满活力，从不会给自私懒惰者以馈赠。一个人是否过得开心、幸福，往往会通过他的状态感知，那种专注工作的眼神，辛勤劳作的汗水或完成作品后的笑容，反映出来的自豪，让人倾慕，让人信任，让你充满了幸福感。生活中从来不曾缺少美，而是缺少善于发现的眼睛。发现能够让我们在平凡的生活里，探索到不平凡的世界，给我们的理想插上腾飞的翅膀，飞向广阔的天空，在属于自己的一方晴空里尽情享受生命的乐趣，获得更大的幸福。一花一世界，一叶一菩提。幸福——就藏在生活的细节里，需要我们静下心来去探寻，去发现，去感受。

*** *** *** *** ***

【人性与认知】

世界上有两样东西不能直视，一曰太阳，二曰人心。然而人心的善恶美丑来自人性，而人性却是一个复杂的因素，看不见摸不着，但它却主宰着你的人生命运。人性是一把双刃剑，学会了周旋人性的利弊，人生才能少走弯路。发挥人性的优点，学会正确运用人性的正能量，才能走向更加辉煌的明天。一个人想要大成，趋利避害，就必须了解人性的本质。只有对人性优点和弱点进行全面的了解，深入研究，才能把握尺度，把剑用好。人性是一个不稳定性产物，它的善变，始终围绕着利益的关系，在利益面前人性就会暴露无遗。因此，这就牵涉一个看不见又伟大的名词——德行。一个人能力越大，若是没有品德或者缺少德行，其造成社会的危害也就越大。所以，世界既然有了人性的认知，这就要求世人高度重视，自己学习，深入研究人性的概念。人生在世，相遇靠缘分，相信靠感知，相交靠三观，未来的路能否一直同行，则完全取决于自己的人性表现。

***　***　***　***　***

【相由心生】

相由心生，意指一个人的相貌会随着心灵的变化而变化。尤其50岁以后，其内心世界的变化会改变人体的形象反映。《易经》云："一个人的心决定了你的性，谓之心性，而性可以决定你的命叫性命；而命决定一个人的运叫命运，而运可以决定你的气叫运气；而气决定一个人的色叫气色，然后由色决定你的相叫相貌。"我们若能把如此循环理论搞懂后，你就会格外注重自己的心灵变化。为什么一个宽厚的人多半是一脸福相，性情柔和而善美，想他人所想，把自己的利益总放在第二位；然而一个心胸狭隘、自私自利的人，日夜思考的总是自己的利益，终日双眉紧蹙，本来好的相貌也会随之变得尖嘴猴腮，无法端正。这是一个人需要长期的心灵与行为的修炼在脸上的投影反映，非一朝一夕可以改变者也！

*** *** *** *** ***

【多少人认识你】

人的眼睛有5.76亿像素，比现代的手机像素超出了不知多少倍，但能看到别人脖子上有灰尘，却看不清自己的鼻子和脸。所以，在现实生活中，最难能可贵的不是搞懂别人，而是研究自己。成功与失败、伤心或开心，只能自己体会，你或许可向人倾诉，但是不能指望得到理解，包括安慰你的语言，也只是漫天的大道理，没有多少营养。所以，一个真正厉害的人，都会研究自己，先把自己看清，悟透。只有提升自己的能力，才能真正站在风口浪尖。人生最难能可贵的是认得清自己，对自己有个清晰而准确的定位。一个人是否有能量，不是你认识多少人，而是有多少人认识你，有多少人将你真正地当朋友。所以，研究自己，是进一步看清自己有多少智慧和能量，不至于力不及位、德不配位，在滥竽充数。研究自己，是为了找到正确的方向，少走弯路，成就更好的自己。

*** *** *** *** ***

【人对了世界就对了】

这个世界，阳光与阴影总是相伴而出，有的人受到了阴影，就消极沮丧，没了斗志；有的人却能看到背后总会有阳光，奋勇向前。同样的境遇，不同的思维，会有不同的结局。古人云："水到绝境是飞瀑；人到绝境是转机。"人生至暗的时刻，意味着光明已在酝酿，就看你是否觉醒，怎么把握，坚持下去，就是胜利。人的一生不可能一路坦途，路上总有阻碍与挫折，而你的心态，将决定这困境让你自暴自弃，还是绝地反击。晚清，曾国藩缴灭太平军，节节败退，向清廷上表说自己屡战屡败，欲请旨增援，然幕僚左宗棠却把奏折改成屡败屡战，获得了清廷的褒奖，全体官兵也看到了光明。昔日王阳明也主张："人对了，世界就对了。"意指不是世界如何人便如何，而是人如何世界便如何。心里光明，世界便不会黑暗，心里光明，世界便清晰透亮、温暖如春。所以，雨过天晴，才有彩虹。人生道路正与不正，全在于一念之间，大雨过后，不要总是低头看地，尽量抬头看天，慢慢地发现一个全新的天空。

*** *** *** *** ***

【心大了，事情就会小了】

人生的最高境界，就是不生气。人之一生，或多或少会遇到很多不平事，但是，过激的情绪，会让你失去平衡，导致生气。莎士比亚的书里写道："不要因为你的敌人燃起一把火，你就把自己烧死。"生而为人，如果能够让自己不生气，就达到了人生的最高境界。只有心大了，事情才会小，只有想得开，才会不生气，构成大的格局。一个大格局的人绝不会与小人计较，不与破事纠缠，看似吃亏，但往往能比别人活得心安、赢得更多的尊重。其实凡事生气，就是在拿别人的错误来惩罚自己，让自己损失了健康的同时，也失去了友情和亲情。所以，不生气才能构成大格局。大的格局不仅是自我素养的表现，更是境界的反应。真正有大格局的人，始终是内心平静如水，谈笑风生。古人云："海纳百川，有容乃大。"退一步海阔天空，气，还从何来？

***　***　***　***　***

【渡人与自渡】

人生其实可以很简单，给你的岁月只有一次，一去不复返，要加倍珍惜。人这一生，在工作之余若能品茶读书，知己二三，不负岁月不负卿，夫复何求？生命本就不是安稳的概念，因此，需要认真预判未来的坎坷与凶险。然而，这一生走过来的路，浮沉与辉煌，也是有期限的，在生命运动未到达目的地之前，就是一场马不停蹄的旅行。一路看尽人间繁华落幕，阅尽生命的厚重朴实，创造出属于自己的一片天地。不管有

多么波澜壮阔，或者屡败屡战，只要心中无愧，亦是人生之大幸！生命如书，优雅馨香。品茶读书，也是在品读生命。在书中可以看到“采菊东篱下，悠然见南山”。还可以体会“不畏浮云遮望眼，自缘身在最高层”。人生难得一知己，但求灵魂相似，三观相同，一起领悟：人生如逆旅，我亦是行人。

*** *** *** *** ***

【能量守恒定律】

世界上没有一件事是偶然发生的，一定有其必然性。这是宇宙的最根本定律，因此人的思想、语言和行为是因，那么，所产生的就是果。认同因果关系定律的不仅有佛教，还有基督教、印度教以及灵修的几大派系。古希腊哲学家苏格拉底和大科学家牛顿等大师也认可这个宇宙的根本定律。一个人一切利他的思想、语言和行为是塑造自己的开端。只有爱自己才能爱别人、爱世界，才能拥有广阔的胸襟。利他其实就是一个种因行为的表现，先成全别人，最后受益的是自己，种什么因就会得什么果，是一种施与受的能量守恒定律。利他也并不是先要牺牲自己，而是经由自己的生命关系，付出与收获的能量循环，建立起自己更大的价值观。利他是在提高他人价值的同时也在提高自我价值，当你在做出提高别人价值的时候，此时你的自我价值已经在无形中加倍提高了。可我们无法改变过去，也不能控制未来，唯一能改变的只有自己的信念。

*** *** *** *** ***

【智慧不能用错地方】

在现实世界里，要看透赚钱的本质，同时思考去赚那些想快速发财的人的钱。当大多数人获得信息，那里有金矿都去淘金的时候，你要做的不是加入淘金大军，而是去修建一条快速通往淘金地的路以及生活设施。有一个小故事：大多数人都拼命往金矿上挤，而某人在路边搭起一个临时帐篷卖饮用水。结果人家全是拉着沮丧的脸下山，而他只卖水却发了财。现实生活中赚钱不是靠跟风，而是靠头脑运作。漫漫人生路，很少有顺境和坦途，容易获得成功的事业，自古以来没有。与其我们在做事失败后，叹息、后悔、不甘心，还不如在做事之前，筹划深远一些，避免出现失败的概率，并及早作出补救措施。是故，智慧不能用错地方，才是大智慧矣！

***　***　***　***　***

【静心的伟大】

一个厉害的人总是心静气盛，却又大智若愚。真正能够让我们变得厉害的，往往是自己内心的宁静。静心能让我们认识自己，精进自我，变得更有智慧。但是，静心的前提是要先学会觉醒与洞察，它让你平息情绪，理智处事，事半功倍。《大学》云：“定而后能静，静而后能安，安而后能虑，虑而后能得。”是故，物有本末，事有始终，知所先后而洞察，则近道矣！当我们心静了，就能发现世界的真相是我们内心的映射，所看到的也就是内心的解读。《易经》亦云："境随心转。"当你真正心静了，你的世界观、人生观、价值观也就随之改变，遇事一定会做出正确的判断。从本质上来说，每个人都有不同的思想和诉求，当你懂得静心的伟大，你才会真正认识别人，不会过于执着自我，自然就会更多地包容别人，也就随之而生。

***　***　***　***　***

【生命的长度与维度】

人生生命的长度在于：做人要大度，做事有深度，生活需适度。这个世界，一路走来似乎没有如果，有的只是后果和结果。度乃是检验做人优劣之标准，衡量做事好坏的标杆，生活高低的准则。只有守度才能指引人生成就大智慧。人生贵在大度，胸怀乃是一个人处世的根基，懂得取舍，才能赢得人生；眼光是一个人立足的关键，一个视野开阔的人，总是看得远、看得懂、看得深、看得透彻，处事不拖泥带水，不被外界的声音所阻挠，总是站在高处看尘埃。当然，维护生命的长度是每个人期望的目标。如果，希望自己的生命有长度，就得考虑自己对生命长度的质量要求。人生时时处处都在此度中行进、成长。因此，有度方能修炼宽广的胸怀，成就厚实的人生。

***　***　***　***　***

【心态与心灵】

一个人快乐与否，不是拥有的多，而是计较的少。但是，有这样的心态真是不容易。因为好的心态不是天生的，而是靠自己努力修炼出来的。它需要体验生活，感悟人生，然后活出属于自己的态度。对有限的生命而言，接纳委屈是最好的善待，是你的就是你的，问心无愧，不必谦让；不是你的就交给命运去周转，不要强求。人生有多少计较，就会有多少痛苦；有多少宽容，就有多少欢乐。痛苦和欢乐都是心灵的折射，心里放不下，自然就成了负担，负担越多就越不快乐。生活，就像是一场永无止境的苦役，不要惧怕和拒绝困苦，只有超越困苦，你才是生活的强者。经历越多积累就越多，你就越能更好地成长，你的生命就越有厚度。心态决定人生的一切，心态好，一切皆好！

*** *** *** *** ***

【信念与良知】

决定一个人的内心强大与否，往往来自我们的信念。积极的信念会大大塑造一个人的头脑和行为，让你意识到还可以收获更精彩的自己。《心理学》研究发现一个人从本质上是完整无瑕的，但在成长过程中倘若遭到破坏，那么，发展就会受挫，那就需要鼓起勇气去探索人生。一个内心真正强大的人，从不认为自己没有价值，只要信念坚定了，就会不断强化自己的行为，创造出奇迹。一个人变得厉害，并非只看表面，而是内心对自我价值的渴望和付出。心有多大，舞台就有多大。激活自我潜能的关键是提升自己的格局和视野，懂得从他人利益角度出发。人，一定要有信念，才能为自己做出更好的选择，你越能意识到这点，就越能训练出自我强大的能力。不必操心自己的前途，只要操心自己的良知即可，因为良知是我们内在的光明，这种光明才能为我们带来强大的精神力量和智慧超越。

*** *** *** *** ***

【觉醒】

一个人能否成功，不仅在于能力大小，更在于追求成功的态度。有一个良好的态度，才能努力去寻找解决问题的方法，找到问题的关键点，寻求成功的契机。其实人的命运都藏在认知里，一个人的进步，就是将无意识的选择变成有意识的演化，这个过程就是你对意识的认知和觉醒。在现实生活中，你对待工作的态度如何，都会在无意识中暴露你的层次。层次不同，那就导致格局不同，于是看待问题的角度、心智、见解和方向也就不同，但始终不会脆弱。这有如健身的医学原理：高强度的运动容易破坏肌肉组织，肌肉在撕裂后，才开始重塑。生活中，服从脆弱是一种本能，反抗脆弱才是一种本事。所以，一个人持什么样的态度，就拥有什么样的人生。一个好的心理素质，会将筑好的态度长存，总是愿意深耕，给自己留下一片清澈的海洋，不会被所谓的能力禁锢内心。

*** *** *** *** ***

【信念和毅力与人生火车头】

自从1769年瓦特发明了蒸汽机(人类历史上五百项发明,蒸汽机排名第一。)才有了火车的行驶。但是蒸汽机必须要将水烧到华氏212度,水才能变成水蒸气;若低于这个温度,则无法变成水蒸气,那么,火车也就不能运行,既烦琐又落后。随着科技的进步,经过专家不懈的努力改良,蒸汽机车变成了现在的高铁。但是,世人享受惯了科技进步的文明,几乎都淡忘了那些专家们在改变落后的交通工具的过程中,付出了多少的汗水和热情。如果人们对生活和工作毫无热情,也不愿付出汗水,那么,是绝对无法驱动人生这列火车的。当然,一个人若要实现自己的目标,首先要具备坚定的信念和毅力,缺乏任何一项都是无法成功的。有了强大的毅力,创造力也会随之产生。瓦特就是这样做到的。只要信念和毅力可以转化成力量,那么在前进的路上遇到所有的困难都将不是困难。

*** *** *** *** ***

【荷花定律】

美丽的人生,都是熬出来的。熬者坚韧不拔也!这个世界没有人会一路风光,只要熬得住,最坏的结果无非是大器晚成;不熬,则一无所有。其实真正拉开人生差距的不是财富的多寡,而是认知的不同。一个人若老是故步自封,刚愎自用,只能原地踏步;若不断调整思维,提升认知,就会有更多的可能。因此,突破认知局限，打破思维惯性，是个人实现破茧而出的最好方法。为什么谚语云“笑到最后的才是赢家”？就是因为具备了两个条件——熬与忍。《荷花定律》之核心概念：荷花开满池塘需要30天，但开满半池的时间却不是第15天，而是第29天。事实就是荷花想要开满池塘，就需要不断积蓄力量，在最后一天开满；一个人想要一鸣惊人，也需要前期的自我积淀。在现实世界里有两种不同的人：一种是观望者，另一种是行动者。大多数人都想改变这个世界，但没人想先改变自己。所以，若要当改变者，就不要害怕走错路，重要的是敢于迈出第一步，坚持走好每一步。这就是忍的成绩，熬的结果。

*** *** *** *** ***

【祸福与净土】

这个世界凡事并无绝对，福与祸之间都在不断相互转化，相互作用。艰难地爬坡是为了登上更高、更雄伟的高峰，但切勿得意。一旦得意到了极点，往往又会是你失意的开始。听不进别人的意见，就可能在得意中摧毁自己。只有虚心求教，谦虚敬人，才能持久得益。要反思一箪食一豆羹的来之不易。修合无人见，存心有天知。王阳明一直提倡此生修心不倦，心中明德清明，万事皆可安泰。然而停留在身外的修行只是浮于表面，要抵达灵魂才是至诚、至谦的炼心。心存感恩，心存真善美，即使身陷泥沼，亦会转危为安。是故，人生在世，心安理得，即是归处。其心阳光，福报深远，所归亦善，即是人生最美好的净土。

*** *** *** *** ***

【了解自己更智慧】

鲁迅先生说："不读《老子》，就不知中华文化，不懂人生真谛。"而近年《易经》也被上流社会所认可。于是乎若能集两书之精华于一身，则智慧双全了。西方智慧的源头乃是柏拉图；印度智慧的源头是《奥义书》；而我国智慧的源头就是《周易》了。读《止学》有云："大智知止，小智唯谋。"生活中，唯有以知止为始，其结果就能以能得为终也！然而，知止的前提是要先知人，古人云："知人者智，自知者明。"了解别人是明智的，而善于了解自己才是更智慧的。一面镜子可以照尽天下万物，唯独照不到自己本身。所以，了解自己才能对人生坐标进行准确定位，也是进步的开始。是故，人生道路最重要的是精简生命的需求，不沉溺于各种欲望而不能自拔，这样才能获取人生真正的幸福。我们要做的是继续努力求知，改造世界观，不怕成功太迟，只嫌放弃太早。大器晚成亦未偿不可也！

***　***　***　***　***

【选择与蜕变】

涅槃重生如果说是一种能力，那么急流勇退则是一种智慧。这个世界，物质文明如潮水般涌来，人之欲念也如野草般疯长。然而，人永远无法满足自己所有的欲望，如果急切追求，毫无底线，最终只会迷失方向，不仅无法感受到幸福，甚至还会陷入困境，甚至万劫不复。人生有太多的烦恼和恐惧，其实皆因过于贪婪。一个人就算得到的再多，想要的只会更多。因此，做人一定要有底线，当满足了生活所需，就不必过于汲汲于名利的诱惑，而是要有思危和思退的智慧。当然，不改变就不会累，不改变就不会有痛苦，可是，不改变人生也就没有无限的可能。然而，人生最大的自由，就是拥有选择权，从改变到蜕变，没有人逼迫你，就要由自己来逼迫自己，享受每一次蜕变的惊喜——顺境时懂得思危，得志时懂得思退，困惑时懂得思变。

*** *** *** *** ***

【聪明与智慧的区别】

这个世界我们所看到的往往是聪明人多，智慧人少。理论上的聪明只是方法论层面的机巧，而智慧则是世界观的高度和高超。聪明可以通过学习得到，而智慧则需要开悟。一个有智慧的人总是活得很真实，赤子之心，大道至简，不会曲意逢迎。他／她站在那里自成一道风景，充满强烈的使命感和感知力。他／她自有已识乾坤有多大，犹怜草木皆常青的胸怀，用顿悟的眼光看世界，能看见常人所无法看见的东西。当然也不是以自我为中心，而是以使命为核心。而聪明人则不一样，因为他无须这样的认知，对每一件事常人干不了而他行，也不用提到世界观的高度，只是自我感觉与众不同就行了。这有如空气让人共同呼吸，没有贵贱之分，也没有聪明与智慧的区别，全都是大自然的恩赐，可结果却是人类自己在无形之中产生了区别。

*** *** *** *** ***

【最困难的时候可能就是你接近成功的时候】

这个世上先有鸡还是先有蛋，至今尚无定论。但是鸡蛋从外打破是食物，要是从内打破就是生命。人生亦然，金钱可以使人高傲，也可使人卑微，但却无法使人高贵。人生成就，亦富哲理：你想过普通人的生活，遇到的挫折也只是普通的；你想过最好的生活，就一定会遇上大风大浪。这个世界很公平，想要最好，就一定会使你最痛苦。但是事物总是在转化，当你最困难的时候可能就是你最接近成功的时候，就看你能不能坚持到最后一刻。可世人往往就是缺乏这最后一天的坚持，殊不知发光并非太阳的专利，人们也可以自己发光。然而人生智慧缺乏预知，只有先知或者后知。有清晰的思路远比卖力苦干重要；心态正确远比突兀表现重要；选对方向远比努力重要；做对事情远比把事做对重要。所以，一个人成长的痛苦远比后悔的痛苦好，胜利的喜悦也一定比失败的安慰有意义。人生沉浮，不是注定，而是靠自己的智慧与努力，学会忍受生活中该有的那份悲伤，自我突破，才能体会到什么叫作成功。

【投资】

“人之初，性本善。”从古时老师教儿童摇头晃脑地朗诵开始，到了现代，还是可行可学。善良是一种老吾老，以及人之老；幼吾幼，以及人之幼的坚守，是人性永恒的向阳面。所以，善良是生活中唯一永远不会亏本的投资。人生祸福和得失往往不是成正比的，它不是绝对的，或许是交叉的。有时候得到的并不是福，失去的也不一定是祸。生活美满、幸福——就是善良带给你一生最大的底气和福报。久而久之，处处皆是清澈的泉水、迷人的芬芳，还有诗和远方！

*** *** *** *** ***

【人类之争与其本性】

道家有云：看破红尘；佛家则是：善恶终有报；而儒家则强调自然规律。在这漫长而又短暂的人生路上，我们总会遇到不同的人和事，也有许多的是非曲折和矛盾，难以避免。但是，当大多数人融入这种矛盾，就少不了展开无情的争端，哪怕走了歧路还在争。然而，争到最后也不见得有好结局，因为这种争的本质便是在违反自然规律。然而争，却反映了人类的本性，变成了必然的行为。正是这种你争我夺，才推动了这个社会的不断进步，走向繁荣。中华文化几千年，道、佛、儒皆在教导世人，其主张都少不了一个核心理论——时机和自然规律。是故，看破红尘和善恶终有报也并不矛盾，我们只要遵循客观规律和自然规律，则人生之路就会无限光明！

*** *** *** *** ***

【伟人思维】

古人云："乐天知命，故不忧。"一个人若优秀了，那么，就会有更多优秀的人围绕着你，但前提是你必须要自己先优秀。读《纵横捭阖周恩来》，他就是这样做的。时止则止，时行则行，动静不失其时，故其道光明也！为什么日中则昃，月盈则食，天地盈虚，与时消息。可见世上事物的减损增益，都是随着时间的变化而变化的。君子敬以直内，义以方外，敬义立而德不孤，所以成为伟人也！一个人越优秀，就越能吸引更多优秀的人。

*** *** *** *** ***

【改变】

宇宙有一个玄妙无比的运算程序，它似乎在专门负责世人的取予规律，你给予出去的东西，最后都会以各种形式回馈于你，甚至加倍。是故，一个人无论你多有能力，如果你想独占鳌头，不愿留余地于人，那么，你的一切就会被清空；反之亦然，你已经有功但却看淡，到最后硕果还是你的，这就是智慧，世上人败就败在贪婪上。过于贪婪和欲望太深的人，往往容易失去判断力、自制力，敏锐度也势必下降。总以自我为中心，便会成为众矢之的，那么你的好日子也就到头了。人生最大的敌人是自己，能够改变自己的人，才能改变一切。唯有内心强大的人，才能活出自己，活得潇洒。

*** *** *** *** ***

【学习哲学的历程】

《哲学》——乃是人生导师，哲学教你做人要有底线，不随波逐流。生活中，人，若是守住了底线，就知道自己该做什么，更重要的是明白自己不该做什么。底线，是人生前进的基础，是为人处世必备的素质。多学习哲学，认真确立哲学原理和原则，能够促使你的工作顺利，事业有成，给你带来人生硕果。但是，这个过程绝非轻松愉快，哲学的前提首先是律己，进一步完善真诚和善良，约束和规范自己的行为，这期间会给你带来许多的痛苦或者损失，这就是学习哲学的历程，就看你如何突破。经济学家郎咸平当年提出中国经济的X元素在哪里。萧条经济的本质并不是大家所想的百业待兴那么简单。相反，萧条是一个充满机会的时代，汇聚成了一些特殊的亮点，等待有心人去发掘。这也是基于哲学思想而发的；易中天《品三国》，反映了当时近百年的乱世历史，塑造了英雄辈出的时代，成就了三国鼎立的局面。这也是运用哲学思想而出。可见学习哲学既痛苦又可以打开人们的心扉，从不想学到奋学，最后走向突破。

*** *** *** *** ***

【快乐与幸福】

知足常乐，人皆懂得，常乐的升级就是幸福。可见人生的幸福是在内在，而不是外力。任何依靠外力的幸福都会干涸，无论在什么年龄段，一个人自身拥有的，乃是真正幸福的源泉。所以，这个源泉就要靠自己去创造、去拼搏，而不是完全靠父母给予或社会相赠。但幸福的主要含义还在于知足，只有知足了才能快乐。一个乐观主义者都是从每一个灾难中看到机遇，而一个悲观主义者却都是从每一个机遇中看到风险和灾难。知足是一种人生精神，幸福是精神的修炼成果。所以，知足是人生修为，也是常态、感悟、信念——快乐；知足是人之初心和源泉，也是人生境界，拥有快乐的日子，感悟快乐，才能产生永恒的幸福感！

【修炼与价值观】

这个世界，智者懂得修炼自己，愚者却总是喜欢苛责别人。《孟子》云："行有不得，反求诸己。"郭德纲也曾说："我不怕自己没能耐，我怕的是以为自己有能耐。"生活中人总是很容易看到别人的错误，却很难看到自己的欠缺。到了现代，《孟子》的思想依然有用——遇到不顺心的事情，要懂得反省，从自身出发找问题，才能少走弯路，不至于到处碰壁。但是，持弱势价值观的人，其眼光总是向外，内心只有抱怨、指责、愤懑，很难体会到进步的幸福；而持强势价值观的人，眼睛向内，懂得反省、剖析、改进，激发内心的豁达和大度，拥抱快乐和幸福。所以，只有无能的水手才会责怪海风的呼啸；一个智慧的裁缝绝对不会抱怨客户的体型不佳，而是予以扬长避短，做成合身的衣服，使客户满意。因此，当你修炼好自己，才会发现人人皆有光，万物诚可贵，为时也还不晚。

【无事时如有事时谨慎，有事时如无事般镇定】

人皆有欲望，往上爬，乃是人生态度，是进取的表现。但是，值得注意的是在你往上爬时尤要检查梯子的整洁和结实，否则在你下来时可能会滑/摔倒。做到进退有度，才不至于进退维谷。谦虚并不是把自己想得很差，而是不把自己想得太好，如果把自己想得太好，那么，就会把别人想得很糟。测验一个人的智力是否属于上乘，只看他脑子里能否同时容纳两种相反的思想而不妨碍处理各种矛盾。无事时如有事时谨慎；有事时如无事般镇定，给人以安全感，才是一个最具智慧的人。

***　***　***　***　***

【心累与阳光】

这个世界，为什么有人活得很累、很压抑；有人活得潇洒、轻松？其实累，并不是外界给你多少压力，而大都是自己给自己造成的。须知人体的心脏才300～500g，就这么大，想要承载太多，超负荷，能不累吗？一旦绷不住，面临的就是崩溃。所以，与其这么累而挣扎，还不如向潇洒的人学习，凡事看开、看淡、想开，不要给自己造成无意识的负担。在这个世界里，很多事情都是人生常态，并不是你想着就能解决，依照你的意愿就能获得的。这显然是不可能的，我们应当面对现实，凡事都要依照客观规律和自然规律进行。否则，一味地纠结那些无法改变的事情，就会越陷越深，最终迷失自我。只有控制自己的情绪和思想，学会适应环境把自己的心清理干净了，那么，阳光就自然会照进你的心房，此时的你也就自然不会累了。

*** *** *** *** ***

【道德期望是痛苦者的牺牲品】

这个社会发展突飞猛进，有些人活得潇洒，有些人活得痛苦。可前者未必很努力，而后者却不是不努力。但事实就是这样，痛苦者认知匮乏，看不懂底层逻辑，留着道德期待，盲目付出，做得越多，对自己的伤害越大，最终还得不到自己想要的结果。人生在世其活动核心是求进步，活动范围是亲人、朋友、爱人、同事、同学和战友的组合。这就是人生过程，痛苦者可能就是没搞懂人生活的核心内容及三观。《道德经》云："为学日益，为道日损。"很多事物在痛苦者看来很是复杂，可在潇洒者看来却很简单，其实生活本质就是简单的，因为这个社会同化不了人们的所有思维，所以产生了潇洒与痛苦。可能痛苦者始终未能明白的盲点——创造价值。如果你本身没有价值，即使给人再多的真心，也始终打动不了人心。在现实生活中，道德期望就是痛苦者的牺牲品，也印证了"为道日损"的逻辑思维。

*** *** *** *** ***

【种好前因，静待后果】

人生成败，皆有因果。生命自有因果，人类唯有临摹。人之行为，所谓天数注定，其实不然，全是因果关系。历史的因果在于功过后人评，而今人的因果，则在于自身的承受。然而，与因果并列的，还有业缘，世事本是无常，朝花夕拾。人生一世，草木一秋，谁都是顺沿着人生的变换轨迹，亦步亦趋。以平常心看待花开花落，以同理心看待疾苦大爱。我们主动能做的就是活在当下，种好前因，静待后果。佛云："渡可渡之人，行善自有天知。"所以，我们要种一棵树，以后不管是参天还是矮小，重在种，而非树。事在人为，只要心地善良，先苦后甜，有了这样的理念，无形中转危为安，也不失人生之快事。

***　***　***　***　***

【阻拦与阻碍】

这个世界，生命最有价值。有人帮你是幸运，要学会心怀感恩与欢喜；无人帮你是命运，要学会坦然面对与承担。没有人该为你做什么，因为生命本是自己的，所以你要为自己负责。生活就是这样，当你变得很坚强不退让，那些看似气势汹汹的难题，反而会为你让道，成为你脚下的坦途。一个拼尽全力的人生，远比事事畏缩、将就的人生要炫丽得多。在成人的世界里没有容易的说法，一边是生活的逼迫内卷，一边是梦想的再次出发，所以奔跑永远在路上。即使美好迟迟未至，也不要着急，最美好的往往会在不经意间出现，你的幸福只是姗姗来迟。而你只需要继续努力，剩下的交给时光。一个人想平庸，阻拦者一定很少；一个人想出众，阻碍者一定很多。真正比你强的人是不会花闲工夫搭理你的，所以不必在意别人的嘲讽；招摇过市，除了证明你心虚，说明不了任何问题。这个世界不会因你的疲惫而停止脚步，今天你不用力走，那么，明天就要拼命跑，唯有把自己变强大了，强大到能够应对下一场挑战，还惧嘲讽乎？

*** *** *** *** ***

【清静心，看世界】

人处低谷，越要微笑。但可能说易做难。其实说难不难，关键在于你的心态和认知。为什么有的人身处巅峰，有权有势，但生活过得并不幸福；而有的人每天为了生计，还要努力工作，做到让自己优秀，甚是辛苦，可心里却十分快乐。可见人生的幸福和快乐，从来都不只是由物质条件决定的，更多的是取决于你的心态和认知。人生本就喜忧参半，你若笑过，便知百事从心起，一笑解千愁，区别就在于你用怎样的心态去对待。一个乐观豁达的人总是很快就走出困境，平复心境，看到了光明。生活中的智者，往往是那些肯吃亏的人，因为所有的失去往往会以另一种方式归来。生活可能

会给你带来意想不到的磨难，但只要内心强大，它就永远带不走你挂在脸上的笑容。所以，以清净心看世界，以欢乐心过生活，以平常心生情趣，以柔和心除挂碍，不管经历多少不平事，有多少伤痛，都要调整好自己的心态。心处低谷，依然微笑，方显大度，击败生活中所有的失意，并不只是微笑，而是笑到最后的真笑。

【激活灵魂】

这个世界，生活已经够好了，但是人们还是要努力、要奋斗。物竞天择，适者生存，不努力，结果只能在原地踏步，仰望别人的光芒。长江后浪推前浪，一浪更比一浪高。竞争社会，拼的就是谁更有能力，谁更能在未来社会中立于不败之地。所有人都在叫

嚣着，只是看起来很努力，所有人都在声嘶力竭地大谈生活不易，只是眼前的苟且，所有人都在极力寻求一种既安稳又幸福的生活，于是只好在这条路上艰难前行，这就是竞争。我们不能在生活上依附，只有在意志上坚强，为了证明自己的灵魂还活着，所以绝不能放弃自己，更需坚持努力和奋斗。尝试去进步，是为了让自己感到存在的意义，点燃激情，证明自己的灵魂还没有枯萎，自动奋发图强。人的生命只有一次，时光不会重来，只有在有限的时间里让自己的生命变得无限精彩，才不委屈孩子和父母，才能看到更好的自己。

***　***　***　***　***

【感谢敌人】

经历痛苦并不是成长的重点，对痛苦的思考才是真正的价值。努力奋斗在人生漫长的路上，难免会遇到很多的困难、挫折和迷茫。选择难走的路，会让你有机会成长；选择做害怕的事情，会让你有机会洞悉自己。很多时候，人往往被逼着成长，所以无须过于低估自己，也别太高估别人。有句格言：感谢敌人，感谢折磨过你的人。是不是觉得不可思议，还要感谢伤害过你的人，因为这是你成长路上难得的财富，它在让你变强大。这个世界，没有人能未卜先知，也没有人能够预测你的人生成就，当你跌倒时，唯一让你站起来的人只有你自己。累累的伤痕就是你迈向成功之路的记号。人生可以没有很多财富，却唯独不能没有希望。希望是人生的动力，有希望才有动力。如果你成不了希望的主人，必然会沦为情绪的奴隶。即使你实力尚且不足，但要有自信心，积极向上总是可以战胜困难的，所以，希望就是你成功的动力基因。

*** *** *** *** ***

【内心足够强大，才能支撑起自己】

人生短暂，既然来了，就要努力让自己活得既朴素又精彩，不至于碌碌无为。生而为人，你可以迷茫，但不可以虚度；你可以平凡，但不可以平庸。努力了才能战胜一切客观的困扰，战胜自己懦弱的心。一个人内心强大了，便会在逆境中锻造自己。当你身处低谷时，最艰难的不是环境对你的考验，也不是他人的贬低，而是你自己内心的煎熬，看你有多少气度和魄力来承受这种煎熬，选择过关或放弃。所以，只有内心足够强大，才能支撑起自己，渡过本欲坠落的难关。心中有志，就会百折不挠，虽处逆境也能爆发出惊人的力量。这个社会还是公平的，成功并不是拥有可以依靠的背景和丰富的资源，而是你内心坚强的意志和所表现的智慧。古人云："天将降大任于斯人也，必先苦其心志，劳其筋骨。"一个成功的人，都得经过重重历练，才能担得起重任。

*** *** *** *** ***

管理篇

【领导与管理】

时代在进步，社会在发展，然而从管理学角度看，大部分的人分不清什么叫领导，什么是管理。习惯把领导和管理混为一谈，认为管理者就是领导者。因此，我们不妨学习《管理学》的一些概念词：领导：在一定条件下，指引和影响个体或者组织，实现某种目标的行动过程，其行为是追随关系；管理：则是你要别人干什么，并要求他用最好的方法去完成任务。领导的本质是自愿追随，互动过程，其行为是激励；管理的本质是建立秩序，解决问题，其行为是控制。从实践中来看，管理角色有时候需要和领导角色转换，站到领导立场上看待问题，便于作出判断，为领导负责；而领导角色却可以不站在管理角色上看问题，要由管理者全盘自行考虑，依靠制度流程，确保部下的工作顺利完成。而作为领导者可以直接让部下把工作执行到位，优秀的领导者以身作则，服务部下，聚焦目标任务，注重和帮助部下的成长。当然还有一个原则：无论什么机构或单位，都必须既有领导又有管理，有领导没管理，领导的目标难以实现；有管理没领导，管理的目的难以达到。

*** *** *** *** ***

【管理出文化】

一个老板能不能成功，不在于你怎样打拼，而在于有没有人心甘情愿地为你打拼。须知让人生死相许的不全是金钱和地位，更是感情和道义。一个关切的举动、几句动情的话语、几滴伤心的泪水，比承诺多少丰厚的回报的作用还要大上几十倍。自古感情如柔水，却能无坚不摧。征服一个人的心，就能控制住他的人。须知知遇之恩，也是可以制造的。老板的形象是员工的模仿对象，在激励别人之前，先要激励自己；要让员工高效，首先自己不能低效。人的行为都是由动机引起的，指向都有一定的目标，这种动机是行为的一种诱因，是行动的内驱力，对人的活动起着强烈的激励作用。要让员工对企业有信心，就要用共同的目标引领全体员工，而不是空喊几句口号。用企业文化推动企业从上到下的激励机制，熏陶出好员工，提升战斗力，才是老板主要考虑的问题。企业文化是推动企业发展的原动力，它对企业发展的目标、行为有导向功能，能有效提高生产效率，对员工有强大的凝聚力。一个优秀的企业文化可以改善员工的精神状态，熏陶出更多具有自豪感和荣誉感的优秀员工，无形中增强了企业实力。

【欲为之与可为之的区别】

所谓态度决定一个人的命运，思路决定一个人的出路。老板或企业家，是当今时代最富挑战性、最具刺激性、最显竞争性的职业之一。但是大浪淘沙见真金，浪沙淘尽英雄，老板人人皆欲为之，但未见得人人皆可为之。回顾凡老板都是走在事情发生的前头，可很多人只是在说，却很少人在做，这就是欲为之与可为之的区别。可大多数人是在等待各方面条件成熟了才开始实施宏观蓝图，根据市场形势来判断，再决定自己的行为。而一个真正走在前头的人在运作项目之前就先把能够成功的因素考虑到了，然后再设计出能促进项目成功的方案。当然，更多的还是考虑不成功的诸多困难条件，没有条件创造条件，把握机遇，乐观挑战，在没有竞争或竞争很小的时候，赶在别人之前行动。另外，还要考虑怎样组织人力资源，建设项目团队，使他们取长补短，协调合作，团结进取，达到双赢。可见前者的思维是观望多，行动少；而后者的思维是观望少，行动多。这也是欲为之与可为之的区别。

*** *** *** *** ***

【将才与帅才的区别】

同为人杰，却为何有将才与帅才之别。将才者使用左脑居多，体现在思维，逻辑、理性、分析、数字，是谓为将之道。将才具有很强的学习力，遇事愿意往前冲，性格外向，处事直接洒脱，对部下有师傅对徒弟的味道，喜欢言传身教，希望部下严格按照自己的章法来操作，把自己擅长的做到极致。由于社会还是建设型的社会，需要将才的数量显然要比帅才多，让更多的人成为将才是社会的需要，所以很有市场。而帅才就不一样了，帅才使用右脑居多，体现在缜密思维，形象、果断、模拟、指挥，同时具备的是高瞻远瞩的素质，考虑的是明天到后天直至未来的变数。帅才善于分解任务，并留置余地以防突发事件。自己更考虑对全局的绝对控制地位，不受任何力量的威胁。性格要比内向人外向，比外向人内向，处事喜欢中庸之道，不会留太多的后遗症。把擅长、不擅长的事情都做到圆满，追求更高、更快、更强的目标。所以，这种能力不仅是做事的能力，更是做人的能力。帅才的价值观在于带领一个团队或部下从一个成功走向另一个成功，享受决胜于千里之外的快感。如是，则将才想要提升到帅才，需要怎样进修，也就明朗了。

***　***　***　***　***

【领导者和领导力的区别】

领导者和领导力是两个不同的概念，前者是由体制决定，而后者则是由自己创造。所谓领导力，它与领导者的正式权威是不成正比的，但它和道德权威紧密相连。比如领导者无法买到属下的心意和对你的尊重、尊敬，更无法强迫属下，因为属下也

有自己的选择权。古人云："礼贤下士。"作为领导者必须放下架子，让所有人把最好的一面交给组织，不是靠强制力，而是用热情和爱去激励、感召他们，激活他们的工作热情，发自内心地投入，完成每一项领导布置的任务，让他们连灵魂也散发出满足的幸福感。出类拔萃的领导者依赖的应当是非物质的精神力量，并不完全是正常的物质刺激，让属下的个人存在感、成就感和自尊心得到提升，共享的伦理价值观和归属感得到巩固，这是领导者的方向和目标。《马斯洛人生哲学》云："人类一旦基本满足了生存和安全需求之后，其内心就会产生情感，让生活有意义；想让自己成为有影响力的人，为了后人，努力让世界变得更好。"所以，作为领导者要看得到属下的思维，工作不只是工作，我们都想活着，都想去爱，都想给这个世界留点什么。

*** *** *** *** ***

【先解决问题还是先判决对错】

所谓管理，无非就是管人和理事。管理者面临一个很大的挑战，就是可能随时介入部下的各类冲突中，失去底线，无形中被绕进去。这个时候就要看你的思维和底气，孰轻孰重，面对问题，考虑的是先解决问题，还是先像法官那样判断对错。很多时候发生的事棘手并不是事的本身难以解决，而是人们在争论中会把焦点转移到对错上，先忙着处理对错的对象，却疏忽了怎么集中力量先解决问题，从而贻误了战机。但是，一个被动的管理者，此时就会纠结于复杂的方向——这件事到底对不对，担心说轻了没有人在意，做重了影响团队关系和团结。须知作为管理者树立自己的权威和调整团队氛围都是一种手段，而多快好省地完成任务才是目标。另外，管理者还有一个更重要的思维，抓好一个团队，主要是怎么深入群众，识人心，懂人性。然而有些领导者喜欢和部下打成一片，做成兄弟哥们，用感情纽带来替代管理权威，却疏忽了制度和规矩，事倍功半。领导是部下的一面镜子，你关注哪里他们的精力就在哪里。所以，管理水平的高低，取决于你遇到麻烦时会先解决问题，还是执着地判决对错。

【CEO管人的同时培养人】

这个世界，竞争是激烈的，内卷不休。但学习是无止境的，只有不断学习，不断提高，才能驾驭自己。老板让你当上CEO，那就不是你一个人的事情了。一个人的聪明才智是无限的，但一个人的精力却是有限的。因此，首先要考虑的是怎样有效管理企业。培养出企业管理的核心力量，然后层层培养，层层执行，设计出金字塔形的枢纽管理模式。有如巴黎凯旋门的交通枢纽模型，以凯旋门为基点，发射出七个不同方向，再由七个方向向自己的范围延伸，构成一个蜘蛛网式的模型。它表面上看似很疏散，但实际上增加了十倍以上的容量。此外，金字塔形的管理模式就是配置有序，没有人重复工作，减少歧义，效率可以翻倍。此外，认清自己的角色规范、权利和义务，准确地把握。除了设计出金字塔形管理模式，更重要的是怎样管人，人是你的企业支撑及发展的基础，作为CEO更有责任和义务，怎样安排和发挥人的精神力量。培养出一群善于解决问题的人，而不是让自己去解决所有问题。部下成长好了，作为领导者岂不是更轻松？

***　***　***　***　***

【当老板的理念】

作为一个老板，一个人的能力是有限的，因此，思考的是怎样组织团队，凝聚力量。大多数老板创业都有初心，生产出优质的产品以满足社会需求，造福人民，同时，除了获利、创造财富，还有实现人生价值的梦想。然而，管理的核心是管人，先有优质的人才，才有创造价值的动力和机会。因此，对于人才就先要作出价值判断和评估。然而价值判断是多方面的，范围也很广，说大点有对人性的看法，从小而言，只是对日常工作的看法。所以，不能作出或者无法作出评估和判断的人，实际上就是一个菜鸟，永远不会有多大的作为，也无法为你创造出有价值的东西。诚然，老板用人的标准，其实不需要过于追求学历、出身，只要有足够的经营管理理念、思想、知识、常识和本人愿景就可以了。要的是对企业管理行为的品质，将自己的能力有机结合，充分发挥，为老板负责，也为自己负责。但是，不仅要有勇气、自信，而且需要具备一种仁爱和献身的精神。

***　***　***　***　***

【有话好好说】

人类的悲欢离合并不相通，每个人都沉浸在自己的生活和认知中，人与人之间相互理解其实是很难做到的。如此逻辑放在领导和部下身上，同样成立。由于地位、经历和价值取向不同，部下和领导之间相互不理解是很正常的事。等你有机会当上领导，一群人天天要向你汇报，你才会发现头绪太多、事情复杂，要处理的实在是太多了，忙不过来，只能抓重点，突出新意，不去顾及花样和形式。但是，花样和形式有时候是最符合人性、最贴近大脑思考路径的东西，意义之大，往往会超过你的想象。当然，作为领导者注重形式没有错，如果陷入形式主义就有问题了。因为随着时间的推移，形式最终还是会实现价值回归，与实质匹配。在实践中，无论是领导还是被领导，沟通很重要，通过沟通得到共鸣，达成一致，解决问题就不难了。因为硬扛是任你有多大本领，都是不能解决问题的。有话好好说，别人听进去了，被感动了，你才有可能争取到想要的利益；有话不说，别人压根不知道，也懒得去揣测；有话挥舞着拳头说或带着情绪说，人家也可以不理你，甚至会被扫地出门，领导的尊严也就消失殆尽。

*** *** *** *** ***

【内部挖掘比外部搜索省时又省力】

企业管理有具体的做事方法，但没有一个统一的体系或者模式。从管理学理论上来说，体系是一系列有效运作的组合，指的是持续改善，当我们需要攻关的时候，就是在一个点上聚焦、专注。然而，大部分管理者都不这样认为，他们只看到行动与力度的矛盾，却看不到过程和原因。殊不知企业管理做任何事情都离不开资源，无论是人力资源还是财务资源。可他们一遇挫折或者开展不力，马上把责任归咎到部门负责人身上，主张换人。企业资源分内部资源和外部资源，作为管理者，应当先搜索内部资源，尽量利用，充分发挥。但是管理者往往喜欢向外部求助，讨厌内部的人员素质低下。于是，他们千方百计招人、挖人。结果，人才换了无数，管理反而更加混乱，外部引进也未必一时适应，效果适得其反。此时，管理者的指导思想应当是：不换人，但是要改人。通过改造后，就没有不合格的员工，只有不按要求做的人。因此，要明确思想，内部挖掘开发要比对外搜索省时又省力。

【员工与老板的区别】

员工和老板的区别主要在于思维的不同。老板必须要有承受力，而员工可以不用。员工干得不开心，可以说不干了；而老板即使今天面临倒闭，还要笑眯眯地穷尽有限的钱给员工发工资。可见，老板这样做，是在承受得了苦难的前提下，积累一点心得，以图东山再起。把苦难当成一种常态，所有勋章上面的标志都是在后面拿锤子凿出来的。而勋章只是精神鼓励，替代不了物质刺激。而员工只能看得到钱，却看不到精神鼓励。殊不知精神鼓励比钱更重要，这就是员工与老板的区别。然而，老板还有更大的考虑——危机意识，承受得了市场的变化，过去是确定的，未来是骤变的，除了上述的承受力，还要随时接受变化，在恶劣的竞争中坚定自己的方向。将成功建立在问题的基础上，既承受得了失败，又承受得起成功。历史上有两个失败的枭雄——项羽和李存勖。前者败在承受不了失败而失败；后者败在了承受不起成功而失败。所以，真正的高手一定是得意而不忘形；失意而不现形。

***　***　***　***　***

【怎样的人主动寻找担当】

企业没有管理非常可怕，但管理过度更可怕，当然，大部分企业都建设了自己的管理体系：战略、供应、生产、安全、环境、质量、财务、营销和企业文化等体系。而这种组织结构层级太多；制度形式大于内容；流程烦琐且冗长。从表面上看，企业的管理非常规范，制度健全，但操作起来就出现了一个严峻的问题——会议多。会议多，就是聚集量大，需要各层级的负责人亲自到场，接受更高领导的指示。这样，有时候就会产生与制度抵触，导致下级不好做人。于是，各个层级哪怕出了一点点小事，都得要最高领导亲自处理。于是，各层级负责人每天都小心翼翼，只知道开会、看报表、签字，很少到第一线了解实际情况。因此，做出的决策往往会产生极大的执行偏差，导致企业损失惨重，可是追溯到最后还无法落实责任人的责任。勇于承担责任的人少，推御责任的人多。所以严苛管理，实际上也并非绝对坏事，问题是怎样把企业的发展方向和老板的指导思想深入人心，使员工有“皮之不存，毛将焉附”的深刻体会，将企业文化深入骨髓。

***　***　***　***　***

【领导力的塑造者是自己】

真正厉害的人，他的处事结构都是专心致志地去捕捉问题的核心，逐步解决，这种无声的力量，在无形中让身边的人迅速冷静下来，影响了他人。人生是一场马拉松，不是50米短跑。真正厉害的人，不在乎是否要赢在起跑线上。他们的思维是要以合适的速度，跑完全程，实现自己的目标。不紧不慢的生活节奏或生活方式，并不是好与坏的判断，是能够使人更加冷静，能够有走一步看二步想三步的逻辑思维和方式。这种思维比较注重细节，能够领悟重大事件的发生都是小事造成的后果。他们的处事方式，不是和谁博弈的较量，而是双赢或共赢。一个好的目标，决不会因为慢慢来而落空的。其实，这种工作作风，同时也在增加自身实力，让周围的人都能够受益，还可以影响他人。从群体的角度看，一次冷静的判断，胜过上百次的仓促讨论。不快不慢既是一种手段，又是一种结果。养成了这样的习惯，工作上就不用说"请你们冷静"这样苍白无力的语言，同时也显示出领导者的力量。

【管理者与普通人】

如果你想要成为一个优秀的管理者，首先，你得要把自己看成是一个管理者，而不是普通人。需要考虑及训练自己结构化的思考能力，也就是归纳、概括和总结的能力。普通人关注的是思维的逻辑性，而管理者需要的是具有强大的结构化思考能力和目标导向。管理的核心是为了实现目标，而且是团队或者组织的目标，不能达成预期目标的管理者一定是个不及格的管理者，优秀的管理者前提一定是目标感很强的人。目标导向的核心是以终为始，在统揽全局的前提下，应全面地、系统地、前瞻性地思考问题、解决问题，能够从整体上把握事物发展的趋势和规律。此外，还需要有应变能力，突破常规。突破常规就是不按常理出牌，从思维特征上看具有逆向思维、发散思维的特点，是建立在对事物规律和人性本质的深刻洞察之上，不是耍小聪明，也不是投机取巧，而是行之有效的另一种策略。作为一个优秀的管理者，除了正确的三观，更需要开放式的心态及思维，以获得更多的优势。

【权力与指南针】

权力，并不是颐指气使，而是相对的服务。作为一个领导者的权力不是看你管辖多少人，而是看你成就了多少人。管理从尊重人性开始，不要让自己高高在上，应当融入团队，有哥们儿的气氛，则事半功倍。从第一天开始，就要以身作则，把成人达己作为自己修身的最高标准。因为属下是不会听你说什么，而是看你在做什么。这就是领导力的体现，须知领导力才是权威的体现，也是领导属下的基础，失去了领导力，要么留下奴才，要么你自己下课。属下在跟随你之前无能，乃是他自己的问题，但是，跟你工作之后，还是无能，那就是你的问题。从你上任第一天开始，你就要对你属下的成长负责，这就是欲达己先达人，己欲立而先立人的逻辑。对属下不是显示权力，而是授以战略，战略一旦清晰，所有的行动都围绕战略展开，每一步的效率都极高，每一步都在为实现你的战略而工作。战略是方向，你是这个团队的指南针，不能自己只顾着手里的权力，而忘了自己的使命和目标。

*** *** *** *** ***

【领导复杂，下属简单】

《新管理学》主张让二流的人做一流的事。这是压担子促成长的策略，与量才录用、人事相宜的逻辑相悖。其实作为一个管理者大胆的想法就是，让B级人做A级事，既不同于人才高消费，又有别于人才超负荷，比较科学，也恰到好处。即使员工感到有压力，也没认为任务很重、压力过大，只是感到工作职位稍有挑战性，有助于激励员工奋发图强，同时也造就了复合型人才的使用策略。然而，人才成长是有规律性的，人的才能增长也是有周期性的，一般都是前三年优点相加，到了后三年便是缺点相加。因此，经历也是一种财富，与其给庸才浪费还不如给人才挥霍，或许会得到更大的收获。人才资源的开发就是要营造一种宽松的氛围，尽力去满足员工的兴趣、爱好和志向，让他们心情舒畅，才能各展所长，充分释放出自身的能量。作为领导者千万不能故步自封，要注重发挥下属的积极性和创造性，在部署工作任务时只需告诉他们任务的目标即可，不需要告诉方法，留给下属发挥的空间，是创造才能的机会。反之亦然，作为领导者想得太复杂，那么，下属就会很简单，不会去思考和发掘，这是一种相辅相承的课题。

*** *** *** *** ***

【影响力与领导力】

所谓领导魅力，亦即领导力。领导力决定一个领导者的成绩水平，也决定一个人的处事效力，对这个组织机构具有潜在的影响力。衡量领导力的真正尺度是影响力，作为一个领导者如果缺乏影响力，那么，你就永远都无法领导别人。领导地位虽然是由体制指派或选举得来，你可以高高在上，颐指气使，但你是孤立的，这种头衔式的地位，是无法凭主观意识巩固的。

而影响力却无法得到上级的任命，因此，只有靠自己努力去赢得。领导力来自日积月累，而非一日之功，它是多种综合能力的结合，很多在领导力中发挥作用的因素都是无形的因素。当然，这个社会乃是公平的社会，谁都可以掌舵，但唯有领导者才能设定航线。因为他看问题就是站得比别人高，看得比别人远，这是普通人所不及的。所以，作为一个有领导力的领导者，除了影响力，还要思考如何为属下增加价值，这也正是成为领导者所要付出的代价，领导者的底线不在于自己能走多远，而在于能够让别人走多远。这样别人才会追随你，更加地尊重、信服你。

【出众与出局】

一个人真正地强大，不是战胜别人，而是战胜自己。管理学这一学科含义非常广泛，但也可以把它缩小——管人，管理自己，守住心。《老子》云："祸莫大于不知足，咎莫大于欲得。"人的欲望是没有止境的。一个人如果不懂得控制自己的欲望，那么，就很容易沦为欲望的奴隶，轻则为欲望而疲于奔命，重则为了欲望而陷入泥潭。人生往往有匮乏感，就是过多的欲望造成的。中华文化博大精深，几千年前一个老子就把人性提到一个高度——贪欲毁人。人性只有知足，才能真正地体会满足，才能消除欲望。但是说易做难，因为欲望往往是在不知不觉中膨胀起来的，所以，唯有经常反省自己，勿以恶小而为之，勿以善小而不为，避免被自己的欲望所奴役。只有善于管理好自己，不断精进，时刻警诫自己，才知自律者出众，不自律者出局。

***　***　***　***　***

【打工也有成绩单】

当老板，当CEO是人们特别向往的事情，其实怎么当员工要比前者更重要，因为员工的数量比前者多百倍，竞争力更强。然而，当员工也应该有自己的底线，这和怎么做人怎么做事的道理是一样的。不要把老板或上司当傻子，装傻不等于真傻；不追究并不代表他不记得，他只是在给你机会去反省。如果要玩小伎俩，他们可能早就比你耍得专业几百倍了，否则也坐不上这个位置。所以，要么全力以赴主动地干，要么趁早离开，在任何一个岗位上混日子，其实是在浪费自己的时间和资源。做企业绝对不是做慈善，当员工的必须放下身段，认清自己，千万不可眼高手低，滥竽充数。不要向同事倾诉自己有多苦，说久了你一定会成为公司里最苦的那一个。苦了这么久还没得到提升，只能说明你不是智商有问题就是情商有缺陷，因为没人在乎你苦的过程，只在意你得到提升的结果。总之，别以为自己很厉害，真要觉得自己厉害，就拿出成绩单来看，这比你吹一万次牛更有说服力。

***　***　***　***　***

【服众的资本】

凡老板都希望自己的核心成员是能够为企业解决问题和带来价值的人，而不是一个喋喋不休的评论家。然而，CEO式的人却不这样想，他们往往会抱怨自己没有得到重用，获得丰厚的报酬。相比发展空间、工作意义、企业文化、个人能力的锻炼，他们更注重的是工资待遇的高低。殊不知与其抱怨别人，不如改变自己。否则，还不如一个农民春种秋收的逻辑思维。把抱怨化作建设性的意见，主动提出老板能够接受的评估方式，并且积极实施，既拉近了与老板的关系，又表现出了自己的人格魅力，同时也提升了对自己位置的认知。其实企业有如一艘船，无论是老板还是员工，一旦踏上了这艘船，其命运就紧密地联系在一起了。因此，有着共同的愿望、共同的方向、共同的目标，到不到彼岸的命运也就是所有人的命运。如果你以老板的心态对待工作，那么，你就会站在全局的角度来思考自己的岗位，确定自己在整个工作链中处于什么位置，就能掂出自己的分量，你也就会找到最佳方法，把工作做得更出色，更好地完成任务，也是表现和锻炼自己工作能力的一次机会，才有服众的资本。

***　***　***　***　***

【管理学的应用】

生活中，能做到去繁存简，是一种大智慧。把多余的东西丢掉，把有用的东西整合，提高效率。一个小故事：你用什么物质材料以最快的速度、最经济的手段填满一间房子。聪明人只用一支蜡烛点燃放在房子地上，亮光瞬间就填满整个房间。可见凡事只要效果达到了预期，就是最好的方法。管理学上的换位思考、变通，都成了当今世界人们最好的应用常识。人与人之间需要沟通，沟通产生情感。当我们把老师当成父母时，感情就会变得更加真挚、亲密了。若把全天下的人都当成好人时，那么，所站的就是善良之地。情感是可以互换的，只是往往有人习惯了居高临下，总是喜欢在炫耀之余对人颐指气使。其实即使是父母、子女，我们在形式之外也可以和他们做成朋友的。管理学还有一个术语：聚集效应。向往繁华是人的本能，追求幸福是生活的希望。只要我们不失规律，往更适合自己的方向移动，就更能提升生活品质。“孟母三迁”，所以令后人感动。《易经》云：“穷则变，变则通，通则久。”懂得变通，并不是随意改变自己的理想，是思维方式的转变，到最后，只要方向正确，百折不挠，无论经历多少沧桑，一定会抵达人生彼岸。

【资源的轻重】

人对了，世界就对了。这是一个古希腊命题。把它应用到企业管理实在是妙用，企业的基本资源是人、财、物、信息和时间，就其性质而言就是两大类：人力资源和物质资源。人是活的，属于能动资源；物质是死的，属于被动资源。所以，一切物质因素只有通过人的因素才能加以开发利用。在一定的生产力条件下，人是企业生存和发展的决定性因素。因此，人力资源是企业发展的第一资源。作为现代企业管理者尤要明白自己的观点，不要认为资金才是重要的。我们前面说过人是第一资

源，资金固然重要，但只属于物质资源，所有资源都需要人去利用，并加以推动。作为企业管理者单凭感觉会把企业带向盲区，因为感觉只是感性认识，并非理性认识，运用好你的第一资源，剩下的都会迎刃而解。如果你还觉管理很累，一定是你的方向错了！

*** *** *** *** ***

【流程管理与文控管理】

做好工作，需要一个清晰的头脑；而完成一项任务，需要一个合理的流程系统。然而，真正能搞明白工作流程的重要性的领导者并不多，往往会把流程和制度混淆。比如流程是开车导航用的GPS软件，而制度则是交通规则，如果把这两者混淆在一起，在流程面前强调制度，在制度面前只谈流程，会是什么样的局面。其实，在工作中，作为领导者有必要学习对每一次工作流程管理的重要性，学通透了，就可以让流程来约束人的行为，适时发挥出刚好满足流程的需求。而流程的价值在于衔接各部门、职能的各项功能，有机而有序地结合，确保任务的完成。从管理学角度来看，流程是任何工作中的一个非常专业的指导，是指导你完成任务、达到目的的路径和方向。而领导者往往认为可以用行政文控来替代工作流程，但效果适得其反。当然，流程也只是一种工作方法，是一种管理工具，在构成系统化、合理化的前提下，还是需要人去推动的。但是有了规范的流程管理，总比依赖片面的行政文控管理强很多倍。

*** *** *** *** ***

【意识形态阵地】

春节即至，尤忙的是当老板的。小老板从自身找优势；大老板从外部找机遇。有的人在忙明年的战略布局；有的人在为年底的业绩冲刺，解决短期财务指标的压力，增强对长期战略的思考空间，确立战略层面的方向与目标。然而，找出差异化的根源，不但要考虑品牌与品牌之间的竞争，还要看到品类之间的竞争，是同道竞争还是变道超车。然而，战术层面的竞争手段，那是由于产品泛滥、渠道多元、信息爆炸等因素，一次次让人充满挑战。所以，不研究市场/对手，有如蒙着眼睛在奔跑。当下，企业经营的起点是竞争，企业只有被认同，才有机会跻身市场。其实提速创新的战略方针，其保质期还没有过期，赚一时的钱靠营销策略；赚长期的钱靠品牌效应，百年老店今犹在，意识形态这个阵地也是竞争阵地，老板们不可轻视。

*** *** *** *** ***

【上司也是一种资源】

要想把工作做好，难免需要与人沟通，通过沟通说服对方。然而，沟通的本质，不是你说了什么，而是让别人听懂了什么，这是沟通的核心价值观。对下级，要充分理解下级的诉求，充当传道、授业、解惑的老师，达成共识，传递你的战略意图，而不是命令式的指示，才能让下级的效能最大化；对同级，要以平等理性的态度尊重对方，不要本末倒置。沟通只是手段，把目标作为核心诉求,理性表达问题的内容才是关键。不要作立场假设,控制情绪,赢得对方的认可,会收到事半功倍的效果;对上级,千万不可用简单的战术语言去和上级头脑中的战略意图相对抗。要诚恳地消化上司的信息量,多聆听上司不经意间所说的每一句话,这就是你接下来的沟通重点,因为他或许是在测试你的智商和情商。当你把上司看成是资源时,你就会发现他能把你自己解决不了的问题解决了。沟通是一种工作能力,是可以被刻意训练、精进的。但是,要想提升自己,必须先训练自己。

***　***　***　***　***

【无事可做的潇洒老板】

如今社会大凡称老板者都是忙忙碌碌,事无巨细,“妥善”进行管理的。殊不知真正的大企业家都是挺闲的,他们日常工作只做三件事——融资、用人和喝茶。真是把复杂的问题简单化!当然,所谓融资并不只是企业成立之初的所需,而是多元渠道,包括个人举债、银行贷款、私募基金、风险资本、发行股票债券和吸纳新的战略投资等。而能否及时满足企业地战略发展所需,就需要拷问老板者的能力水平;所谓用人则是个广泛的概念,做好识人、知人、选人、组织人、教育人、用好人、鼓励人、留住人等几个指标,分设部门,冷静遥控,不必事必躬亲,不学当年诸葛亮的工作作风;至于喝茶,那就是身临其境地布局,筛选所交的朋友,搜索有效信息,讨论方法战略,学习取长补短,了解宏观大势,把握发展方向,制定发展战略,判断企业是否需要转型或变革等。于是乎，你只做这三件事，做好了，也正符合《新管理学》的核心竞争力理论，你就是个“无事可做”的潇洒老板。

*** *** *** *** ***

【执行力与领导力】

职场中，尤其不乏努力奋斗者，希望自己出类拔萃。然而一切结果都是行动的积累，只有通过行动才能真正导出结果，并决定你的价值。管理学层面则要求科学、合理地进行战略部署，这是执行的前提，如果战略脱离了实际，那就根本谈不上执行。所以，作为优秀的领导者需要预先做好目标设定、计划和预判，创造执行的条件，提升执行力的保障。所以，领导力很重要，没有领导力，你能让谁来执行？没有执行力，你还怎么当领导？但是在实践中，下属在执行开始时并不是不聪明，也有决心把工作做好，但往往因为缺少最后的结果思维，认为没有功劳也有苦劳。而且表面上执行起来似乎很强势，殊不知没有功劳的苦劳那是白劳。唯有把强势转化成胜势，才是执行力的最后成果。

*** *** *** *** ***

【领导与选择权】

职场从事，除了自身的努力，跟对领导也十分重要。一个伯乐会发掘千里马的潜力，助推你的成长，往往会在你需要的时候出现在你的面前，给你足够的面子——支持和帮助。一个有水平的领导看大局，看属下的优点，有事让下属干，自己在后面推动，把好的工作方法教给你，给你一个良好的工作氛围，帮你争取资源，把面子留给下属。怕你进步慢，尽量创造良好的机会，让你登台表演，充分发挥你的才华和作用；一个没水平的领导总是自以为是，专看属下的缺点和鸡毛蒜皮的小事；有事喜欢出风头，让属下跟着拎包递水，不让你涉及核心，且居功自傲，从不尊重属下，只有看他脸色的份，更甚者唯恐你进步快了，超越自己；从不换位思考，只图自己舒服，不让你长足发展。这个世界应当还是有任你选择的权利的，但是，问题是看你是不是真的千里马。

*** *** *** *** ***

【良好的沟通会让彼此更亲近】

沟通，乃是《管理学》谓之曰心灵的桥梁，它可以疏通障碍，清除误解。更像一杯醇香的咖啡，一阵和风细雨，驱除人们心中的阴霾，使被沟通者的心灵得到净化和温暖。一旦生活失去了沟通，也就没有了默契，再深厚的感情也会变得陌生，甚至被扭曲。沟通在理论上是人与人走在一起的第一步，而不是最后一步。所以，唯有学会沟通，才能使你的工作和事业变得舒心而顺利开展。读《梁启超传》，发现他乃是晚清大政治家和教育家，所生九子，其中三个是院士，其余六个中梁思成还是历史名人。梁先生却没有以大人物自居，总以平等心态对待九子，把所有关心和关爱都在字里行间输送，获得了有效沟通，赢得了儿子们的尊重。

是故，好的沟通会让彼此更亲近。这个社会，尤对朋友、对领导需多沟通，交流内心的真实想法，促进相互理解和尊重。爱！在真诚面前，无须保留，反而会由于沟通而获得共鸣，事半而功倍。

【授权和投入】

作为一名优秀的领导者应当明确组织架构，管好岗位上的人该有多少权力、该负责什么内容，检查和关注结果；出了问题清楚谁该承担什么责任，取得了成绩明白谁该获得什么样的奖励。优秀的领导者不是决定怎么爬梯子，而是决定把梯子搭在哪个墙上，由谁去爬这个梯子更合适。领导者在指出方向的同时，给予该有的权力，也应当有承责的气度。当然，这个世界没有想让马儿跑得快，又不让马儿吃草的事情。将任务及要求布置下去后，此时就更要明确授权和投入资源，并且为下属解决他们解决不了的问题，会振奋人心、创造有效工作的平台。团队大了，你看不到

的问题，发动大家来一起看要比你一个人的智慧更有光芒。而且这样的可视化工作方法还可以很大程度获得信息的对称，发掘出你所有的工具、流程的力量，使团队成员用最低的成本、最快的速度完成任务。

*** *** *** *** ***

【愿景的设计】

愿景，是《管理学》的一个概念。它是指引、是方向，也是动力，而且还可以感召人。要是没有了愿景，那许多东西就都没有了。所以，从愿景到目标，是一次翻译。而翻译的好坏，就会决定这辆车会不会半途抛锚。愿景是一种隐形知识，无法通过正确的语言表达，因为它不是显性的，因此我们可以把它臆想成一个画面，把这个隐形知识用到行动上。可是此时行动的方向就要涉及目标，因此只有自己去体验行动，才能找到和制定正确的目标。我们无法从别人那里学到愿景，只有自己在行动中体会。这也验证了行动才是改变的起点，也只有行动才能带来改变，不至于自己无谓地内耗，从而更好地设计愿景。

*** *** *** *** ***

【执行力与推动力】

一个优秀的领导者，一般都重视管人和管事，其实还疏忽了一个更重要的误区——管自己和自己的内心世界。当你在讲台上激扬文字，娓娓道来，看似威风凛凛，忘乎所以。此时你的权力所至，没有人敢抗拒，但未必是权威。因为你谈的只是理论上的，还没正式施行，还看不到你的威力，还没到服众的程度。作为一个优秀的领导者，如何树立自己的正义形象，至关重要。内外兼修，表现出无私的精神，虽然瑕疵很多，但是属下看到的是你光辉的一面，不会去计较你的小节了。长此下去，时间久了，自信而不自傲；尊重而不卑下。赢得属下的真诚尊重，那么，你的号召力无形中也就推动了执行力。

***　***　***　***　***

【领导的真实面】

当上领导唯德要配位，而且个人三观及能力更必须要过关。作为领导者处在团队的中心地位，是公众人物，一言一行、一举一动都或明或暗地处于别人的关注之中，即使在公众场合已经扮演了自己良好的领导形象，但是，在自己认为群众和下属看不到的时候也要言行有度、举止规范，让下属也看到你最真实的一面。领导与下属乃是荣辱与共、鱼水难分之关系；领导者必须做到赢得下属的拥护和合作，才能在自己的地位上生存得游刃有余。否则，你只能被下属承认你是领导，但是你一定无法实施你的任务和目标。那么，你就无法继续扮演你的领导角色，你的个人地位也就岌岌可危了。

***　***　***　***　***

【试错精神】

有人总说自己忙，但是说一次两次可以，如果长期都说，那就含有怨言的成分了。忙，说明你事情多、问题也多。相对而言有问题，你才有事情做，才有学习和进步的机会。当你处理的问题多了，你的名声也就在外了，脱颖而出的花环也就离你越来越近了。当你的老板和同事们都离不开你的时候，说明你离真正的成功也就不远了。但此时更要挑战自己，有试错精神。试错代表着创新，如果只是墨守成规，自满骄傲，丧失斗志，那么，你的思想也慢慢地老龄化，失败也就随你而来。于是，在成功的花环里找不足；在失败的形成里找原因。做到了，那你无论是成功还是失败，都不足为虑了，腹有诗书气自华，真正的成功是只看最后的结果。

*** *** *** *** ***

【不成功也难】

这个世界，机遇很多，赚钱并不是很难，关键是你怎样做到遵循性价比原则，低价进，高价出。最好的市场是了解20%的有钱人需要什么，他们会是你最好的顾客。这个社会人们所需要的商品和服务越来越多，而能够最先发现这些需求的人，一定是最先成为富翁的人。为别人打工，不思进取，那么，你永远都成不了富豪。因为当老板的天天坐在电脑前看报表，思考的是怎样节约成本，他的目标不是使他的职工变成有钱人，而是使他自己的公司怎么更快地膨胀。这个世界,80%的资源掌握在20%的人手里,那投资的时机必然要与80%的人相反。所以,80%的人在没有特别资源的情况下,要想跻身这20%里面,是何等地困难?于是,与其盲目地想着发大财,还不如虚心地学习怎样改进自己的方向。人际关系也并非绝对的多元互换,其核心却是势均力敌的价值对垒。当你的实力强大了,一切都会水到渠成。保持底线平衡,你就是高手,不成功也难。

***　***　***　***　***

【工匠精神与天赋异禀】

一个人成功一次,也许是偶然,若能长期成功,那一定是有其过人之处,从思维到行为就都与众不同。然而人生道路虽然漫长,但差距往往只有几步之遥。这有如奥运会的百米冲刺,那关键的几步便是人生从赛道口开始,认准方向,命运将出现逆风翻盘的转机,这就是《管理学》的赛道思维。在这快节奏时代,人们变得浮躁,但精益求精、持之以恒的工匠精神越发可贵。是故,真正的聪明人大都不是天赋异禀,而是在自己擅长的领域里不断进取,厚积薄发。这个世界从来不缺完美的计划,缺的是坚毅不屈的行动力和执行力。现实告诉我们所有行动没有一蹴而就的成功,也没有无缘无故的失败,人与人之间的差距就是认知思维的不断突破。一念即起的执行力才是一个人每次都能成功的关键。

***　***　***　***　***

教育篇

【教育的真谛】

教育的意义在于让世人明白人类社会中的一员所应该承担的责任与义务。只有当一个人明白了自己的责任与义务后，才能成为对社会、对国家有用的人。然而，并没有多少人能够掌握人生观的要领，只抱有“读书为了做官”这种旧观念，曲解了人类文明的大局观。因此，激发孩子进行自我教育的热情，乃是吾辈之责任。事实上，让孩子体验到一种自己在亲身参与掌握知识的情感，是唤起少年特有的求知兴趣的重要条件。没有这种自我肯定的体验，就不可能对知识产生真正的兴趣。另外，教育的意义在于消除外在的、内在的恐惧，不仅是为了成年后的生计，更重要的是为成年后的人生使命，而不是每天背着沉重的书包而不知所向。这样要比只是准备考试，精通数学、物理或者其他科目更具前瞻性。教育是一个具有长期性、滞后性的过程，它像是一个闭环，到最后的一个瞬间，你突然意识到了教育的真谛，豁然开朗，这才是人生教育的真正完成。所以，我们要从心灵深处产生对教育的理解，如果不能潜入人类灵魂深处去感悟教育对生命的神奇作用，就永远找不到教育的力量。因此，我们需要从孩子抓起，发掘他们的潜能和天赋，帮助孩子成为有理想、有情怀、有担当、有温度的人。

【起跑线】

读书的意义在于求知，求知的意义在于把学校里所学到的知识转化成生产力。中国的发展已经是相当快了,然而还没有唤起国人对教育的绝对重视。物资的贫穷能摧毁你一生的尊严,精神的贫穷可以耗尽你几世的轮回。人生没有白走的路,也没有白读的书,你接触过的那些书在不知不觉中都能帮你认识这个世界,让你抹去脸上的肤浅和无知。简单的读书并不意味着知识的廉价,虽然读书不一定直接为你带来财富,但它却能让你说话有道理,做事留余地,出言有尺度,聊天有分寸。所以,读书和发展经济,是人生最好的修行练功场,前者让你不惑,后者让你有尊严。大学是人生教育的最终目标,如果出了校门却什么都不会,真是人生之奇耻大辱,等于向人性投降。因此,除了完成学校的直接学业,更重要的是多读课外书,扩大你的知识面,调整你的情绪、精神与目标。须知起跑是初速度,人生成就并不是由起跑线决定的,而在于转折点,在于途中的持续。

*** *** *** *** ***

【玻璃心】

与其临渊羡鱼,不如退而结网。当看到别人在一步步接近成功,自己却碌碌无为时,就是因为没想过怎样退而结网。须知把人生的期待托付在他人身上,终究是不牢靠的事情,世上路终需自己独自走过。人生过程,就是不断消除一个个痛苦,然后逐渐变得强大的过程。路走多了,看到的东西多了,见识广了,思维也丰富了,无形之中产生独立思考的能力,会以开放的心态,接纳不同,拥抱多元。人与人之间的差距就是这样被拉开的,怀着一颗玻璃心，一味陷入自我的情绪里，只有羡鱼，不思结网。在这个复杂多变的世界，没有人在乎你的玻璃心，只相信你的实力。生活如果都是一帆风顺，不经风雨，不经挫折，就谈不上精彩，也无法体现你的人生价值。生活有时候会很苦，但是在最难挨的日子里，不会有人给你光明，只有你自己默默地坚持。风雨人生，要学会自己撑伞，一个人活成一支队伍，自己做自己的领队。

*** *** *** *** ***

【共情力和同理心】

一个人若能直面自己的内心，就会有见自己、见自然、见众生的磅礴大气，那么，格局也就相继扩大。格局越大，认知越高。一个人如果还没有觉醒到见自己，那么，就谈不上见自然、见众生，那你的人生状态是很不稳定的，格局也只是在自己狭小的空间里，而且很容易受外界的诱惑或他人鄙劣的影响。因为没有觉醒，认识自己，没有开启自我改变的原动力。有了见自然的认知觉醒，就懂得自己和这个世界相比较，自己是多么的渺小，知道自己永远都还有很多未知，所以，才懂得敬畏自然，敬畏人。深知自己是绕着这个自然转，而不是自然世界绕着自己转。所谓见众生，也是建筑在见自然的基础上的，并且看得更全面、更深入，也就是见过各种人的悲欢离合，看懂了人性，看透了各种事物的本质和规律。当你具有了见自己、见自然、见众生的认知觉醒，那么，你的格局就相当大了，具有了非常强的共情力和同理心，能够真实感受到别人的情绪，会站在别人的角度去考虑问题，让人舒服，让人认可，让全社会认同。另外,自己还会虚心学习,不断开启自我改变原动力的契机,不失时机地提升认知层级,进一步洞悉事物的规律和人性的本质,让自己的目标越来越清晰,行动越来越坚定,相得益彰。

***　***　***　***　***

【教养和人品】

子曰:“人之初,性本善。”孔子在几千年前就看到人类的本质,有善恶之分。诚然,本性善良的人,都是晚熟的,而且还是被劣人催熟的。而晚熟的人至少会有他与众不同的品质——教养和人品。一旦到了合适的时候,出现了能让他施展才华的舞台,他便闪闪发光。一个晚熟的人,其教养就像人体的血管一样,可以盘根错节地生长在一个人的血肉之躯的最深处,不可分割。一个人的人品好坏,是刻在细节里,想装都装不出来的。它有与众不同的存在,相处过程中能让人感到温暖,感到被尊重。然而,当人人都追求出名趁早时,千万不要疏忽晚熟的成长。一个晚熟的人要比早出名者有城府,因为他更懂得知恩图报,因为通过晚熟成长后的得志,深知来之不易。一个懂得知恩图报的人,其内心是具有光芒的,在别人需要帮助的时候,会毫不犹豫挺身而出。这种人表现出的是精神,而不只是物质,反映了最好的一方净土,让人顿觉温暖。人的一生并不长,成为一个人品好的人,赢得别人的尊重,赢得全社会的认可,并非夸夸其谈,完全是靠自己的修炼,戒骄戒躁,谦虚谨慎,让自己的世界更纯净。

***　***　***　***　***

【大器晚成，事半功倍】

所谓大器晚成，褒贬不一，是否可以折中视之。这个世界不是缺少成功，而是缺少成功的智慧。厉害的人，对人生的每一步都很重视，他们会花很多时间去读书，用寒窗苦读来增加做人做事的底气。在书本上搜索事物的发展规律和自然规律，扩大自己的视野，丰富自己的想象力，更好地探索世界。没有什么更好的道路可以通往真诚，真诚本身就是道路。一个厉害的人，不是天生有多少神力，而是经历了很多次的尝试，多次碰壁，遭人嫌弃或鄙视，自己则静下心来思考问题，找到了人生规律，发现了改变命运的机会，从平庸走向优秀。一个优秀的人的厉害之处，就是冷静思考，不虚张声势，重调查研究，直接掌控事情的核心，然后出击，深知出击就意味着冲刺。一个人优秀了，其思维也就开阔了，就愈加努力更新自己的智慧，当认为自己的智慧和机遇相匹配的

时候，就势出击，而且把智慧发挥到极致，如此，大器晚成，也就事半功倍了。

*** *** *** *** ***

【再不改变就老了】

一个生活得混乱，毫无秩序的人，总有一天会摔倒，只有摔倒了，才有可能让你觉醒。一个真正觉醒了的人，就会停止抱怨，不再为自己以前的失败找借口，敢于正视自己，从此也会开始整顿、调整自己的情绪和思维模式，开启新的人生旅程。事实上也应该改变自己了，再不改变就老了。现在有决心改变自己，为时还不算晚，所有的问题都会好起来。把自己变优秀了，一切问题也就迎刃而解，不是由别人来改变你，而是你可以去影响别人了（值得注意的是影响别人，而不是改变别人）。改变自己是神，企图改变别人那就是神经病了。改变自己，虽晚亦贵。让人变优秀，其实是不分早晚的，当你认为晚的时候，恰恰是改变自己的最佳时机。我们每个人都有足够的能力让自己变得比现在更优秀。有的时候，即使一点小小的改变，也能够迎来转身。生活中，把羡慕别人的眼光变成自己的动力之光，改变自己，激活潜在的动力，努力学习，每天学习一点点，每天也可以进步一点点，改头换面，从此走向新的旅程。

*** *** *** *** ***

【行动力决定人生命运】

人，皆求进取，然而进取的态度只有两种：一曰赢；二曰混。选择很重要，想赢的人不会混，想混的人不会赢。于是年龄、学历、经验都不是问题，一个人想要优秀，你必须要接受挑战；如果你想要尽快优秀，就要去寻找挑战的契机。人在成长的过程中，敢听真话，需要勇气；敢说真话，需要魄力；一个人的知识，通过学习可以得到，而成长成才，却必须要通过磨炼，把不会变成会；把不可能变成可能。相信和尝试，永远比怀疑和不敢要强一万倍。你读万卷书，我行万里路，殊途同归，万法归一。弱者适应环境；强者改变环境。阳光总在风雨后出现。行动力决定人的思维，也决定一个人的人生命运。

***　***　***　***　***

【和光同尘】

人，要有积极的态度，让自己保持平和的心态，认清自己，认清现实。尤“60、70后”更需要考虑自己的未来人生方向。要相信现实就是这么冷酷、无情，它不会再和你讲道义，有的只是按规矩和自然规律对号入座。因此，你要做一个有远见的人，悄悄地准备退路，才能好好地度过寒冬。在剩余的时间不妨多读书，改变对读书的认知。回忆当年在你走出校门，奔向工作岗位，飘飘然以为自己所学足够应付，一切都是那么顺利，承蒙时代的造就。但是，现在时代不同了，哪怕你拥有多高的学历，只要你不读书，不看报，自诩清高，不愿学习新事物，就会跟不上时代的步伐，依然要被社会淘汰。一个人哪怕你的过去有多风光，退休后临近被社会淘汰，即使是边缘，也可能会让你忐忑不安，让你活得不知所措，心里越来越觉得无比空虚。古人云：活到老，学到老。仅一句话便道出了中华文化的博大精深。因此，未雨绸缪，不要临渴掘井，让自己活得通透一点，知道自己有什么不足，看清自己，才能补足短板，才能和光同尘。

【世界是复杂的，人生是多变的】

人的思维是有局限性的，不要指望坏人有良心发现，自动悔改。然而，客观看待自己往往是很难的一件事，要么过分看低自己，太自卑；要么过高看待自己，又太自负，这不是机械运转。而正确看待自己不妄自菲薄，是需要大智慧的。只有积累了足够的知识和见闻，才能对自己做出正确的判断，认清自己，找到前进的方向。一个人如果意识不到自己有错误，并且不会为此感到难过或者羞耻，自然不可能做出改变。格局可以决定思维，价值观可以决定道德意识，而思维意识却决定一个人的行为。但是，人往往妄自菲薄，智慧才是解脱之道；救赎不必靠出世苦修，只要舍弃自我即可；责任就是契机，怎样放下小我、成就大我，才是格局的需要。人不怕犯错，有时候可能在一条路上无限蹉跎，却能找到人生目标。人生之路很长，犯错并不可怕，可怕的是不能从错误中汲取教训。只要能从失败中找到问题，然后解决问题，那么，失败和错误都是有价值的。世界是复杂的，人生是多变的。如果能够正确认识自己的能力，及早接受平庸，会减少很多无谓的精神内耗。所谓能力，并非只是专业水平，而是一个人的学识才干、远见气度、人际关系、意志力等。因此，我们更需清楚，未来不会一片坦途，但只要足够认清自己，厘清思维，发挥出专业以外的能力，用真诚的心、从容的心态，面对生活，就可以迎接人生新的挑战。

***　***　***　***　***

【不认命你已经赢了一半】

时代不同了，人们的思想和理念都随着时代的发展在变化着。然而，人这一生，好像很不容易，最基本的就是养家糊口，为五斗米折腰。要想学习别人的发迹，走捷径，可能只会摔得粉身碎骨；理想很丰满，现实很骨感。到最后才发现，自己只不过是芸芸众生中的平庸之辈。当然，现在觉醒，还不算迟。不认命才能拼命。总要经历过几次的磨难，甚至崩溃，才能在拼命坚守中看到希望。命运常常会眷顾有意志力的人，不论前路有多艰难，只要意志坚定，心气尚在，总能冲破层层黑暗，看到光明。人生者，只要你不认命，你已经赢了一半，懂得坚持和坚守，就能赢另一半。你想要成为什么样的人，做出什么样的成绩，则取决于你为这个目标付出多少努力以及内心有多坚定。世上许多事情，当下不会看到是对是错，也不能看到想要的结果，若没有一定的意志力，中途放弃，那就是自己葬送了成功的机会。这个时代从不辜负努力坚守的人，能决定你人生的只有你自己。

***　***　***　***　***

【知识并不是智慧】

成大事者，往往不喜欢从众，独立打破思维的桎梏，懂得变通、适应。但是，在现实生活中，人云亦云现象时有发生，我们往往会失去自主判断被动接受，于是大脑也就成了别人思想的跑马场，被别人的思想侵入，还不自知。然而，不从众思维，是需要具有强大的毅力和深邃的思维做后盾的——众争之地当毋往，尤在互联网时代更是适用。因为创业的浪潮还在蓬勃向上，市场一旦出现某个机会，还是会有大量的人趋之若鹜。但时代变化太快了，任何一个机会一旦被大家争相追逐，说明它已经不再是机会了。而成大事的人，不会跟随别人的脚步，而是沉下心来，把自己擅长的领域做到极致。他们的理念认为比知识更重要的是方法，知识并不是智慧，解决问题的方法才是智慧，这就是不从众的特别思维。然而有人会说条条大路通罗马。而在数学定理中，乃是两点之间，直线最短。人人都想以最快、最便捷的方式获得成功。但是生活不是数学，一马平川的时候少，曲曲折折的时候多。如果进入了死胡同，脚下是险阻，道路有泥泞，因此就要寻求变通，符合不从众的逻辑。会变通则困顿少、生机多，走得通达。无论什么时代，皆理无常是，事无常非。人生太多的障碍，往往是因为过于固执，很多失败，是因为不会变通。殊不知变则通，通则存，存则强。不是墨守成规，而是寻求变化、突破现状，才是最正确的出路。

*** *** *** *** ***

【认清自己】

古人云："水低为海，人低为王。"其实只是奉劝世人放下自己，不要把自己看重，一定要学会认清自己，这个世界，并不缺人，没有你地球照样运转。不把自己看重，其实是一种修养，一种风度，一种高贵的境界，一种达观的处世态度，是心灵上的一种成熟，是心智上的一种淡泊。一个人要想平安无事而又有作为地活在世上，必须要时刻提醒自己：该低头时就低头。一个人可以自信，但切不可自大；可以狂放，但切不可狂妄；可以健康长寿，但不可能万寿无疆；能够力挽狂澜，但绝对不可能再造乾坤。所以，认清现实，认清自己，永远都不要把自己看得太重要，否则将会碰得头破血流还不知错在哪里。

*** *** *** *** ***

【一米宽，一公里深】

《论语·卫灵公》云："小不忍则乱大谋。"生活中，我们往往因为急功近利，表面上看似乎得到些许的胜利，实际上是破掉了好不容易做成的一个局，无异于杀鸡取卵、焚林而猎。所以，作为强者都不会用战术上的勤奋掩盖战略上的懒惰。考虑方向性问题，需要把自己设计的计划层层撕开来解剖，这本身就是一个极为痛苦的过程。出于趋利避害的本能，我们容易用各种忙碌来掩盖内心的恐慌。但是，方向错了，任凭你的战术精彩绝伦，结果都会与初衷渐行渐远。这就是“论至德者不和于俗”与普通人的区别。专业耕耘需要有一份态度，持续深耕——一米宽，一公里深的专业度。只有你真正自信时，你才有可能真正做到诚恳而谦卑。所有谦逊的人都有一个共同点，都有着很高程度的自尊和自信。虎卑其势，将有击也。显，乃是人之本性，而深藏不露者，都是具有虚怀若谷的境界。在现实生活中，我们不能轻易小看一个可以把姿态放很低的人。

*** *** *** *** ***

【有前进一寸的勇气，有后退一尺的从容】

在社会滚滚洪流中，一般人听不到自己的声音，可现在过的每一天，都是余生中最年轻的一天，但愿不要老得太快，却明白得太迟。尤其这个现实的社会，不要去试探别人，天气的变化，人情的冷暖，世态的炎凉，不同的环境，都会影响自己的心情。愿你有前进一寸的勇气，亦有后退一尺的从容。生命中许多东西是可遇不可求的，刻意强求的得不到，而不曾被期待的往往会不期而至。人与人之间也没有谁离不开谁，有的只是谁不珍惜谁，无论是故友或红颜，一转身，就变成两个世界。岁月蹉跎，而哪一天都是良辰美景奈何天，这个世界你的温度就是你存在的证据，你在，世界在。人生，哪能事事如意；生活，哪能样样顺心。不和小人较真，因为不值得；不和社会较真，因为自己较不起。人生犹如一场修行，修身也修心。与其把时间和精力浪费在较真上，不如静下心来，努力学习，提升自己，突破自己。

*** *** *** *** ***

【有低谷才有高山】

《老子》云：“合抱之木，生于毫末；九层之台，起于累土；千里之行，始于足下。”预告世人：天下难事，必作于易；天下大事，必作于细。所以，你想要成就一番事业，不要想着一蹴而就，应当从简单的小事做起。但是，值得思考的是凡成功者为什么在做任何事情之前，都先有预判，根据预判方案做到防患于未然。即在做一件事情之前，在还没有发生的时候就开始着手部署。做到为之于未有，治之于未乱。然而，人之心总是容易受外界的诱惑干扰，随着外界的风吹草动而飘逸，内心始终不会安宁。须知天有不测风云。古人云：“贵以贱为本，高以下为基。”高贵的东西都是以低贱的东西为根本才显示出高来的，所以，高亦以低作为基础才能显现。贱本身就是用来衬托贵，低是用来衬托高的。有贱才能反映出高；有低谷才有高山。因此，看贵和高，必须要重视及维护贱和低，它是前两者的基本衬托，否则，这个世界就会逻辑大乱，无法区别。

*** *** *** *** ***

【孩子不是争面子的工具】

人的层次有高低，然低层次的人反而更爱张扬，渴望他人高看自己，显示他的存在感。殊不知有钱没钱，成功还是失败，不是靠炫耀来刷存在感的，而是人们都在注意你的实力和气场。而高层次的人恰是不然，将时间充分利用来提升自己，而不是去经营旁门左道。喜欢炫耀的人，除了炫耀自己，还喜欢炫耀孩子。可是决心要培养孩子的人都是先行动后看结果的。然而，越是表现出强烈地要培养孩子的人，可能越是活得平庸。自己活得没有自信了，就将希望寄托在孩子身上。其实这种行为是既自私又残酷的，是在转嫁灾难。须知孩子的生命是属于孩子自己的，不必担心没有你的设计，孩子就会一事无成。相反，生命是不能承受过轻和过重的，教给了他做人的道理，培养他的奋斗精神即可，有正规的学校传授知识和技能，有社会大熔炉让他锻炼，学习人生经验，每一个生命自然会发光。所以，炫耀孩子本身就说明你自己活得很失败，没有逆天改命的能力。孩子是独立的个体，有着其自我的人生，不是我们争面子的工具。而高层次的父母都懂得努力提升自己，让孩子耳濡目染，发挥潜在的动力；言传身教，去影响孩子，无须将孩子推出去炫耀。

***　***　***　***　***

【方法论的运用】

当人类掌握了发明的方法之后，人类社会才能快速得到发展，这与方法论有关，为人们提供了认识世界、改造世界的认知。相对于发明，发明方法对个体和社会发展的价值更大。和“授人以鱼，不如授人以渔”的道理是一样的。优秀、智慧的人要比普通人先懂得这个道理，他们是一开始就重视学习、成长和生活。学习远非很多人想象的那么艰巨。只要掌握了有效的方法，即使资质平庸，也能在学习中取得突破，获得丰收，突破自我局限。而学习要最快地取得优秀的成绩，就需要提高专注记忆力，不停地重复，直到出现记忆的复利效应。当方法成为一种习惯，那么，你就能发挥出最大的学习潜力。所以，无论做什么方法都是必不可少的。正确的学习方法和清醒的生活认知，可以治愈迷茫，带我们走出误区；正确的方向比努力学习更重要，人生之路走得累了，可以停下来，倾听自己内心真实的声音。学习本身就是一件需要长期坚持的事情，因此，更重要的是需要掌握优良的方法。当你持续学习的时候，人会在一个主动、积极的状态当中，大脑的逻辑思维就会不断地被塑造。人对事物的理解和辨别速度就会更准确、更快速。所以，前提是方法。

***　***　***　***　***

【看轻自己，看重他人】

人，都希望自己能多一点快乐，少一些烦恼。须知简单的生活才是人生的无上境界。可简单的意义，并不是幻想生活，而是面对生活，祈求心灵的宁静。然而，大部分人总喜欢羡慕别人的生活，总以为他们才是最幸福的。其实，盲目攀比、不切实际地改变自己，结果不但得不到幸福，反而徒增烦恼，丧失本来的美好。殊不知人之快乐皆由心生，而心由事定，事由人来做。全然的快乐是一种单纯，它来自简单的心灵，一个人的心如果负荷太多，事事想得太复杂，烦恼和忧愁就会承之而来。简单的心一旦复杂起来，欢乐和幸福也就离你越来越远了。芸芸众生，每个人皆是天空浮云，沧海一粟。如果懂得看轻自己，看重他人，就会减少很多的无形争斗。君轻则人贵，做到这一点，你才是一个生活的智者。当然，看轻自己，并不是怯懦，更不是自卑，而是一种端正的人生态度，并且更容易得到他人的赞同，得到社会的认可。

***　***　***　***　***

【远见卓识】

人之一生，最值得肯定的乃是远见卓识，使你有所成就。对于身处历史洪流中微小的个人而言，远见意味着看见明天潜在的机遇，看见人生真正的价值。真正做事的人有远见，及时掌握目前以及未来的趋势，可以从不同的角度看待事物，为迭代保持充分的可能性。当在阳光灿烂时，就要考虑修缮屋顶。远见并不是玄，当我们学会从未来的视角衡量事情的价值，懂得用备份的理念应对生活中的小概率事件后，我们就拥有了远见。学会富养自己也是有远见的范畴，富养自己有两个概念，一曰投资教育；二曰投资健康。首先孩子就像一张白纸，纸上写下什么，取决于父母。昔日北大校长蔡元培在《中国人的修养》里写道："家庭者，人生最初之学校也。良好的家风，胜过千万名校。"所以，这种投资教育的方式是成本最低,收效最高的投资。其次就是身体健康。生命在于运动,所谓运动并不单是体力上的运动,更重要的是思想上和精神上的感官状态。一个人的心态好不好,拥有的是两种完全不同的人生。只有你的内心真正体会到了快乐,才能将自己的生活过得像诗和远方。

***　***　***　***　***

【走远和飞高】

读书是为了求知,为了有更开阔、更深远的思想。若要细分,便是读史使人明智,读诗使人灵秀,数学使人周密,科学使人深刻,伦理使人庄重,逻辑学使人善辩,通过所学,成为你的性格。于是,你所读过的每一本书,看过的每一句名言,记住的每一句真理,都在潜移默化中影响着你的思想,指导着你的人生方向。生命的长度决定了你能走多远,而读书的厚度却决定了你能飞多高。我们无法看到这个世界的全貌,但在那浩瀚无垠的书籍海洋里,可以尽情地享受文化的碰撞和思想的洗涤,得到无数伟人的教诲。谚云:“秀才屋里坐,能晓天下事。”提前预知海啸,在危险真正来临之前便能及早脱身,此乃读书之理也!你不曾走过的弯路有人替你走了,你不曾受过的磨难有人替你受了,在吸取了无数前辈的经验教训之后,你减少了无限的羁绊,走向更广阔的天地。少走弯路,将军之剑,不斩苍蝇!

***　***　***　***　***

【教育的实践——磨砺】

人生，总有失败或困顿的时候，但始终能以敬业之心，认准方向，以孜孜不倦的态度顽强坚持，一定有成功的可能。一个人的能力具有互补性，一个人搬不动，就找人一起抬。你有一个思想，我也有一个思想，叠加在一起就有两个思想，弥补了能力的不足，也加强了思想的开拓。为什么能进清华、北大的除很有教育背景的家庭之外，就是那些贫穷山区的从小勤奋好学、努力向上的人？因为家境富裕的孩子从小就是在宠爱的蜜糖罐里长大，所以造成了吃苦不多、成事很少的局面。一个人的思想进步是从小开始的，历经磨砺更能经受住风雨的考验。经历的磨难越多，越能发掘思想，越能发现人与人之间的关系，发现自己与社会的关系，懂得了什么是敬业，什么是困顿。然而很多聪明人不能成功，乃是缺乏认真刻苦的精神和深入钻研的动力，缺乏从小自己努力的态度。

【锋芒与谦逊】

人生之成功是没有年龄界限的，行至中年，人生半坡，不嫌成功太晚，只怕努力太迟。即使浪费了青春，其实也没有必要耿耿于怀。人生在半坡的路上，走过了崎岖长路，脚步反而越来越坚定。不诉沧桑，不露锋芒，宁愿在苦海里继续挣扎、沉淀，悄悄蜕变。相对年轻时总是喜欢张狂，夸夸其谈来显示自己无所不知。

到了半坡才知真正优秀的人有如温玉，其光华敛于内而不形于外。昔日蔡元培先生成就斐然，出任北大校长、中研院院长等职，却一生清贫、低调，从不显摆自己多有才华；更有匹配者胡适先生拥有36个博士头衔，蒋介石请他出任教育部部长，胡先生不干，嫌国民党政府腐败，足显胡先生之人格魅力和高尚的品质。《曾国藩传》云："好胜人者，必无胜人之处；能胜人，则自不居胜。"可在当今现实社会里却常有爱用语言胜人的，殊不知胸中并无墨水，何必尽显而快。其实懂得藏锋守拙，以真诚、谦逊之心待人，方能赢得社会的尊重。一个人最高层次的成熟，不是由社会来设限的。只要锐气不减，努力向前，坚持到底，万水千山总是情，终会抵达目标。忆往昔青春岁月，总还有半坡上的郁郁葱葱，到处还有红叶和黄花。

*** *** *** *** ***

【善与恶的新认知与制高点】

《康德哲学》似乎比以前流行的尼采生存哲学、马斯洛人本哲学、叔本华人生哲学等更有深度，他提出哲学思想首先解决的是认识论问题，其次才是道德论问题。道德哲学自古希腊开始，就有一个理性与情感的纷争。凡哲学家都是关注自然的，到了苏格拉底在雅典出现之后，道德理论变成了哲学界的新内容，苏格拉底启迪人们去反思，去认识人的本身。他提出道德论的核心："美德即知识。"人之所以会犯错，在于人们还没有关于善的认知，不知道善为何物，他认为无人会故意作恶，犯下恶行是因为没有善恶概念的认知。苏格拉底把知识作为道德的本质要素，靠理性的明辨为道德寻找根基。善良是最高级的理念，包括智慧、勇敢、节制、正义四种美德。所以，康德哲学认为在自然学、道德哲学、美学、逻辑学中哪个更关乎人的本质，哪个更接近形而上学，那一定是道德哲学，因为道德哲学关乎人的善恶以及人性问题，人在求真务实的同时还要追溯善的问题。因此，在现实生活中，我们要进一步搞清楚对善与恶的认识，才能站在法律或道德的制高点，增强对自己的理性教育。

*** *** *** *** ***

【育人与教养】

一个人的成就，比能力更重要的是骨子里的教养。一个人真正的高贵，不在于名气的大小，财富的多少，能力的强弱，而在于内心的教养与修为。一个人的教养是习惯方式的总和。而真正的教养，不仅仅是大事上的抉择，更是生活中一点一滴的积累。生活中的许多细节，看来也许并不经意，但就是这些无关紧要的地方，却已经折射出你为人的写照。教养的本质是分寸与克制，熟不逾矩，进退得宜，才是一个人修养的体现。人生是从教养到修养的过程，修养是教养的进步，教养是修养的基础，是圆满的人格。所以，教育当以人格教育为主，知识教育其次。孩子品德高尚，为人正直无私，学问欠缺一些，在潜意识中早就由教养及修养弥补了。在现实生活中，一个人的成功，体现于事业上的辉煌，外表上的华丽，物质上的优越，却忘了成才的前提，是先成人。没有完美的人格魅力做支撑，外在的优越就像是空中楼阁，随时都有坍塌的可能。《德谟克利特》云：“有教养的人的遗产，要比那些无知的人的财富更有价值。”所以，教育的根本，说到底就是育人，人生成就的高低，最终还是表现在教养上。

*** *** *** *** ***

【母亲的伟大】

孩子出不出色，大都取决于母亲的性格。古人云：“男主外；女主内。”一个孩子在母亲的身边要比在父亲的身边的时间多得多，因此接触就多，一个做母亲的表现得温良恭俭让，贤淑、善解人意，始终默默地为孩子奉献而毫无怨言，表现出来的性格、语言和行为使孩子潜移默化，从小根植，影响了孩子的未来。反之亦然，伤害来自最亲近的人，世界上最了解孩子的就是母亲，母亲是最清楚孩子弱点的人，切勿使孩子做他做不到的事，这无疑是用最尖锐的武器在刺伤孩子的痛处，那么，教育的效果就适得其反。如是，似乎这个世界不公平，教育孩子、影响孩子原来是当妈妈的责任。但母亲对于孩子从小一点一滴的培养，终将在孩子的成长中收获回报。有一句话叫母亲的伟大，即此道理也！

*** *** *** *** ***

【求知阶段还是要全面学习为好】

高考顺利结束，考生们才深知读书偏门单一，是自己酿成的苦酒自己喝，苦不堪言，也挫伤了自尊心。殊不知世界上博学多才的学者专家，在求学阶段也是文史地、数理化全面发展的。昔日胡适先生获得36个博士学位，他的成就令世人瞩目，须知他在获得之前的艰辛付出。雄伟的建筑物，也并不只是由一木一石筑造的，还要由其他许多材料垒叠而成。一个人全面而平衡的发展，无疑是要从小开始，方可为自己未来的人生匠筑基础。否则，不管你侥幸获得什么学位，若只有知识没有常识，表面上看满面风光，实际上是废柴一个。生命是以时间为单位的，没有质量的付出行为，实则是在浪费时间，等于在慢性自杀。时间是由分秒到小时组成的，所以，一分一秒也是时间，也是生命，你越珍惜越是有成功的可能。

*** *** *** *** ***

【孩子的表率】

你的今天，就是你孩子的明天。谚云："龙生龙，凤生凤。"从辩证的观点来看，这是基因基础，实则不是一成不变的，是对下一代教育过程带来的结果。父母的修养、性格奠定了他的教育方式，影响着孩子的思维。以平等、低调的心态做底线，以尊重人的态度对待孩子的父母，那么，孩子与你就会像朋友一样拉近了距离，说话的语气是商量的，口吻是温和的，孩子就会更容易接受你。如此，孩子如果还是教不好，那么剩下来的就是你自己的问题了。正确、积极的父母，容易培育出思维积极的孩子，虚心改变自己，是为了孩子的前途，改变家庭的命运。真正的教育是一场修行，是用孩子的纯真、无私、灵动洗濯了成人的浮躁、功利、自大的心路历程。良好的教育，应该是通过孩子这面镜子，不断发现自我、修正自我、挖掘自我，并用新我来为孩子做示范和表率，在教育孩子的过程中，同时提高了自己。

*** *** *** *** ***

【孩子成长需要自我管理】

教育，是个很伟大的词语，是人类的顶级能力。其实教育的终极目标并不神秘，是让孩子有所爱好，有开拓精神，培养孩子有好奇心，学会坚持，促使孩子能够全面而有个性地发展，并非只看成绩，争得高校的录取。看古今中外或世界历史，每一个取得重大成就的杰出人才，都有一个共同的特质——强烈的、突出的、痴迷和恒久的爱好。一个孩子的成长离不开学校的教育与家长的呵护。孩子的成长需要学会自我管理，养成良好的学习习惯，提高学习效率。家长则应当注重家风教育，塑造孩子正确的世界观、人生观和价值观。老师是辅导和鼓励孩子在学术上有开拓精神；在社会上有仁、德、爱，在思想上有追求、有梦想、有主张；在情感上爱国、爱家、爱自己。当然，这个世界，并不是所有孩子都能成为佼佼者，但是，一定要有自己的爱好和坚持，对于成功和失败同样旷达，塑造出坚韧的品质和深远的思想。有失败后的思考，才能有东山再起的勇气。

*** *** *** *** ***

【没有教不好的孩子，只有不会教的爸爸】

爸爸是孩子的老师，一个好爸爸 = 100 个老师。爸爸的素质有多高，孩子就能飞多高。相对每个问题孩子的背后，一定都有一个问题爸爸，给孩子种下什么种子，将来他就会成为什么样的人。因此，要改变孩子得从改变爸爸开始，没有教不好的孩子，只有不会教的爸爸，一个弱爸爸始终教不出强孩子。所以，当一个好爸爸其实是一门大学问，从意识做起，好习惯决定孩子的大未来，发掘孩子的创造力，磨炼智商；提升孩子的理解力，从阅读开始；发挥孩子的想象力，让孩子拥有科学的启蒙；锻炼孩子的观察力，激发孩子的求知欲。另外，把自己的感恩、宽容、乐观、自信、诚信、勤劳、礼仪、责任、坚强、担当和主见等人生经历，成功经验灌输给孩子，做孩子的人生理财顾问，既严肃又幽默地教孩子投资自己，做孩子的伯乐，让孩子有主动性地当千里马。

*** *** *** *** ***

【孩子的成长，要有应有的模样】

人生的成就不是由起跑线决定的，起跑只是初速度，关键在于途中的持续。现在的孩子不是输在起跑上，而是沉重的书包压垮了孩子的精神。从幼儿园熬到考上大学，以为自己的人生有了一个转折点，可以脱离中小学的沉重负担，自由放飞，但也放纵了自己的情绪、精神和目标。然而，人性最可爱的朝气没了，以前那种园丁、匠心思维也没了。可家长们的心态就不一样了，花了这么多钱供孩子读书，孩子的出息在哪里？没人敢答钱学森的拷问。1+1=2，要是有一个学生提出质疑，一定会被骂傻帽。然而科学是需要挑战错误的，但是需要勇气，可是允许吗？比如一场篮球比赛，一队女孩组成的啦啦队，欢呼雀跃在那里助威，那些女孩懂篮球是怎么打的吗？所以，科学需要幻想，挑战才能进步。而一个人的内心是需要滋润，不是可以用手段实现计划的。大学教育是改变人生的最终目标，放纵并不是一种解脱，没有了读书的热情，失败也就离你不远了。中国的发展实在太快了，作为个人不进则退，但是，应该要有应有的模样。

*** *** *** *** ***

【蜕变】

经一事长一智，遇一人懂一人。不一样的观点，世人未必都能洞见。因为在现代富裕的生活环境里，我们很难让孩子接受艰辛的训练。但是，不得不告诉孩子塑造一个人的人格，最重要的就是要用历经挫折的方式。不要害怕失败，没有失败的人生才最失败。让孩子历经挫折，才会更好地成长。把这种思想根植于理性之中，让孩子明白这个道理。泥泞识马，落难识人。一味地呵护孩子，未经艰辛的磨炼，这不是正确的爱，反而可能会使孩子在成长的过程中迷失方向。佛经云："成长是一个人的朝圣路。"没有经过像蝉一样蜕一层皮，是不可能把内心的痛苦和恐惧丢掉的，也就谈不上蜕变。古人云："子不教，父之过。"责任大矣！

【富不过三代，但造富需要三代人以上】

要求孩子学习理财，也不乏是一种教育的重要课题。让孩子注重读书，求上进，没有错。但孩子不懂理财，长大后并没有什么创造性思想，做父母的仅仅把钱留给孩子，他即使有效地保存下来，恐怕也难有多大的发展，成就不了多少荣耀。因此，对孩子的教育，除了钱以外应当还有传承成功的品格，富，不一定只是三代。要以思想教育指导藏富的持久性，让孩子尽早懂得金钱的意义，明白钱不是白来的。不能需要钱就向父母要，想要什么就得到什么，须知所有的得到都是需要付出代价的。要把钱看成是对工作的一种奖赏，或是帮助了别人的酬劳。当你想要满足自己的需求时，必须要自己动手去挣钱；当你希望别人给你什么，你必须要考虑自己能为别人做什么。尽早使孩子理解做人的责任和与他人与社会的关系，进一步细化对金钱理念的理解。

【内外兼修的教养】

在人类心灵花园中，最质朴、最美丽和最平凡的花朵，乃是人的教养。一个人的教养优劣其实并不全是本人的责任，更是做父母的传承。古人云："生而养之，养而教之。"可见教养是父母传承给孩子最好的礼物。教育者顾名思义即教育和养成，是文化的传承和后天学习的规范。父母是孩子的第一任老师，家庭是孩子成长的摇篮，你传承什么，下一代就继承什么。家庭环境是孩子健康成长的基本因素，而父母的品行更是影响孩子的直接因素。虽然做父母的负有传承责任，但更重要的是后天自己的学习教育所养成的良好品质和行为习惯，教养是人生的一大课题，是人生立足于社会的根基，内在的修养可以使你不断"涨粉"；外在的行为礼仪则拉近彼此的距离。是故，内外兼修的教养，是使你稳定所有关系的壁垒。

*** *** *** *** ***

【学问的基础——语文】

语文——在古代被称为国学，中华五千年文明，几乎都是靠文字传承的，语文是所有学科的基础。然而，人们一般只认为语文只是一种能被人感知且可辩论的客体，在多种形式中存在着较为稳定的本质，作为区别于其他事物界限的标准。可是，这个本质至今尚无定论。古希腊时期，柏拉图提出整个文学世界分成三个层次：理式世界、现实世界、艺术世界。后来学者们认为这是唯心主义者。而亚里士多德却提出并推翻了这不是唯心论,他认为理式世界、现实世界论是正确的,而文学是人类对客观世界所进行的艺术加工与审美升华。到了1953年艾布拉姆斯提出了文学本质四要素理论——世界、作者、作品、读者。他认为作品是文学本质的中心环节,是联系其他三个要素的纽带。直至七十年后的今天,各派学者仍在围绕着这个理论进一步探究四要素的本质是否可以延伸,得到升华。但有一点可以肯定,语文/文学不是历史,文学的本质就是一种独特的语言结构,它只忠于作者的自我意志和人类的情感,只要方向正确,语文/文学的地位就能大大提升,绝对是学问的重要一课,不可疏忽。

*** *** *** *** ***

【身教重于言传】

身教重干言传。优秀的父母亲总是把身教放在突出的地位,以身作则,为孩子做出积极的榜样,影响孩子,绝对不会大呼小叫,给孩子绝对的自由度,灌输健康、进步的思想,激发孩子创造创新;而自以为是的家长总喜欢动不动用粗暴的方式压服孩子,把一个温馨的家弄得满是教条主义,往往把自己都做不到的事情强加在孩子身上,表现出霸道、强势,令孩子恐惧万分。两种不同的教育模式怎样取舍,当家长的现在考虑还来得及。总结过去,展望未来。望子成龙,可能是每个当家长的心愿,但是,殊不知这个世界根本就没有龙,龙是塑造的,封建时代把皇帝形象塑造为龙,使老百姓望而生畏。新时代了,我们都要用科学的眼光和切实可行的思维对待孩子，把孩子培养成才才是头等大事，才是行之有效的最佳方式。

【孩子是家庭的一面镜子】

再次研读《狂人日记》（鲁迅先生的处女作）。创作背景虽然距今百年有余，我们也早已生活在一个文明法治的国家，但其精华依然对我们的当下还有借鉴意义。它从揭露当时的社会黑暗到自省和忏悔的觉悟，再到发出救赎弱者的呐喊。它同时指出教育是强国富民的重要决策，孩子是国家的未来，国家的发展从教育抓起。须知孩子出生时犹如一张白纸，清澈透亮，随着逐渐长大，便开始吸取周围的力量，渐渐形成自己独立的人格。于是这

就反映出一个问题：狭隘的父母培养不出大方、豁达的孩子；爱论别人是非的家长也培养不出独善其身的孩子。孩子就是家庭的一面镜子，什么样的父母，自然成就什么样的孩子。因此，要想教育好自己的孩子，无须太多的语言或手段，只需正确的引导，触类旁通，去影响孩子就足够了。是故，父母学会多自省、自律，提高对三观的认知，孩子也就会耳濡目染，更好地成长。

***　***　***　***　***

【腹有诗书气自华】

与教育界知名人士聚会，乃是给自己学习的机会，进一步提高认知。一个人拥有多少财富是不会写在脸上的，而一个人读了多少书可以在脸上绽放，可以底气十足。读书多了，会愈感到生活的统一和辩证，偏于安静，而说话时能够直指重点，逻辑清晰，处理事情有理有节，具有　定的执行力。书读的越多，越有学习能力，能够更快地接受新事物。在年少轻狂时，总以为自己可以用脚步丈量世界，殊不知多读书可以融入知识海洋。虽然读书不会让我们一夜暴富，也不能让我们过上奢华的生活，但它可以给我们带来心灵上的宁静，让我们有着不一样的见识和气度，有着那种腹有诗书气自华的洒脱。在平淡简单的生活里活出美丽的人格魅力，给自己一个辽阔的天空，给生活带来更多的希望。

***　***　***　***　***

【读书与人生格局】

人生这个概念，大概就是见自己、见天地、见众生的过程。古人云："谋大事者首重格局。"是指我们内在的心胸和眼界，为自己设计了一个与众不同的外在局面。你所读过的书、遇过的人、扛过的事，锤炼了你的意志力和修养，构成了你的人生格局。不同的格局，决定了不同的人生高度。当年苏东坡在潦倒困顿时期，随随便便吟出："粗缯大布裹生涯，腹有诗书气自华。"乃是最真实的写照。读书可以改变人生格局，《曾国藩传》也提道："人的气质是天生的，但后天可以多读书，能够改变一个人的气节。"生活的苦难和困顿打压不了内心丰盈的人。那些读过的书，早已不知不觉中融合到你的思想里，刻在你的脑海中。你的灵魂会得到升华，保持心灵的纯洁，不自负，不失真正的自我。这无形中放大了你的眼界和思想，也放大了你的格局。

***　***　***　***　***

【梦想从学习开始】

一个人未来的发展，总是与格局有关。格局从接受教育开始，有了大的格局，就会对事物的认知有深度、有广度，能看到更大的世界，了解自己有更多的发展空间，从而可以爬到更高的位置。然而，一个格局小的人所看到的只是当前生活的不易，所思考的是柴米油盐酱醋茶。而格局大的人看到的是生活的本质，所思考的是寻求解决问题的办法。说大了,一个民族,没有一种底蕴是不行的;一个人没有格局也是不行的。民族倘若没有底蕴和精神,经不起时间的考验,自然无法使这个民族强大;一个人如果没有格局和精神,看不到更广阔的世界,自然不会有太大的成就。所以,一个人的人生态度,就是寻求正确的发展方向,要想成就自己,就要打开格局。这个世界是没有人能够打破平衡理论的,梦想是从学习开始,事业是从实践起步,奠定你人生成功的基础就是信念和格局。

***　***　***　***　***

【学习力才代表未来】

人生是一个迭代的产物,从最好的内核开始,一个又一个动作地持续迭代和一次又一次微小的选择,成就你的人生。今天你在什么样的位置上并不重要,重要的是你在未来还用什么样的方式持续迭代。学历只代表过去,学习力才代表未来。然而,当一个人被情绪所困时,所做的决策80%都是错误的。因此,能够做到有效控制好自己的情绪,才能更冷静地处理好问题。当然,迭代也并不是十分完美,至少存在着直接或间接地不断由旧值递推出新值的变量。在现实生活中,须知发现问题往往比解决问题更重要,找到问题的症结所在,就已经成功了一半。所以,在编写策划本次迭代程序时就要考虑到,不能让迭代过程过度延伸,在上述成功了一半的另一半中,找到迭代所需次数的确定值,做出分析,解决问题也就简单了。作为个人，你的明天是否还有资格迭代，也可以使用迭代公式计算出自己的结果来。

***　***　***　***　***

【默默耕耘的人是最有智慧的人】

人若跟不上时代发展的步伐，难免会焦虑。但是，你总无法乞求别人把你的努力付出都及时回报，因此，你能做的只是默默地将自己的苦累幻化成一片片羽毛，总有一天它们带你腾飞，冲上云霄。一个人若要追求事业专心，就会忘掉很多烦恼，更不会焦虑，而是找到努力过程中的快乐。不要幻想天赋异禀，一个人的真实禀性会通过你的承受能力反映出来，是否坚毅，是否看到自己离目标越来越近，对未来的期待。远大的理想总需要有巨大的精神支撑，其实默默耕耘的人是最有智慧的人。人只要不断努力，终其一生总有自己的价值，于世界可能微不足道，但于自己却举足轻重。所有优秀的人，都是豁得出去的狠人，任何事情，只要你虚心接受，正确判断，去伪存真，就没有必要痛苦，也就不会焦虑了。

***　***　***　***　***

【读书与启迪智慧】

一个人的能力决定你能飞多高，一个人的教养决定你能走多远。然能力和教养绝不是与生俱来，而是通过后天习得，而读书便是提升个人能力最有效的途径。书籍是人类进步的阶梯，它是丰富自我，充实自我，成就自我最有效的方式之一。书籍不仅能够改变一个人的思维方式，还能给人带来更多的关于人生的启发。你读过的书，走过的路，体现在你的一言一行之中，并且能够指导你为人处世的方向、面对生活的态度以及此生的理想。人读书越多越能静下心来沉淀自己，在这快节奏的世界，追求内心的慢，是很难的，只有慢下来才能知道自己究竟想要什么，才不至于毫无目标，又不愿多走弯路，抓住时机，稳中取胜。所以，相同的时间，浪费在无用的事情上，还不如多读书，有助于沉淀，有助于你明确方向，趁着一切还不算太晚，让自己多读书启迪智慧，走向更大的世界。

***　***　***　***　***

【磁场效应】

物理学上有一个术语叫磁场感应，是传递实物间磁力作用的场，是地球最神秘的特征之一，它由运动着的微小粒子构成，在现有条件下让人类看不见、摸不着。然而，人体的身上同样有磁场，除了生物电流产生磁场，还有一种无形的磁力在吸引着周围——思想、行为、信念、信仰、睡眠、呼吸，所处的环境，交往的朋友，都会随着你的吸引力而影响着别人，充满强大的力量，决定着你生命中的所见所遇。人与人之间的差距很大，要想把自己的磁场发挥到极致，得先努力把自己变强。人，有两个特性，一是惰性，二是慕强。前者无须赘述，而后者则是在羡慕优秀。一个人能吸引人，说明你的身上一定有着强大的磁场。《易经》云："同声相应，同气相求。"意指同声会产生共鸣，相同的气息会融合，同类的事物会相互感应。古云："爱出者爱返，福往者福来。"人生的发展方向来源于自己。想靠近阳光，不是在原地等着太阳晒过来，而是要主动向着有阳光的地方走过去。先天的出身未占优势，就要后天努力；长时间的努力未见效果，就换个方向，而且要永远把自己放在正确的方向上，才能产生更强大的磁场。

***　***　***　***　***

【宝剑锋从磨砺出】

人皆有惰性，因此需要磨砺。宝剑锋从磨砺出，梅花香自苦寒来。玉石不加以磨砺，不能成为精美的玉器，也只是一块石头而已；温室中长不出壮苗，不见风雨，焉有彩虹。人生只有经历过挫折和坎坷，才能变得更为坚强。成功总是来之不易，轻而易举不是成功，成功一般都是伴随着千辛万苦，没有顽强的毅力，没有坚韧不拔的拼搏精神，没有吃苦耐劳的坚忍品质，都是与成功无缘的。一个人少了勤奋和吃苦的环节，也就少了人生的锻炼和磨砺，没有经历吃苦和吃亏的磨砺，人生就经不起考验。做人少了磨砺，就少了最可贵的品质，若没有经历这一课，就不会有坚韧不拔的精神。机遇总是留给有准备的人，那就是在得到机遇之前修炼——吃苦、吃亏、学习和努力进取。其实苦难乃是人生难得的一笔财富，是人生强大的精神力量，是

《辩证法》所谓的动力。敢于磨砺是一种境界和素养——衣带渐宽终不悔，为伊消得人憔悴。有志者事竟成，乃是在困难中磨砺自己，在吃苦中提升自己，在实践中丰富自己。磨砺产生动力，锻炼打造意志，不断打造，不断努力，成功也就离你越来越近了。

*** *** *** *** ***

【稳定情绪——天才之外的能力】

一个人的成就，其实并不全是金钱、资本和名望的积累，而是良好稳定的情绪。生活中，偶然做了几件漂亮事并不是真本领，经常做成漂亮事，不输则赢，才是优秀者。这就要情绪的稳定，遇事绝不急躁，冷静分析，找到了问题的根源，才深入着手，一举成功。当然，保持良好的情绪，靠的是学习力，多读书，从书本里找出路，找方向。沈从文大师一生最推崇的优秀品质是忍耐。那么，忍耐的前提不就是要情绪的稳定吗？董卿也说过："我永远没有长大，但我永远都没有停止生长。人生需要全力以赴，但是不能太着急。"人人都想成功，但是没有一个成功者是靠急躁获得成功的。于是，只有静下心来稳定情绪，蓄势待发，慢慢来，等到自己的时区。所以，凡事都要客观对待，罗马不是一天造成的，事业更不是一朝一夕可以成就的。稳定情绪，是一个天才之外最好的能力。

*** *** *** *** ***

【有志者事竟成的负面】

有志者事竟成，成了人们进取的不二定律。但是，这个有志者是需要具备一定的条件的，可问题难就难在你是否有志，而有志者的反面却是空想主义者。空想家往往是语言上的巨人，行动上的矮子。制订一个计划，基本坚持不了多久就懈怠了，然后因为懈怠又觉愧疚，又再次制订出新的计划，可是好景不长，一遇阻力，就望而却步，如此循环，就丧失了斗志。须知成功都是需要沉淀和积累的，并非一时一日之功。人的意志力是需要对思想改造的，成不成事完全取决于一个人的意志力。这个世界，你无法知道下一秒会发生什么变数，最好的方式是改变自己的思维模式，为自己创造巩固意志力的条件。意志力是建筑在实用价值的基础上的，每个人都有自己擅长的事和爱好，而你要做的事情就是在立志的时候选择好自己的方向，适合自己的专长，然后，集中力量把所选择的目标做成做好，才有资格谈论有志者事竟成。

*** *** *** *** ***

【爱面子还不如把面子直接变成价值】

在智慧面前，面子一文不值，只有放下面子，才有创造价值的可能。当你放下面子去赚钱时，意味着你是一个明智的人；当你用钱去赢得面子时，你已经是一个成功的人。所以，我们只有掌握了生存所需的金钱，才有资格谈论面子。一个人如果只爱面子而放弃了很多尝试的机会，那就等于自掘坟墓。只有抛开面子，大胆尝试新的可能性，我们才有机会创造机会。在现实生活中，眼下的困境是由以前的不智思想和行为造成的，而现在的改变将会带来完全不同的结果，激活你一直沉封的各种潜能。穷人在没钱又没有人脉资源的时候，难免遭受冷遇，这是社会的残影，只要你有勇气，不甘寂寞，就有机会激发自己的潜能。反之，不管你有多大的野心，也会在长时间的等待中失去耐心，失去努力学习的动力，变得自惭形秽，越来越觉得自己很没面子，最后导致没了翻身的勇气。我们走在人生这个亘古旅途中，在坎坷中奔跑，在挫折里涅槃，忧愁缠满全身，痛苦飘洒一地。所以，纠结面子还不如创造面子。当然，要破解这个看似平常实不简单的理论，还是要多读书。为什么犹太人都不种田，就可以在全球金融和商业场上畅游，这是把读书形成了自己的民族文化，证实了人生爱面子还不如把面子变成价值重要。

***　***　***　***　***

【千里马与伯乐】

一个人能否成就事业，不仅需要天赋、能力，更需要心性导航。如果总是心浮气躁，一曝十寒，那么，即使有再高的天赋，也是一事无成。反之亦然，如果能够静下心来，一步步积累、沉淀，虚心学习，那么，即使平庸，也是可以徐图进取的。沉淀自己，才能提升自身的能力。孔子有云："不患无位，患所以立。"意指不要担心没有机会，而要担忧的是自己有没有相应的实力。一个人的发展，如果没有实力作支撑，即使偶尔凭借风力飞了起来，等到风停时就会摔得很惨。这个世界，大多数人都把自己当成千里马，总是抱怨伯乐去哪里了，就是忽略了自己是不是真正的千里马。而真正厉害的人，一旦发现外界的事情不如自己所愿，首先就会反省自己是否有所不足，积极进行改进。否则，伯乐就算在你的身边，也无济于事。生活中，失败的原因很多，不是因为选错了路，而是因为没有恒心与毅力在一个地方深耕。而成功者却不一样，在别人觉得没有希望的时候，唯有他们咬定青山不放松，傻傻坚持。在这个浮躁的时代，我们更需要沉淀自己，学会与自己对话，尤要静下心来，把每一步都走得踏踏实实，不断精进，宁静方能致远。

*** *** *** *** ***

【读书与成长】

读万卷书，行万里路。但这个世界却有不同的认知，认为行万里路可以，读万卷书未免有些酸腐，没有实用意义。读书的确是个意识形态，读过的书无形中藏于气质里，表现在行为上。读书虽然不能直接读出财富，但它可以沉淀你的智商和情商。读与不读，自有它的区别，差别在于眼界的高低与格局的大小上。一个人的姿势，能够决定你的高度；一个人的观念，能够体现出你的见识。没有文化与缺少文化，看问题的深度是不一样的，他所看到的只是眼前的利益，却看不到更长远的利益。而有大格局的人是不会不读书的，因为他的三观、知识、思想、感知、气魄和胸襟，绝大部分都是从书中得到的。古人云:“书中自有颜如玉,书中自有黄金屋。”这是不无道理的。

*** *** *** *** ***

【挫折更能获得智慧】

当你把人生归结于运气时,那就是最大的问题了,因为你看不清自己,所以也不会找到自身的问题,也就没有了进取心。然而,每个人的人生过程都会经历不同的事情,遇到各种不同的挫折。一个人最终混成什么样,很大程度是取决于自己,是平庸还是非凡,就看你在受挫迷茫时干了些什么。其实一个人要变得坚强,大都是从挫折中获得智慧,磨炼出越战越勇的精神,此时比以往任何时候都更有生存能力,只有在逆境来临的时候,你才会感受到自己与朋友的存在。在这个飞速发展的时代,人的价值最容易体现不进则退。比如手工劳动者被机器取代、技术工种被人工

智能取代……可人类从书本上获得的智慧更多，因此就看你喜不喜欢读书了。读书学习可以获得新的知识，让我们开阔眼界，增加底气。当一个人的眼界开阔时，就能发现很多以前发现不了或难以发现的机会；当你有着丰富的知识时，又能帮你鉴别哪些是可行的，哪些是不可行的，有助于你的快速成长。用科学思维取代迷茫，不用害怕自己被取代，更无运气的归结了。

*** *** *** *** ***

【问题的分解】

把大问题分解成若干小问题，然后把一件件小问题解决掉，各个击破，叠加起来就等于解决了大问题。当然，这要涉及时间、方法、手段和智慧。然而解决问题的过程就是升级的过程，需要动手、动脑，开发潜力、施展能力和动用社会资源，以及掌握社会资源背后的逻辑思维。社会资源是以聚集为效应，更是以价值构建成共同的成长体。但这其实也是个非常宝贵的学习和成长的机会。当你把生活中、工作上的大部分问题解决掉，你会主动寻求一些挑战，形成一个正向激励，显示出你的能力和水平，得到上司的赞赏。反之亦然，如果你把困难当成恶魔，企图回避，那么，问题就越积越多，还会衍生出更大的问题。所以，人生不会没有问题，也不会没有弯路，只要把每一步主动走好了，就能走出一条把复杂问题简单化的路，哪怕有多复杂的问题也可以各个击破，也就没有问题了。

*** *** *** *** ***

【主题体系】

人生智慧，一部分来自内在的基因传承，而更大的部分在于自己的创造和发掘，构成了文化资本。这要看我们掌握了多少先进的思维模式，以及与时俱进的成长模式。一个厉害的人之所以厉害，往往是掌握了正确认识这个世界的方式。诚然，文化资本是一种强大的生命力，一个人想要变得强大，最重要的是要找到先进的思维模式，打破内在的障碍，解放思想。然而文化资本与社会资本乃是一个联合共同体，有了对社会资本的认知，就能明白为什么有些人虽然出身平凡，却能逆袭。在他们的认知里，有一个价值体系，构建了文化资本和社会资本的共同体——主题体系，总能正确对待所走的每一步路和所做的每一件事。但是，文化资本或社会资本并不是天上掉馅饼，而是需要我们发挥内在的价值，厉害的人只不过创建了一个联合价值体系，使贡献有目标，价值能体现而已。但是，一个人要想走得远，更要站得高，要有一个强大的内心，突破情绪带来的困扰，回归现实，心如止水，突破自己，破茧成蝶。

***　***　***　***　***

【实现目标前的行动】

一个人要想实现自己的目标，不光靠努力，还要有动力。实现目标需要具备很多条件，在实现的过程中，多做些实验，用不同的方式激励自己，并体验完成目标的喜悦，先设定一些较小的，容易达到的目标，从而锻炼这种技巧，训练自己。幸福在生活中是一种喜悦的体验过程，这种体验并不是一成不变的，它的保质期是随着你创造条件的能力变化而变化的。幸福的感觉，贯穿你实现整个目标的过程。但纠结和拖延带来的损失远远超过失败，所以，千万不要把动力用错了方向。因此，要有足够的勇气战胜失败，因为，凡失败到了一定程度，就会触底反弹，反向逆袭，走向另一面的成功。但是，勇气需要动力，没有动力推进的目标，不会带来任何结果。

*** *** *** *** ***

【价值观是维系社会运转的一种体系】

一个人的发展是受认知的层次限制的，认知的高度不同，看到的世界也就不一样。古人云："下愚莫揣上智。"可见越往上，所见越多，机会也就越多，越是感觉这个世界的美好，风光无限。可现实生活中，越年轻越不明白这个道理，读书固然重要，但更重要的是你要以你的知识结合见识，构成认知。当你懂得许多所谓的规矩时，感受到自己极大的生存压力，必须继续上行，才能突破自己，提升认知。其实价值观是维系社会运转的一种体系，尽管你血气方刚，努力想向世界证明自己，也少不了要有正确的认知。有些看似牢不可破的金科玉律，也会随着历史的发展而淘汰。但人的发展性，可以选择和努力，改变你的环境与命运。洞察了这个世界的本原，我们的认知就从此开始，认知在哪个层级，你的人生就在哪个状态，毋庸置疑。读书的目的让自己有更体面的养家糊口方式，获得更高阶的认知，指导未来正确的行为，实现人生目标的进阶。

*** *** *** *** ***

【丰富思想与读书】

人皆追求成功，这是永恒的定律，但成功的秘诀在于：开始行动——遇到问题——调整解决——继续向前——遇到新的问题——继续调整解决——成功。成功的过程就是你不断遇到问题、不断解决问题、调整方向、提升自己的过程。从《管理学》说，如果你都没有开始，自然也就没有问题出现。既然没有问题，当然无须解决问题，也就没有成长成熟的机会了。一个站在岸上的人是永远学不会游泳的，只有接触到水，才能感受到水的浮力，你才思考怎么伸腿、摆臂，先求生，再学习技术向前游。其实失败者的痛苦往往在于内心的期望太高，自己却又不敢行动，只等待机会。而且还在意局外人的评价，忽略了自身成长的挣扎。殊不知欠缺经验和魄力，可以多读书，从书本上寻找契机，把自己的思想丰富了，面对问题，就有了自己的判断力和决策力，解决起问题来就不会迷失方向，成功离你也就越来越近了。

*** *** *** *** ***

【小小的改变也是进步】

人生变好，先天是靠父母及亲属的影响和教育，而后天还是靠自己的努力。自律——并不是非要做出什么惊天动地的大事，而在于自己日常的修炼，修炼成更好的自己。若要精益求精，需把平常的一言一行，习惯的养成细化到每天、每分、每秒。一个真正成熟的人，懂得遇事冷静冷静再冷静。拥有36个博士头衔的大师——胡适先生，忍不住要与夫人吵架的时候，一时难以冷静，就立马把自己锁进卫生间里面壁思过。此举虽然不可思议，但足见大师的自律自重境界，值得世人学习。这是个大江奔涌的时代，世界每时每秒都在改变，只有不断自我投资，才能永远保持竞争力。尤其在互联网时代，知识再无壁垒，全面开放，处处都是资源。人这一辈子，就是个不断战胜自己的过程，自律、自重，再微小的改变，一寸寸地积累，也会产生复利的效应，到最后说不定会让你有翻天覆地的变化。

*** *** *** *** ***

【思而不学乃是进步的最大敌人】

读万卷书若没有经过消化和吸收等于白读；行万里路若没有充足的知识做支撑也只不过是邮差模式。什么叫见过大世面？既能享受最好的，也能承受最坏的。所以，这种理念要传承，别让孩子输在起跑线上，若给孩子的无谓的压力造成失败就是你悲剧的开始。想要把这个世界变得更美好，要先让自己变好。若要走出人生阴霾，你要多走几步，让自己对人生有绝对的控制力，变强大了，才可以拒绝别人。读万卷书，行万里路的终极目标，是知行合一，知道做不到，等于不知道。思而不学乃是进步的最大敌人，人生最大的悲哀莫过于认不清自己。这个世界总有人愿意做事，总有人能够做事，总有人做成了事，却不骄傲，并无半点虚伪，他们的付出叠加在一起，不成功也难。所以，一个人要想发展和崛起，必须先认识自己，认清自己。

*** *** *** *** ***

【实力足够，破茧而出】

一个厉害的人，总是坚持学习，不懈努力，从不焦虑。《一万小时定律》告诉我们，这个世界上没有人少于十年能够成就一件伟大的事业。一万小时的思考、研究和练习，是走向成功的必经之路。微软创始人——比尔·盖茨，在13岁时就已经开始接触世界上最早的电脑终端机，到20岁创办微软时，他已经练习了7年计算机编程了，这期间还包括完成大学学业（其实盖茨大学本科还没读完）。世界上还有和盖茨能匹配者——莫扎特，他从4岁开始练琴，6岁前在父亲的指导下练习了3500个小时，当练到了一万小时后，他成为了举世闻名的音乐家。可见他们若没有数万小时的枯燥练习，就没有后面的厚积薄发。所以，真正厉害的人都是不会着急，习惯于默默耕耘，满怀信心，不计较眼前得失，静待

花开。蝉鸣一夏，是几度春秋的蛰伏；昙花一现，是无数日夜的等待。可见所有的收获都是默默耕耘的结果。凡成功者皆深谙此理，在别人看不见的角落里默默地努力再努力，在漫长看不到希望的等待中奋斗再奋斗。只有当自己具备了足够实力的时候，才能破茧而出。

***　***　***　***　***

【用时间去换空间】

思路决定你的出路，思维决定你的高度。可是每个人都有思维瓶颈，无法及时贯通，只有虚心学习别人成功的经验，打破自己的固有认知，才能突破瓶颈。我不完美，但我真实，只有用时间去换空间，滴水穿石，聚沙成塔。人一旦找到了逻辑自洽的理由，获得了认知协调，就不再逃避，是聪明人在下笨功夫，当你选对了方向，能够为社会创造价值时，整个世界都会为你让路。所以，提升自己远比仰望别人更有意义，只有做正确的事，走正确的路，人生才是在走上坡路，虽然艰难些，但有成功的希望；如果不努力，毫无目标，那你的生命就毫无质量，那走的就是下坡路。一个人如果始终执迷不悟，无法自省、自持时，必须冷静下来，或者屏蔽外界的干扰，沉下心审视自己、正视现实、认清形势，理性思考自己的未来，那么，你还会找回生命本真的快乐，积极去培养自己的进取心，提升自己的精气神，为时还不算晚。

***　***　***　***　***

【少经世故，便容易在逆境中沉沦】

读万卷书，行万里路，是我中华文化自古至今不变的真理。读万卷书才知学海无涯，天外有天，方知自己的渺小；行万里路才登世界之巅，方知天外有天，看到自己的不足和见识的狭隘。大量地读书，是拓展自己知识边界的重要保证；行万里路多接触人和事，可以以人为镜，看到自己的欠缺和不足，争取补充和延伸。在这个世界，一个人的学历、能力、颜值等都不是最重要的，唯有好的人品和胸襟才是最强大的依靠，最过硬的底牌。为什么昔日苏东坡在最低迷的时候还是很有气度地调侃“寂寂东坡一病翁，白须萧散满霜风。小儿误喜朱颜在，一笑那知是酒红”？这反映了一个人若少经世故，便容易在逆境中沉沦；而走万里路，饱经风霜，见识了生活之凌厉，内心依然向阳。一个人的成熟，应当是独特个性的形成，真实自我的发现，具有精神上的丰满和丰收。人生活的是心情；活的是心态。　个人要经过磨砺方能成才，须知庭院里练不出千里马，花盆里长不出参天古松。因此，读万卷书，行万里路，是强者有所成就的必修功课。

【自我探索】

决定一个人人生高度的，不是学历或地位，而是内在的自我探索能力。一个懂得自我探索的人，才会不断觉醒，看得到世界之大，寻求更多的机会。自我探索的能力往往可以决定你能走多远，飞多高。一个人如果懂得了自我探索，就会懂得向内看，而不是向外求。外在的条件我们可以不断学习到，而向内看乃是动力的源泉。外界的认可也只是暂时对你某一件事的成败，并非对你这个人的全面总结。唯有自己内心充实了，强大了，所有外在的攻讦将不攻自破。幸福的人生与自我探索有着密切的关系，强调向内看，旨在时刻检查自己，反省自己，进一步自律，然后寻找阻碍我们成长和进步的限制性思维，自我突破，就能成为我们想要成为的自己。

【心怀天下，方可志存高远】

这是一个崇尚成功的时代，看新华书店的社会科学橱上摆的全是成功学著作，媒体天天追捧成功人士。其实人生就似一束鲜花，品赏它才能看到它的美丽和凋谢；人生似一杯清茶，细细品味，才能品出它的馥郁芳香。于是，由花及人，让我们看到真正的成功者，其生命往往与失败相连。从失败、成功、生活，品味出成功者最闪亮的人生素质。胸怀天下，方可志存高远，不安于小成，然后以成大器；不诱于小利，然后方立远功。虚怀若谷，方能看得到天有多高、地有多宽。然而，世人一般所看到的只是成功者的花环，而看不到其后面的辛酸和痛苦。于是，我们若能置身其中，多了解成功者后面的辛酸苦辣，多学习成功背后的努力，鞭策自己，就有如拨云见日，不失为借鉴，即使不成功，也会比空头的仰慕和羡慕嫉妒恨强。

*** *** *** *** ***

【无知与有知】

人的无知，比没有智慧或缺少智慧更可怕。幼年的无知是没有心爱或者过于心爱；少年时无知实为可笑；青年时的无知实是可悲；到了中年还是无知实乃可叹；再到了晚年还是无知那就是可悲，又可怜了。是故，无知与有知，只在一念之差。于是，知者，知识也！知识来源于多读书，昔日毛泽东主席喜欢读书，据载他一生所读之书可拉一个火车厢。书读多了，知识丰富了，心胸开阔，也变得豁达了，从书本中找到真理，坚持真理，再加上努力奋斗，执着追求，成功只是时间问题。虽然我们不敢和伟人相提并论，但借鉴其精神还是可以的。所以就要多读书，有了底气，把无知变成有知，不至于可笑、可悲和可叹了。

*** *** *** *** ***

【以书为梯】

人生从来都不是完美的，若能承认自己的缺点和错误，才会看得到自己的不足；反省自己的言行，才能提高自己的素质和修养，从而也就完善了自己的人格魅力。一个人的高度来自道德人品，能够帮助他人，奉献社会，赢得社会的认可，那么，你也会为自己带来人生福祉，还可传承下一代。一个人若做不了命运的主人，那就只能做命运的奴隶，随波逐流，只能是一个平庸之人。这个世界从来不缺美，缺的是发现美的眼睛。书是人类进步的阶梯，为了自己具有发现这个世界美的眼睛，只有多读书，多积累知识。提升自己的眼光和格局，修养自己的心性。一个人的修养，不是你索取了多少，而是你奉献了多少，为这个世界发了多少光和热。这是一个日新月异、知识爆炸的时代，不进则退，如果你能够以书为梯，那么，你的人生一定会达到新的高度，进入与众不同的境界。

*** *** *** *** ***

【未知到已知还是退回到未知】

愚公移山精神只能用在古代，最多延至20世纪五六十年代。现在为了改造路的环境或城市环境，移走山的思维已经不适用了，如今多少高铁和高速公路需要经过一座山时，都是钻山而建成隧道的。可见事物都在不断变化，如果一个人的思维不能快速跟进，时间久了，就会陷入僵化，把自己变得像机器人一样墨守成规。你的知识增量，决定着你的成长质量。如果把学习看得过于神圣化，给自己太多的理由和借口，就会从已知退回到未知，更不会有认知。读书求知是为了应用，比如你在学习牛顿定律，日夜捧着去啃，也未必会获得多少有用的价值。不如换个思维，去找一本讲解牛顿力学的教材，会发现其在生活中的应用，很快就会发现杠杆原理原来可以变成动力臂机械手，用牛顿力学来理解牛顿定律，省时又省力。

***　***　***　***　***

【了解老板的思维】

经济时代，最热闹的是人才市场，人头攒动，但高兴而进，败兴而返，在学校里的梦想和希望都被现实击得粉碎。莫名其妙的感觉是自己四年苦读怎么在人力资源部面试官的面前，显得那么渺小、无奈，整天想着毕业后可以选择自己理想的单位，可现实并非如此。面试官明确指出：你指望领导教你怎么工作，你得去交学费而不是拿工资；你指望领导哄着你做事，你回到妈妈身边去更安全。时代不一样了，优秀的人都是主动、现实、积极、努力学习、适应环境、进取和配合的人。你是否有能力，是需要业绩来考核的，而业绩是要靠自觉、自励和自律来完成的，一个优秀的人都是不用扬鞭自奋蹄的。同时，站在老板的角度，也不难理解：请你来是解决问题的，可你什么都不懂，那就是制造问题；你能解决多大的问题，你就坐多高的位子；你能解决多少问题，你就拿多少年薪。老板的目标是让解决问题的人上升，让制造问题的人让位，让抱怨问题的人下课。然而，所有的问题都是你的机会，需要你来解决；而你自己的问题则是你成长的机会。不要害怕竞争，对手就是你变强的契机和动力。所以，在读学子更要研读老板的思维，对毕业后的出路是不无好处的。

***　***　***　***　***

【语言艺术】

这个世界，要使自己生存得好，有层次又有质量，语言艺术是不可或缺的。有些人在家脾气大，在外却没有脾气。在外的好脾气，可能只是处事圆滑，获得共鸣。这应验了《论语》中："小人同而不和，君子和而不同"的逻辑。一个人的修养，其核心是体现在表里一致上。在家面对自己亲人有脾气，在外却颇有名声，保护自己的形象，这是地地道道地虚伪。其实在家有好的情绪，才是真正深入骨髓的修养。当然，在社交活动中，随时能够表现出言简意赅，几句话贯穿问题的核心，表现出旷达的本质，不说废话，达到这样的水平，当然是大智慧了。反之亦然，思路不清晰，说起话来絮叨不休，讲述一些自己其实也没有搞明白的东西，总是喜欢夜郎自大。语言艺术与修养有关，这与智慧、智商、见识、常识、经历和知识面息息相关。古人云："智者不语，语出惊人。"智慧的人总是说话点到为止，你若能明白，一句足矣。若不明白，多说无益。所谓智者不语，并不是不说话，而是抓住时机，权衡阳春白雪唱给怎样层次的人听；而下里巴人又是唱给什么层次的人听，合理区分，绝不混淆，表现惊艳，时时"涨粉"。所以，语言艺术不是小聪明，而是实实在在的修养，抓住时机表现，达到一鸣惊人的效果，全在于书读了多少。

*** *** *** *** ***

【涵养的差距——尊重敌人】

尊重，不仅仅是一种礼貌，更是做人的涵养。人来到这个世界，就要学会尊重。尊重他人，尊重自己，才能赢得别人的尊重。做人最忌讳的就是太有身份感，恃才傲物，可别人只承认你的地位，却不会敬重你。当然，人，不能怯懦，也不能不知进退、不知敬畏，同时还要学会敬畏自己的对手或敌人。一个人的最难能可贵之处，就是无论身份多高，都能够始终如一谦逊待人。即使在人之上，也能保持谦卑低调；纵然在人之下，也依然不卑不亢。没有身份感，正是做人最大的涵养。层次越高的人，越是懂得尊重别人；层次越低的人，反而姿态高昂，这就是涵养的差距。尊重，永远都是相互的，彼此尊重，才能看得更高，走得更远。尊重敌人，显示你的智慧、胸襟和气度。正所谓"爱出者爱返，福往者福来”。人生只有懂得尊重别人，才能获得更多的尊重。

***　***　***　***　***

【先赚钱还是先读书的抉择】

人与人之间的差距，看似很大，其实往往只是日复一日微小的积累形成的。唯有懂得自我增值，持续学习，终身成长的人，才能在时代的浪潮中始终立于不败之地。自我增值的方法有两大种：一是读书，二是赚钱。读书是为了增长知识，多一分学问和底气，提升多元能力，为未来打基础，赚更多的钱；直接赚钱当然未尝不可，但没有经过读书求知，毕竟深度和高度不够，即使认识最牛的人，也得不到真正的认可和支持，要想跻身更高层次，赚更多的钱就比较难了。先读书还是先赚钱任君选择，但是要认清现实，不能忽视差距。

***　***　***　***　***

人生篇

【再次扬帆起航】

年年岁岁花相似，岁岁年年人不同。每一年的花开花落从来没什么分别，但随着时光的流逝，一个人转眼间青春走远，进入暮年。客观上已经开始走下坡路了，而你却还能斗志昂扬，意气风发，激扬文字，指点江山。实在难能可贵，做到了不必仰望别人，自己亦是风景。追求的是自我生活的舒适与内心的宁静。生活是自己的，与他人无关，这才是经营人生最正确的方式。人生不可以重新来过，珍惜当下可以扭转命运。盛年不重来，一日难再晨。所以，面对人生最好的态度是接受当下，而不是抗拒或者逃避。继续珍惜当下就会更好地扭转命运。人生海海，山山而川，不过尔尔。面对潮起潮落，遭遇人生低谷，亦无须悲观沉沦，在下坡路的旅程里，仍然要勇敢前行，才有机会与能力东山再起，让自己鼓起勇气再次扬帆起航。

*** *** *** *** ***

【人生慢慢走】

人生过程，是历练的过程，也是边走边悟的过程，有些道理需要经历生活的千锤百炼而后懂得；有些话或许不那么悦耳，但却能帮助我们正视自己，让我们在看待世界时，多一个视角，多一重思考。一个人成熟的标志之一，就是整理内心秩序的能力，能够把内心激烈无序的情绪波澜变成相对有序的部分，能够在情绪崩溃的边缘将自己拉回来，回归客观事实层面，用辩证的方法，诚实地辨析对错。有时候人之所以自以为是，是因为读书太少，顾虑太多。一个知识越贫乏的人，越会拥有莫名其妙的勇气和一种自豪感。因为，知识越贫乏，相信的东西就越绝对，很难吸纳、兼容与自己相对立的观点。所以，读万卷书、行万里路的意义，恰恰在于丰富自身对他人与世界的理解，看到更多的不一样，明白浅显表面背后的复杂多元文化，不因褊狭做出以偏概全的妄断。其实生活不需要用力过猛，慢慢走，才能看到更多的风景。在长时间高强度的努力下，人的身体和心理都会发生变化，尤其这个时候需要放慢脚步，让生命有所停顿，让心灵有所沉吟，才能飞得更高，走得更远。

***　***　***　***　***

【精神才是永生不朽】

人有悲欢离合，月有阴晴圆缺，此事古难全。人生没有圆满，无论我们怎样选择，都是遗憾。而我们尽可能地努力去填补这些缺失，让生命多些幸福，少些苦涩。苦是无常，无常即正常，纵使一时有欢乐，也不过是虚妄的假象，终究还是苦。其实，人生最痛苦的莫过于抱怨自己无能之苦，然而，要想超越苦难轮回，就是要学会勘破，破茧成蝶。首先，我们要突破无明之苦。我们可以不富俗，可以很忙碌，但是内心却不能在烦恼里挣扎，心若受到了挫伤或疲惫，那人生就不会快乐。当你的生命拥有了智慧，内心便如明镜般清澈、淡定、自在，烦恼便无处遁形。其次是无常之苦。世间一切众生都要经历成住坏空的过程：把坏的结果归于空无，在空无的情况下又无中生有展开新一轮的循环，如此往复无绝期。因此，我们的世界只有在住的阶段可以有生物及生命的活动；而成的阶段则是由稀薄的物质团聚、凝固，渐渐形成地、水、火、风四大类的形态，在完成这四态的定型之后，才渐渐发展出生命活动的现象。这是佛家的观点，把宇宙生成演化出这四个阶段：成、住、坏、空，事物从形成到发展，到衰落，到消失，都是人生无法逃脱的过程。因此，我们把无明、无常之苦看破了，就会拥有一颗平常心。其实，人生真正拥有的不是金钱物质，即使你再有钱，最终你的占地只有一平尺。唯有人一生的业力可以一直伴随着你自己，让你永生不朽！

*** *** *** *** ***

【缺点造就人才】

人生不在于拥有多少，而在于你怎样看待自己所拥有的。坚持虽难，但你最后一定会有所收获，从而改变人生的命运。没规划的人生叫拼图，有规划的人生才叫蓝图。没目标的人生等于流浪，有目标的人生才叫航行。在许多的犹豫中，你做对了一件事情，那就乘机勇敢向前走，不要徘徊在许多假设性的框框里。那是人生的关卡，你必须做出正确的选择：尝试，再尝试，努力，再努力，还有更好更多的机会在等着你。其实生活是为了生活本身的价值，而不是为了别人对你的看法而存在的。在这个世界上，要顺从别人的意志是很难的，在离群索居时，要完全顺从自己的本性来生活更难。一个性格坚定的人，可以在面对任何人的鄙视和嘲讽时，竟把沧海横流看作清风明月夜，泰然自若地一笑而过。在现实生活中，不把过去带入现在，我们就可以永远生活在新的一天里。反之，如果你硬要什么都保持前后一致，那么，你就会总是生活在浮躁焦虑之中，令人恐慌不安，有如活在混乱的桎梏里。当然，生活不可能没有弱点，作为一个人更不能没有弱点，但我们可以把弱点转化成优点。莎士比亚说："最优秀的人是他们的缺点造就的。"可见有缺点的人并不是差到了彻底，而是通过缺点激发优势，有了激情，还是可造之材。其实人生的力量源泉就是我们自己的弱点。

***　***　***　***　***

【信念】

凡物各自有根本，种禾终不生豆苗。自然皆从本源出发、轮回，农民种瓜得瓜，种豆得豆，即此道也！因此，人生命运亦然。善良就是一种积极的磁场，它帮你吸引到更多的好运和幸福。人生命运全是掌握在自己手里，然幸福也需要我们自己努力去争取。我们不能因为自己没有天生的好命，就放弃改变自己命运的机会。但是，命运却往往会和我们开玩笑，总是让你经历一些坎坷和磨难。有的人会坚持下去，战胜困难，找到自己的愿望，实现了人生目标。可有的人经不起磨难的考验，放弃努力，放弃了坚持，于是就一辈子都在遗憾和悔恨中度过，只有一辈子抬不起头来，受人奚落。唯有坚持到底，咬紧牙关，在鄙视、冷漠、嘲讽和不屑的阴影中走出来，积极地发挥磁场，寻找自己的愿景。有志者，事竟成，破釜沉舟，百二秦关终属楚；苦心人，天不负，卧薪尝胆，三千越甲可吞吴。坚持到底，绝不放弃，一定会有好的结果，改变自己的命运。成就一个人，绝对不是偶然。一个人的失败，其实缺少的不是努力奋斗的激情和梦想，而是缺少坚持下去的毅力和决心。事实告诉我们，无论选择什么样的生活，什么样的人生道路，都不可能一蹴而就，都要通过信念、坚持、追求卓越，找到正确的方向，努力奋斗。

*** *** *** *** ***

【准中年的人生】

古人云："人到中年万事休。"其实不然，新时代的年龄段划分，五十岁只是准中年，只要有一颗不服输的心，不断去探索世界，不断去挑战人生，挑战生活，就会不断超越自我，创造出属于自己的人生价值。人到了准中年，还能勇敢追梦的人，一定会越活越年轻。虽然可能会经历很多苦难，也会多出一些曲折，但是过程中的喜怒哀乐，让生活变得更精彩。人老了，就像一台旧车，零部件老化，外观也不如从前那样光鲜亮丽，仿佛应该马上停止，不要再上路。但是，要是这部车永远不再开动，那么它很快就会锈迹斑驳，加速报废。所以，人要热爱生活，每一天都是新的开始，都可以当成人生崭新的起点。凡热爱生活的人，都是具有积极心态的人，仍然愿意在人生旅程里，领略不同的人生滋味，活得更豁达、更潇洒，更加用心，活出自己的理想，用智慧去拥抱更多的幸福与快乐。

*** *** *** *** ***

【感悟生命】

人，不要离群索居，更不要终日将自己关起来，只要每天抽出一点时间静心修炼，把独处静思融入工作、学习，就可以让心灵得到休憩，形成一个相对自足的内心世界。人生在世既要与人相处，从相处中获得快乐，也需要重视自己的内心修炼，从优雅宁静中感悟人生，宁静以致远。没有鸡叫，黎明依然会到来；没有赞美，鲜花依旧美丽芬芳；没有喝彩，人生也依然可以耀眼。我们只要坚守内心的信念，对美好生活抱有希望，纵然漫长的跋涉途中没有花香满径，也依然阻挡不了你前行的步伐。优秀是一种习惯，每个人都有艰难的时候，有孤独，有寂寞，没有人在乎你深夜耕读的苦涩，也没有人关心你跌倒后的疼痛，只在乎你成功后的结果。不管日子多么难熬，撑过去了一切都会慢慢变好。一辈子没有人能永远陪在你身边，我们要学会坚强，学会借助剩余的时光，来感悟生活，感悟生命。

***　***　***　***　***

【影响力是最高的学历】

人生过程犹如荡秋千，有起就有落，起的时候，就要有落的准备；落的时候，要有起的信心。大师王阳明的一生就是不被俗世容纳而又在俗世中获得成功的一生。他的一生可谓是艰难的、困顿的、危机四伏的。而王大师自己，总是以一种超然脱俗的态度面对人生的磨难，并在磨难中升华自己的思想。体现了缺少磨砺的人生，将成为一片空白的人生哲学。人生离不开磨难，一个人征服的磨难越多，其生命的分量就愈重。在磨难面前，一个真正有忍耐力的人，往往能够紧紧地扼住命运的咽喉，从磨难中汲取成长的智慧；一个懦弱的人，常常被磨难吓倒，不肯接受现实的考验和挑战。须知伟大都是熬出来的，本事都是逼出来的。一个总是逃避磨难的人，就会错过锤炼自己的机会，更别谈成功的人生。王阳明的心学与哲学思想也为后世人留下了深刻的印象，先学会把人做好了，做事也就简单了。一个人不管多聪明，多能干，条件有多好，如果不懂得做人，导致人品极差，那么，你的人生之路将会愈走愈窄。好的人品是一个人最宝贵的财富，它构成了人的地位和身份，发出影响力的光芒，是一个人真正的最高学历，最高级的名片。

***　***　***　***　***

【阶梯】

生活多数是平淡的重复。于是，少年需要望远镜，看远人生；青年需要放大镜，看细人生；中年需要显微镜，看透人生；老年需要太阳镜，看淡人生；暮年需要哈哈镜，笑看人生。于是便各具心态，各具特色。活得快乐的人，正是那些守得住平淡、懂得感恩的人。奋斗，拼搏，忙碌追逐了一辈子，即便取悦了整个世界，最终委屈的还是自己。然而，人生幸福都藏在平凡的烟火里，生而平凡，并非可耻；若自命不凡，那才可怕。春夏秋冬，轮回交替，此乃自然规律，而人生也是自有定律。人之欲望是永远无法满足的，唯有知足，才能无忧；无忧，才能心静；心静才能自在；只有自在了才能发自内心地快乐，随时走向光明。余生不长，修得一颗平凡心，就是走向人生完美境界的阶梯。

【守静的态度】

生活就是现场直播，没有导演也没有演员，自己就是演员兼导演，可谁也不知道下一秒会发生什么。一个人遇事的第一反应里，藏着你的学识、见识、品格和修养，也决定了你的生活品质。一个人过得好不好，在于处理问题的能力，更在于面对问题时的心态。一个人看待事情的角度，影响着你生活的温度，也决定了你的人生高度。晚清政治家翁同龢云：“每临大事有静气，不信今

时无古贤。"他教世人每遇大事，一定于静观中思考，以静制动，先静而后谋，先谋而后动，问题就可以迎刃而解，化险为夷。静，才能克服人身上的急躁之气，免被情绪影响和控制。只有平心静气，才能拨开双眼的表象，快速找到问题的根源和破局的关键。沉静才能谋定，谋定才能干事，干事才能成事。所以，有了守静的态度，就可以磨砺一个人的意志，才能奠定修身养性的基础。

*** *** *** *** ***

【遇见不好的人，也是渡你的人】

人这一生，没有无缘无故的遇见，所有的相遇都是因为缘分，爱恨交加，绝非偶然。在你生命中出现的无非有两种人，一种是对你好的人，一种是对你不好的人，然而，这两种人都是来渡你的人。对你好的人，用爱来温暖你，给予你帮助、鼓励和支持，让你的人生感受到温暖和快乐；对你不好的人，与你作对、伤害你、坑害你，但也练就了对自己的苛待，学会了适应，练就了你强大的内心，让你更加容易看清这个世界，看清残酷的现实。人生苦乐交织，因此，我们要做的就是对你好的人要心存感激，懂得感恩报恩，才不辜负好人；对你不好的人，把他看成是在改变你，在经受打击、欺凌、伤害、侮辱或不可理喻后，让你的内心发生变化，让你进一步分清是非，在不顺中越挫越勇，反而强大了自己。所以，凡生命中出现好与不好的人，都要以辩证的思维来对待，伤害你的同时也让你看清这个世界，惊醒梦中人，增长了智慧，激发了你的斗志，鞭策你，让你变得更强大。

*** *** *** *** ***

【认清自己】

人品，是做人的底牌，人格是做事的底线。一个人的内涵折射在一个人的言行上；一个人的人格反映在一个人的外在里。有内涵的人，势必低调，不惹是非；人格好的人真诚，不玩虚假。是故，做人要以人品为先，人品好了，才会有人欣赏，才会被人看重，才能有更多的机遇。但是，人品的修炼，任重而道远；人格的萃取，非一日之功。对人尊重，保持内心的纯粹。困难面前，勇于担当。贫穷并不可怕，可怕的是为贪欲丢掉尊严，为利益低头哈腰，失去做人的根本。因此，人最难的是认清自己，对自己有一个清晰而准确的定位。 个人是否有能量，不是你认识了多少人，有多少朋友，而是有多少人认识你，有多少人将你当成朋友。高尚的人格聚人，正直的人品赢心。一个人若充分看透了自己，就不会小看别人，知廉耻，才能懂敬畏，无形中为自己加码。

*** *** *** *** ***

【差距就从认知开始】

一个人认知水平的高低，会影响自己的行为方式及情绪掌控，从而指导自己如何过好这一生。认知低的人，看到的问题有限，明白的道理有限，经历过的挫折有限，总是惯性思维，用同一种模式解决问题，当遇到真正的难题时就难以解决了。认知太低，永远无法了解自己认知以外的世界。一个人认知的高度，往往会决定人生未来的方向。因为认知低的人往往性格固执，固执地去相信没有其他解决的办法，固执己见地坚持自己对世界的看法。世界其实是一个圈，认知是其中的一个小圈，认知越高，这个圈就越大，置身圈内，才能明白从小圈到大圈还有多少空间，折射出自己还有多少不知和未知。一个人成熟的标志，就是在脑海里可以同时存在两种对立的观念；一个人不成熟的标志，就是脑海里总是非此即彼，非黑即白。而真正有能力的强者，早已经走在了成就自我的康庄大道上，只有认知不足或认知太低的人，还在那里怨天尤人。所以，人与人的差距，就是从认知开始拉开距离的，人的一生，都在为自己的认知买单。

***　***　***　***　***

【底线】

一个人的强大，需要大的格局来支撑，如果强大是引擎，那么，格局就是底盘。世上万事万物，都有此消彼长的规律，而一个人唯有在修身养性的过程中，懂得适度、适时提升自我，方可理性地找到人生的方向和出口。然后，养成一种大格局，培养出一种大心胸，创造出属于自己的独立、自强的气魄。然而，人是群居动物，每个人的内心都渴望获得他人的认可、喜欢，但不能没有底线。须知群体中的个人，不过是众多沙粒中的一粒，这种自然的渺小，相对唤醒你有自知之明，如果你非要自高自大，那就是与格局相悖。《庄子》云："凡人心险于山川，难于知天。"意指人心是变化莫测的，也是险恶的，但也是可控的，可爱的，就看你有怎样的底线。做人之道，在于包容，取长补短，拥有一颗仁义之心。这在于你如何修养自己的内心，如何打造自己的心境。人皆追随理想而生活，如果能够本着正直自由的精神，勇往直前的毅力，真诚而不自欺欺人的思想，则定能臻于至善至美的境地，格局自然而然大矣！所以，真正有大格局的人，始终都会清醒地认识到真诚对人生道路的助益。

***　***　***　***　***

【气势与实力】

一个人要想大有作为，就必须走出梦幻，在狂风暴雨中砥砺前行，不畏闪电雷鸣，像大鹏展翅一样，把自己变强大。人生没有捷径可走，投机取巧，只会陷入生活的误区，不断循环复制自己的人生，慢慢变成了机械人，没有了思想和灵魂。人生处境就是个竞技场，是一场与困境的博弈，即使孤军奋战，也不能输了气势，面对恶劣的环境也要敢于亮剑。拿出你的勇气和信念，表现出你的强大，使对手怕你。驱散人生雾霾，从而赢得鹏程万里的那一天。一个人如果不能在沉默中爆发，就会在沉默中灭亡。《三国演义》里的张飞在长坂坡单枪匹马，一声喝退曹操八十万大军，气势也！当然，有了实力才有气势，但我们更不能没有气势。

***　***　***　***　***

【控制力】

生活中，总有很多不可控的因素，使人陷入困境。这犹如下棋，一旦出了一着臭棋，局面陷入被动，此时，就越想把棋局挽回。但是，棋风会突然变得特别冒进，破绽就越来越大，反而让对手乘虚而入，最终满盘皆输。其实可控与不可控，就在于你有多大的控制力。一个能扛事的人，当考验来临时，其内心表现出的是掌控力，先稳住当下，控制局面，不让情况恶化，然后积聚力量，等待时机。为什么会武功的人与敌人格斗时，在发力前都将身体往下蹲一蹲，即此道也！须知人体的大脑是绝对拒绝真空的，于是正确与不正确的思维全装进脑子里，由你筛选。当然，控制情绪，并不意味着一味地隐忍。每个人都有过短暂的崩溃时刻，虽然你已经撑了很久，但就在某一个不经意的瞬间触及你的痛处，然后情绪就会失控，这就是可控与不可控的区别，全在于你的一念之间。因此，不要在悲观的情绪里沉溺太久，也不要在崩溃的边缘停留太久。人，不需要有太多的过人之处，能扛事、能担当就是才华横溢了。

*** *** *** *** ***

【应当允许有期望之外的结果出现】

人生是个不断历练的过程，成长之路注定布满荆棘。面对时刻可能出现的问题，不同的处理方式，反映出一个人水平的高低。只有不断提升自我，才能遇事冷静，游刃有余地化解困境，改变局面。人与人命运的不同，在于思维力的差距。思路要是不对，再多的热情和努力都是徒劳的。优秀的人并不一定是能力比你强、智商比你高、定力比你好，只是因为他们思考比我们深、见识比我们广，更能高屋建瓴，拥有解决更复杂问题的能力。世事无绝对，生活也不可能处处令人满意，事情总不会每每朝着你期望的方向发展，你不得不面对客观规律，接受失败，不要把自己想得太美好，允许期望之外的结果出现，才能更好地掌控自己的人生。人生有很多路口，条条大路通罗马，不必自怨自艾，给自己画地为牢。人生不止一种活法，通往成功的路也不止一条，每一个不如意背后都可能潜藏转机，只看你有无眼光。处处设限，只会让你的世界变狭隘，试着接受，也许会是另一番景象。美景无处不在，若想登山，就要允许意外的发生，接纳期望之外的结果，事半而功倍。

***　***　***　***　***

【勇气】

勇气，是人生最重要的品质之一，当你有了果敢的勇气，那么，其他的特质自然也就具备了。勇气是人生的底气，有了勇气，才能克服生活中的一切障碍，它是逆境中绽放出来的光芒，是改变人生的机会。让你有勇气面对困难，能够活得坦然，临危不惧，可以含着热泪奔跑，让你看清生活的真相后，依然热爱生活。在别人眼里不可能的事情，在你眼里是可能的；在别人眼里不敢去尝试的东西，而你却敢。一个人往往会输，不是输给了世界，而是输给了自己。我们只有突破自己，才能获得想要的东西，才能涅槃重生。你若没有勇气，懦弱给谁看？人性如此，你前进一步，它就后退一步，所以做人要挺起胸膛，收起那份懦弱。人的心灵应当宽宏大量，只有不断地接纳希望，海纳百川，才可能风华长存。突破自己，才能自信，人生二百年，会当击水三千里。昔李白亦诗云："大鹏一日同风起，扶摇直上九万里。"说明勇气之浩然矣！

***　***　***　***　***

【道义与选择】

人生不是阴差阳错，而是得偿所愿。在宿命的轮回中，你遇见了谁，是否在对的时间里遇见对的人，其实都是命运的安排。这个世界，应当还是善良者居多，没有利益冲突总不会成为交恶之人。君子之交淡如水，小人之交甘若醴，乃是自古写照。遇见灵魂匹配，三观相同，意气相投，磁场相吸的人，走到一起就是惺惺相惜、相映生辉。反之，道不同不相为谋，有时候还相抵相克，错就了内心有知的触点。其实，人生的好运，无非是在阴差阳错间遇见更多对的人，因此，更要珍惜、善待，才不枉此生一遇。商汤时代纣王荒淫无道导致失败，被周武王所灭，而两义士——伯夷、叔齐遂不食周粟而饿死在首阳山。此种道义，为人传颂！到了现代，此举虽然不值得学习，但无论怎样我们都不要质疑今天的相遇。人生的经历不可复制，所有发生的一切都是独一无二的。每一次的相遇，总是互相帮助、互相吸引、共同发展、共同进取，才会让我们变成更好的人和风景。

*** *** *** *** ***

【小瑕难掩大瑜】

人这一生，看似变幻莫测，实乃有迹可循。要理解人生，首先要更好地打磨，悟透自己。常言道有容乃大，人这一生，纷扰无数，若没有大的度量，又怎能无挂无碍、看淡世事、快乐常伴？那些看似漫不经心的轻松与自在，只是短暂的错觉，唯有不断地努力，才是生活的真谛。当你回首往事，不难发现：人生没有白走的路，只有努力拼搏，才能换来极致的风景。所以，大格局者的处世哲学乃是：眼宽能容世间事，心宽可谅天下人。人生的沉浮起落，世

人的鄙视嘲讽，尽皆付之笑谈中。每个轻松的笑容背后，都是一个曾经咬紧牙关的灵魂。你付出的努力，命运早已冥冥中帮你做好了台账。所有的横空出世，都是一场厚积薄发。能达到这样境界的人，亮有所掩、耀有所遮，与之相处，如沐春风。所以，人不断成长，不断挥斥，品现于事，心藏在身。是故，做人应如玉石，即使光华敛于内，也能让人感受到你身上由内而外散发的温润。

*** *** *** *** ***

【在苦难中寻找快乐，要比在快乐中降临灾难强】

世上的各种遇见，既是偶然，也是必然。须知让你失望的人和事太多了，所以，切勿奢求别人会给你带来什么，希望越大，失望就会越大。别人伤害你，并不是因为他们本事大，而是你自己一开始就把他们放在了心中最重要的位置。所以，他们怎么对你，就影响了你。人性的弱点，往往认为自己怎么看重别人的，别人也会同等看重你。其实不然，这个世界并不是所有的人都能以心换心的。因为随着时间的推移，人们思想的变化，观念的转变，三观也随着变化。所以，我们永远都不要高估自己在别人心中的地位，或许你根本没有自己想象的那么重要。适当的清高、矜持可能会更不失自己的尊严。当然，清高是需要资本的，傲气也是需要内心的强大来支撑的。因此，我们要做好自己，建立起自己的独立人格、独立心态，适当处事，宁可天下人负我，我不负天下人。人的一生，离不开努力和奋斗，只有坚持奋斗的人，才能赢得有价值的人生。世间的各种缘分和感情，并不是一成不变，很多事情随着时间的流逝，自然而然地发生变化，需要我们努力跟上变化的步伐。每个人的生活都不会一帆风顺，在苦难中寻找快乐总要比在快乐中降临灾难强。

***　***　***　***　***

【人最难的是认清自己】

人生，无论你如何精心策划，都抵不过自然规律。所以，人生在世，哪怕你智慧超群，在处事的时候都要考虑结果，正确判断事物的变化。但是，世人往往都觉得自己很聪明，可以改变一切，于是煞费苦心地去经营：仕途、家庭、朋友，以为自己都是可以掌控的，结果却以悲剧告终。理想犹如阳光，很是美好，但是很难照进现实的阴影里。所以，人要知廉耻，才能懂敬畏。即人生生老病死，缘起缘灭，都由自己安排，并非迷信，没有谁能逃避得了客观规律和自然规律。然而世人往往又认为命是会变的，其实这样的变皆是在定数之中。正如河流，无论它如何奔腾，都跳不出大海的怒吼。《左传》云：“君以此始，亦必以终。”然而，人最难的是认清自己，对自己有一个清晰而准确的定位。所以，人生一世，祸福相依，得势时不要忘形，失势时要反思当初。须知物极必反，不能没有底线，让人性投降。

***　***　***　***　***

【授人以鱼,不如授人以渔】

垂暮之年,按我中华传统,都以交给子女多少财富为荣。然而,新时代了,传统理念也应当随着时代的进步而改变。古人云:“授人以鱼,不如授人以渔。”所以,直接传承财富,还不如传承教育下一代建设健全的独立人格,懂得善良做人,端正三观,学会先做人后做事的道理;建立坚毅不屈的心智,进一步认识世界,寻求正确的途径,是对事物的掌控和积极应对的态度;家和万事兴。人这一生,因果轮回,父母种下什么因缘,子女就会有什么果实。因此,趁早树立和睦的家风,要比留给下一代多少财富强。

*** *** *** *** ***

【赢家】

在忙碌的生活中,不要把自己逼得太紧,生活不是活给别人看的,学会爱自己,不要太在意别人的眼光。人与人之间的感情有时候并不相通,很多时候我们都要独自面对各种挑战,是别人无法代替的,此时也不是寻求灵魂寄托的时候。因此,只有好好照顾自己,才能更好地应对困难。人心之所以会觉得累,往往都是自己的内心想要的太多,而得到的似乎太少,又加上自己内心的层层负担,于是就会日益消沉。殊不知这种追求方式,极不现实。你越在乎别人的生活层次,就越会在乎自己的得失,所以你会更加心累。人生欲望,必须是建筑在自己的能力和能量与现实相匹配的基础上的。人生无论是顺境还是逆境,无论是平坦还是坎坷,时光的沙漏都不会为你停止。时间总是会流逝,岁月不会格外照顾哪一个人,但人生总是要前进。须知生活是自己的,人生也是自己的,懂得符合客观规律去活着,你就是人生赢家。

*** *** *** *** ***

【熬过去了你就是王者】

生活就像一部电影,悲欢离合,酸甜苦辣都尽藏其中,就看你如何演绎好自己的角色。在演绎的同时,还要细细去品尝个中滋味,一切冷暖自知,皆由自己体会。不论你是导演,主演,编剧,还是观众,你都需要不断切换和调整好每个阶段的剧情,让你在这部电影里更丰富多彩,演出你的真心,感动人生。角色的转换,离不开心存善念,人若厚道,必有后福。当你永守善心,你就拥有了最顽强的精神意志,也拥有了承受和承载一切的能量。最好的人生结果大都是熬出来的,熬是一块磨刀石,磨砺自己的意志力。万物皆需磨砺,天生我材必有用,千金散尽还复来,一切的存在都是合理的,都是有其意义和使命的。因此,要达成这个意义和使命,就得要通过熬的过程,不然就是个半成品或者废柴。心存善念也是熬的启迪,让你体验生命的价值,通过体验提升自我智慧,成长心灵品德。人生不管面临哪个最深痛的环节,都要做好无畏一切的准备,熬过去了,你就是王者。

*** *** *** *** ***

【人前显贵，人后受罪】

年少时渴望自己早日成熟，以为未来很遥远，每个人的心中都有一颗属于自己的小小梦想，渴望快点长大，以为长大以后，就可以活在自己梦想的世界里。直到真正长大了人才发现原来世界并不是梦想中的伊甸园，一切都不是想象中那么美好，该有的烦恼苦闷，随着年龄的增长一点都不会比以前少。蓦然回首，人才知："不经一番寒彻骨，怎得梅花扑鼻香。"那些取得一定成就的人，一定是人前显贵，人后受罪。他们在别人看不见的地方，吃尽苦头；遇到挫折和打击时，支撑着内心的空虚，寻找方向，在苦难的废墟中勇敢地站起来，经历千锤百炼，练就铮铮傲骨，破茧成蝶。这个世界，没有捷径可走，那些走在上坡路上的人，必然是各方面都很优秀的，选择了正确的方向，加上强大的行动力，成功就是眷顾这样的人。

***　***　***　***　***

【用一秒钟看到事物的本质】

人到中年，真正成熟的标志，就是一个"忍"字。上有老，下有小，男儿有泪不轻弹，有苦难言，还要努力扛下所有委屈，坚强地活着。不单是为自己，为家人，为社会，还有门第。社会是现实的，人到中年，依然要拼，而且还要比年轻人更拼，不然就会被别人比下去，没有成绩，说什么都是没用的，爱拼才会赢。一个人知道自己为什么而活，就可以忍受任何痛苦。不但要忍住，还要收起自己的锋芒，低调地活着，不轻易树敌，因为你没有本钱可与别人抗衡。优胜劣汰，适者生存，是社会发展的准则，要学会怎样去适应这个环境，而不是让环境来适应你，才是最明智的选择。人到中年，已经不是成长阶段了，用一秒钟看到事物的本质和半辈子也看不清一件事的人，自然是不一样的命运。一路走来，扛过、气过、乐过、忍过，但也经历过诸多美好。失败、失望、不甘和疲惫其实都是人生常态。只有经历了这些，才能使你走向成熟。

***　***　***　***　***

【把茫然写成诗】

深秋，梦幻，岁月静好，借一处荷香，半处清凉，抒发自己的情感，微笑向美，与生活温馨相待，与时光共度清欢。浅喜深爱自眷恋， 哀烟雨任平生。人之 生不可能风雨无阻，要有无所畏惧的勇气，也要有开出一朵淡雅之花的骨气。其实，生命需要的只是一瓣馨香。或许，生活本就让人迷茫，让人回味，让人不舍，让人眷恋，却不能参透。迷茫时，可寻可待，把茫然写成诗，低吟浅唱。人生智慧，透着岁月静好，是清水涤心，是心素如简，是恬淡安然的人生态度。我们每个人都有自己的梦，都在寻梦，而这种梦里充满清欢，表现了人性的素淡和平静，对生活的热爱和人生的追求，反映了人生境界。生命绽放，犹如一朵璀璨的花，当我们不再嗔痴、自私，便是花开灿烂，红尘如画，淹没了一程风雨，一程坎坷。青山不老，为雪白头，执一杯薄酒，挽一缕清风，用心意表达，任由心境，涉水远足，竹杖芒鞋，信马由缰，把人生做到最佳境界。

*** *** *** *** ***

【人生没有奇迹】

人生没有奇迹，只有努力的痕迹；没有运气，只有坚持下去的勇气。当我们在岁月的跋涉中经历了磨难，渐渐会发现，失去的都是因为我们还没有真正意义上珍惜和感悟的。人之一生，不应该只是局限于一隅之地。因为人生的经历与其在世界上的见识，是一种正比的关系。读万卷书行万里路都是让我们走进社会，参加社会的各种实践活动，然后获得更好的知识和经验。当你真正地走进社会了，你就会发现，人生走得越远，见识也就越多，体验了自己心性和觉悟的改变，看到的就都是诗和远方。人这一生，还是要遵守客观实际和自然规律，因为，这个世界里的你，不但是一个消费者，还是一个奉献者。所以，一个人要努力去提升心胸和格局，不相信和亵渎格局的人，就是一个心胸狭隘、目光短浅的人。一个人只获得家人及小圈子的认可，是远远不够的，这不是你的全世界。因此，人生努力的痕迹，就是奇迹发生的基石。只有持久坚持的决心和你前进路上的汗水，才是你成功的运气。

*** *** *** *** ***

【先改变自己】

这个世界，时间在变，人也在变，心态更在变。变好者走向巅峰，变不好跌落万丈深渊。变来变去，唯初心与良知不能变，自己的道德底线不能丢，感恩之心更应该在。人这一生，每个出现在你生命里的人，都是有他的价值的，绝非无缘无故。正因为有了他们的每一个人，你的生命才更完美，无论是给你快乐的人，还是让你难堪的人，都是你成长过程中不可或缺的，也是你生命里不可或缺的。恩人，不一定是给了你多大的帮助，让你直接获得财富。也许，关键时刻的一句话，就为你指点了迷津，改变了你一生的命运。人生要有信念，乐观的人只会笑，而忘了怨；悲观的人只有怨，而忘了笑。人真正的美丽不是青春不老的颜值，而是一颗绽放的心。既然改变不了别人，那就先改变自己。

*** *** *** *** ***

【诗和远方】

人生就是一个万花筒，不要总在过去的回忆里缠绵，昨天的太阳，已经不在今天的视野里。小时候认为流血了就是很严重的事，不管疼不疼，先哭了再说。直到长大成年后，才发现其实流泪比流血更疼。最宝贵的东西不是你拥有物质的多少，而是陪伴在你身边的人。不能勉强别人来爱自己，但可以努力让自己成为值得别人爱的人，剩下的都是靠缘分。今天，永远都是起跑线，越努力，越幸运。幸福不是你的房子有多大，多豪华，而是你房子里的笑声有多甜；幸福也不是在你成功的时候掌声多热烈，而是在你“辛苦遭逢起一经”的时候，你的身边还有几个人陪着你。所以，面对生活中偶尔的不适，要学会坚强的微笑，一切向前看，前面等着你的是诗和远方！

*** *** *** *** ***

【方向】

富不过三代，并非铁律；而穷人也不会一直贫穷下去，所谓三十年河东，三十年河西，随着时间的推移，人生处境也在不断变化，但这种改变全在于你的思维能力和思维方式。第一，多读书，读除学校全日制课程之外的书。读课外书是一种成长最快、投资最小的进步方式，能让你提升自己的思维，拓宽你的知识面，进阶人生。持续读好书不仅会让你的思维、心态发生变化，也会让你的眼界越来越宽。第二，尽管你已经很努力了，可依然没有什么成就，因此，就会变得消极、沮丧而一蹶不振，等待天上掉馅饼。但是此时，已经不是你对别人羡慕忌妒恨的时候了，应当尽快反省，认真检查自己，不是你努力的方向错了，就是这个方向不适合你，而你却不自知；即使你努力的方向没有错，但是你努力的方法一定是错误的。那么，无论是哪一个原因你都需要重新为自己建立一种新的信念，重新认识自己的性格、优势、资源，调整可持续发展的方向。成功并不是一蹴而就，须知不积跬步无以至千里。一个人只要目标明确、方向正确、思维清晰，懂创造，就一定能成功。

*** *** *** *** ***

【人生观】

生活的齿轮越来越机械，在这长途跋涉中，我们都在被命运推动着前行。可生命本就无常，故没有人可以预知自己未来的人生。人生漫长路，不过须臾百年，有人走出半生活成了自己期望的样子，实现了自己的人生价值；而有的人却在日复一日的蹉跎之中面目全非，被生活磨平了棱角。事实上前者在一开始就清楚自己想要的是什么，无论是事业、工作、家人还是朋友，抑或是共度余生的另一半，都规划得有条不紊；而后者虽然走出了半生，但依然浑浑噩噩地不知所云。年少时习惯了听从父母的安排，长大以后，面对需要自己解决问题的时候就显得毫无底气，因为失去了直接支持，所以对事物也就无从判断和认知，无从建树也就不奇怪了。人生在世怕的不是混得不好，而是你不明白自己失败的原因在哪里。生命带给你的不只是年龄的增长，更有你对生活的认识与理解，每个人的人生观都不一样，只有搞清楚自己失败的原因，不管生活齿轮有多机械也都无所畏惧了。所以，既要有对前半生的总结，又要有对后半生的规划，对人生的理解更要加强认识。高瞻远瞩并不是一句空谈，只有当你经历了之后才能够更加明白得来不易，真是晨曦朝露去，披星戴月归。

***　***　***　***　***

【当时间的主人——顿悟】

生命不在于活得长与短，而在于顿悟得早与晚。人生的成败往往就在一念之间。其实穷人缺的是什么：表面缺资金，本质缺野心，脑子缺观念，机会缺了解，骨子缺勇气，改变缺行动，事业缺毅力。但一无所有，也是一种另类的财富，因为它是让你蜕变的动力和契机。年轻是你的本钱，但不努力、没有出息就不值钱了。与其战胜敌人一百次，不如战胜自己一次。接受别人给你的金钱是下策；接受别人给你的力量是中策；接受别人对你思想观念的教育，让你增强认知，指导你的方向才是上策。当你将信心放在自己身上时，你将永远充满活力和阳光。但是时间是顿悟的限制，不会等你一百年，所以，我们要当时间的主人，命运的主宰，灵魂的舵手。别人看不起你，是不幸；自己看不起自己，那就更加不幸。智者创造机会，强者把握机会，而弱者只有等待机会。世界上最聪明的人是借用别人的经验作为自己的经验，而最愚蠢的人是非自己撞得头破血流才叫经验。所以，我们必须赶紧顿悟，我们可以失去童年，但是绝不能失去耕耘未来的童心。

*** *** *** *** ***

【攀登】

人生旅程，每到一个阶段，都会遇到荆棘难攀的时候，弱者望而却步，瞻前顾后，不知所措；强者于难中坚守，目标明确，砥砺前行。人生旅程无非百年，年过半百时，发现自己肩上的责任越来越重，遇到的事情越来越多，所考虑的是既要养家糊口，又要自己事业有成，上有老，下有小，仿佛问题叠着问题，不会停歇。但我们需要有扛事的能力，你扛得住生活的责任，扛得住多方的压力，不带情绪，不卑视自己的处境，心中充满阳光，在一地鸡毛的日子里，内心依然开出一朵朵洁白的花，你就是生活的强者。智慧，源于沉静的心态。成熟，都是在成长的过程中完成的，磨掉了自己的浮躁，处变不惊，遇事冷静，才能作出正确的判断。这个世界，难走的路都是好路——向上的路，阳光之路。人生除了进修自己，还要懂得调整心态，如果一直活在过去的阴影里，只会使你步履沉重，无法迎接更加美好的未来。真正厉害的人是在避开窗外的喧嚣后，还可以在心中修篱种菊。所以，有很多时刻，你以为自己惊心动魄，而世界一无所知；你翻山越岭，而大地却寂静无声。所以要认清自己，认清内心，守住底线，守住根本，才能越走越远。

*** *** *** *** ***

【真理掌握在少数人手里】

成功，是每个人的梦想，也是每个人的渴望，但到最后真正能够实现目标的往往只是少数人。很多人虽然很勤奋，对梦想有赤诚追求，但由于缺乏有效的目标和认知，走尽弯路，浪费了宝贵的时间。一个人要想实现自己的价值，首先要有明确的奋斗目标和信念，然后朝着目标去努力前进，而不是毫无方向地猛闯。哪怕几十年只做一件事，但只要有意义、有质量，能转化成生产力，为国家，为社会，为家人，为朋友，也是一种壮举，不失人生的荣耀。人要有自信心，当别人怀疑你的时候，自己依然坚持，在自己怀疑自己的时候找到力量，做最优秀的自己，每一天都是在创造历史，这个世界，历史都是由成功者写的。走自己的路，选择那些别人还没走的路；要去做那些别人做不好的事。只有与众不同了才能出类拔萃，相信真理有时掌握在少数人手里。

*** *** *** *** ***

【是芳华终会绽放】

人生如棋，局局新，入局了，就要用心下棋。人生有情泪沾臆，江水江花岂终极？下棋，下的就是一种心态。下棋者没有高低贵贱之分，没有内卷，只凭技巧和思路，坚实地走好每一步。一个人要是有了下棋的心态，虽然百折不挠，勇往直前，但总是公平博弈。人这一辈子，什么最珍贵？财富会散，颜值会变，权力会失，唯有良好的人品，才永远不会衰败。守住了人品底线，你就守住了自己最大的财富，也守住了自己人生的高度。你要成为怎样的人，期待怎样的世界，一切都由你自己决定；人生是一场修行，苦乐全在心中，建设成如棋局一样的格局，全在你的规划之中。古

人云："利害相生。"可见世界上的事情都是好中有坏，坏中有好，能从利益中看到危害，从祸患中看到利好，才是真正的大格局。让自己的内心清静无为，有如水的包容，有似山的镇定。然而，每个人都有自己独特的人生旅程，但只要心中旷达，不轻言放弃，属于你的芳华终会绽放。春天去了夏会来，秋天走了冬精彩。

***　***　***　***　***

【思维的宽度，决定人生的高度】

人若想成大器，就要经得起磨难，越是艰难时，越是修心时。人生低谷，就是必经的上坡路，如果你停止，就是谷底，如果你还在继续，就是上坡，不在乎时间的早晚。人生有如酿酒，唯有等待，才有苦尽甘来的一天。没有走不出的困境，没有爬不出的低谷。虽是坎坷，但要豁达。只有修炼了豁达的性格，才能磨炼心智，等待时机。历史上的南宋著名诗人陆游，一生五起五落，在饥寒交迫的处境里还吟诗自慰："昨夕风掀屋，今朝雨淋墙。虽知柴米贵，不废野歌长。"可见心态之平和。一个修炼有素的人，轻易不会暴躁，而是静心修炼，待机发力，一举成功。其实一个人若想有所长进，思维很重要，思维的宽度，决定人生的高度。一个人的思维，有如飞机的发动机，为航程提供源源不断的动能；而能力，犹如飞机的两翼，提供升力和飞行的稳定性；思维方式，就是操纵杆，掌控方向，始终翱翔在正确的路线上。所以，真正限制一个人的，从来不是经济上的贫穷，而是认知上的困顿。

***　***　***　***　***

【义者,利之和也】

生活,就是执鞭前行,不奔跑就得挨打,落后了更要挨打,不努力就得受罚。社会有其残酷之处,不争取就要落后,不拼搏就要倒退,没有人在乎你是否满身伤痕,没有人心疼你是否筋疲力尽,所以在鞭子还没落下的那一刻,你必须往前冲,哪怕真的筋疲力尽,也要鼓起勇气,也要拼命地前行。沉淀多了,积累多了,所有的横空出世,都是一场厚积薄发。生存和发展乃是人类最初的普遍法则,在这个世界上不存在超越生存发展的普遍法则预设。这反映了两个基本点:第一,国家强盛,这是中国特色社会主义核心价值观,是国人生存发展的大根本,失去这个根本一切都是空话;第二,应当值得考虑的是十四亿国人的现实生活之幸福。这是最高的普遍法则,也是衡量社会的基本标准。古人云:“利者,义之和也。”似是有了道义才会有利益。社会的进步和发展,讲究的是唯物主义辩证。因此,当为:义者,利之和也。因为道义是需要从整体利益中派生出来的,而不是从预设观念,或者局部利益中派生出来。

*** *** *** *** ***

【大器晚成也是成功】

人往往都是被逼出来的,成功往往也是机遇来临时,看你是否敢于去捕捉。顺风顺水,高歌猛进,那不算真本事;逆风逆水,依然镇定从容,才真正难能可贵。一个人的优秀,不是天生的,是后天修炼出来的;一个人的强大,也不是天生的,是后天锻炼出来的。只考虑退路的人,是平庸的;遇到绝路,勇往直前,才能磨砺出强者的品质。为了生活,为了生活的品质,我们除了坚强,还要勇敢和独立。所有的一切都要靠自己,也许现在能力不行,不够聪明,不够优秀,不够出色,但至少还没失去什么,只要胆子大一点,再大一点,努力学习,努力拼搏,大器晚成也是成。人活着,始终要有自信心,每个人的潜力都是无限的,为什么现在有潜力股之说。即使你现在的处境并不好,那是因为你的潜能还没有发挥出来,你还没被逼到绝路。当你一无所有,无路可退时,你除了前进,就别无选择。所以,人生往往是被逼出来的,逼出你的坚强,打出你的独立。当你身后空无一人的时候,你就会独立,把所有的依赖感集中到对付现实上,兀自走向成功。

***　***　***　***　***

【启功的坦白】

生活中,我们是苦是乐,主要取决于自己的心境。你想成为怎样的人,期待怎样的世界,这一切都由你自己的心态来决定;人生是一场修行,苦乐全在于自己的心境,一切都由自己决定。在欢乐的氛围里得到的快乐,并非是真正的快乐;在艰苦的困境中仍然保持快乐的心情,才是一个人的本性。行到水穷处,坐看云起时。山穷水尽时还能快乐的人,才是真正洒脱、智慧而有胸怀的人。大书法家启功正值暮年,却作诗坦白,表现出何等胸怀:“面微圆,皮欠厚。妻已故,并无后。丧犹新,病照旧。六十六,非不寿。”冷酷的死神看到这么幽默的人，哈哈一笑，然后就不忍心下手了，这一松手，就让启功多了30年的寿命。人生如局，所以，每个人都有自己独特的人生旅程，只要心中旷达，不轻言放弃，属于你的迟早会兑现。

*** *** *** *** ***

【进阶】

人生要想活得精彩，创造奇迹，必须要经历一番刻骨铭心的自我磨砺。优秀的人都有让自己快速成长的动力和经历，在成长过程中，总结经验，具备了感性思维、逻辑思维和结构性思维的显性判断力。感性思维也就是点状式思维，对事件没有延伸思考，只是基于某个情绪点进行主观判断；逻辑思维是一种线性思维，相较于点状式思维、线性思维有很大的提升，但思考的维度还是过于单一。而结构性思维，则是一种面状思维。它会主动挖掘更多的可能性，最终给出兼顾各方利益的最优判断。有了这三个思维的认知，构成了深度思考的能力。一个优秀的人深知处事没有深入问题的根源，所有行动都是徒劳的。每一次深度思考，其实都是在打破自己单一浅显的思维框架，打破陈腐的认知和经验。只有彻底打破，建立新的思维，才能进阶。专业知识在一个人的成功中起到的作用只占15%，而其余的85%则取决于人脉资源和人际关系。与优秀者同行，时刻被无形地鞭策，在潜移默化中受到影响。但是，扩张人脉圈的核心不是求人，而是助人。须知不断优化的人脉圈，是让身处其中的每个人都能从中获得收益。

你能为他人做什么，才决定他人愿意为你做什么；你帮助朋友变得更强，也就是间接地让自己的人脉变得更强，从而使你也变得越来越强大。

*** *** *** *** ***

【大赢靠德】

智商、情商、聪明，至今似乎没有一个标准的界定，只是一种社会共识。自诩聪明，或者小聪明，都可能是一根筋的愚蠢。而那些有情商的人，对人、对事、物都有自己的一套标准，称得上真正的智者，把世事看得非常透彻。曹雪芹在《红楼梦》里诠释："世事洞明皆学问，人情练达即文章。"可见把人情世故搞懂亦是学问，有一套应付本领也是文章。有时候，一个人越缺什么，就越会炫耀什么；而内心充盈的人能做到多才而不骄傲，成熟却不世故，表现出的是豁达大度。可很多人热衷于贴标签，树立聪明的人设，刷存在感，其实是不智之举。殊不知坦率地承认自己对某些知识领域的匮乏，比不懂装懂要强得多。读《曾国藩传》，曾氏在书房夜读《论语》，反复背诵至深夜，仍未记得前面所云。一梁上君子躲在屋檐上久了，累极难熬，听得也不耐烦，即跳下背诵如流，遂痛骂曾国藩："如此蠢材，还当上中堂大臣，岂不汗颜？"说罢扬长而去。曾氏拱手相送，深感惭愧。一个人能认清自己的不足，虚心学习，补齐短板，并非廉耻。不懂才是人生常态，有情商的人都能坦然承认自己的无知，创造学习进步的空间，历史上的曾氏还不是很成功的。新时代了，通过社会实践的反馈，一个人要想获得成功，靠聪明是不够的，靠智商也不够，还得靠情商。情商低的人无法管理智商高的人，因为聪明、智商都可以通过努力学习获得，唯情商没有教科书可供学习，于是，大赢靠德。智商可以决定我们人生的起点，而情商才能决定我们人生的高度。

*** *** *** *** ***

【尊重和爱】

懂得尊重别人的人，就是对自己最大的尊重；反之亦然，尊重别人，别人才会尊重自己。尊重的含义就是实事求是地看待一个人并认识到其独特的个性。你可以不认同他人，但无权干涉他人。其实在你眼里的别人是什么样子，你也就是一个什么样子的人。这有如照镜子一样，镜子里的你也就是你的模样，包括本质，无可替代。所谓人各有志，亦可有爱，不必求同。自己活，也让别人活，是否尊重他人，体现了一个人的教养和品质。你对别人什么态度，一定会折返到自己的身上，体现出福往者福来，爱出者爱返。尊重之余，人生还需要有梦想，切合实际地给自己定个短期目标，去完成阶段性的目标，那么，梦想离自己就会越来越近。否则，想要前进一步，破茧成蝶，却又觉得迷茫之极，毫无目标可循。当你碰撞已久，才发现人活一世，总需要有一个目标，哪怕是平平淡淡也好。生活中，碰撞多了，顿觉情话远不够用，唯有废话才能检验爱与不爱，也发现了许多生活中的浪漫因子，懂得爱生活、爱家人、爱朋友，让自己的心有弹性、有热情。人这一生除了尊重人，还要学会去爱和懂得付出爱，懂得被爱的幸福和可贵。这是人一生的重要课题，也是一种浪漫的修行。

*** *** *** *** ***

【把别人都看成比自己聪明的人才是真聪明】

人生漫漫路，人品伴你行。一个好的人品，就是你一生最好的通行证，是人生最宝贵的财富，可以胜过一切。人可以不精明，但不可以不厚道。一个厚道的人不会斤斤计较，懂得放下，学会取舍，才能成为人生最终的赢家。人，千万不要去耍小聪明，这个世界没有人是笨的，有的只是别人的大度与宽容，给你面子，而你却没有领悟而已。所以，做事是一时的，做人才是一辈子的。诚实做事，厚道待人，是符合当前社会的要"做事先学会做人"的逻辑思维标准。如此，你则会收获更多的好运与幸福。诚然，大画家徐悲鸿云："人不可有傲气，但不可无傲骨。"当然，厚道待人并不是傲气，而是一种谦卑的人生态度。作为一个还要成长的人应当深知天外有天，人外有人。千万不要因为取得一点成绩就盛气凌人，骄傲不已。也许你的这点成绩在高人眼里根本不值一提。谦卑也并不是软弱，而是能够认清自己，了解社会的一种表现。真正的强者总是保留着一颗谦卑的心，低调做人，高调做事，就会得到社会的认可，家人朋友的爱戴与尊重。

*** *** *** *** ***

【裂缝中求生存】

生命，是一树花开，安静或热烈，寂寞或璀璨，都是正常的事情。而人与人之间的区别，就在于经营生活的方式。其实，一个人的活法，说到底还是心态的问题。面对人生种种的遇见，你若多一点积极，命运就会多给你一些积极的回馈；你若多一分消极，命运就会多给你一分消极的反馈。人这一生中会经历许多的事情，需要扛过许多困难和意外，而此时，你若无法保持心静，就容易惊慌失措，看不到解决问题的契机，也得不到解决问题的方法。这个世界，没有谁的人生能一帆风顺，未来总是充满各种未知和偶然，而遇到问题最好的解决方法不是逃避或者犹豫，而是调整好自己的心态。须知一个人受苦了，你就没有悲观的权利，有的就是要与苦难抗争的勇气。如果悲观欲绝，没有了抗争的勇气，也没有了与苦难抗争的力量，就会遭受到更大的苦难。万物都有裂痕，而我们恰恰需要在这个裂痕中生存。唯有把心安好，才能在漫长的岁月里演绎出属于自己的精彩人生。

*** *** *** *** ***

【上舞台要有台词】

人生就像是个舞台，每个人都有属于自己的台词，有自己要演绎的一出戏。有些人找不到自我角色的定位，不知道自己适合做什么，在彷徨中度过了自己的大半生，活得浑浑噩噩。有些人通过不断努力，不断奋斗，改变自己的处境，逆袭自己的人生。人活一世,每个人都无法选择自己的起点,也无法选择自己的出生环境。须知成功不在于起点,而在于转折点。但是,人可以通过自身的努力,改变思维方式,改变自己的处境,改变人生的导向。一个人若长期贫穷,往往离不开自身的影响力及身上所保留的贫穷习惯。一个长期贫穷的人,遇到机遇或新鲜事物,第一反应就是抵触。他/她不懂得贫穷是较少消耗社会资源的生活方式,就连十四亿分之一的份额都没有意识去争取,眼看着别人把蛋糕分光。所以,他/她在生活中或工作上,遇到机遇都会觉得是冒险,自己无法信任自己,也就习惯性自我否定了。但是,人穷千万不能心穷,一个人要是心穷了,任何争取的意志力就都没有了。昔日拿破仑曾言:“一个人只有善于做好准备,才更有可能获得成功。”其实,人生处处都是希望和机会,只是缺少发现的眼睛。为什么越努力的人,机会越多,因为机会越多,才会越容易摆脱贫穷。人生,也因为努力,才会有更多的机会在等着你。

*** *** *** *** ***

【社会感情与因果定律】

人生不是如梦,而是如书。而一本好书的价值不在于书的厚薄,而在于书的内容,各人故事各人写就,悲欢离合的人生,有一个怎样的结局,全看写书人如何落笔,怎样期望。一个人要有自强的思想,自立的精神,构成社会感情:你对待别人的态度,就是命运对待你的样子。人生因果,怎么播种,怎么收获,全在人为,善因就会结善果，要是结出来的是别的果，那一定是被人调包了的果。其实生活对于每个人都是公平的，幸与不幸，其因其果都在你自己手上。当然也不能完全妥协，任人摆布，画地为牢，懂得爱自己，依靠自己，让自己的善良带上锋芒，你才能掌握自己人生命运的主动权。人生过程不全是温柔以待，但也不能锋芒毕露，而是要看清现实。理想很丰满，现实很骨感，在残酷的环境里成长，怎样选择，会决定你往后的人生。这个世界没有如果，只有结果，你做出的选择，最终都会兑现在你的身上。世上万物，环环相扣，你前半生的选择里，潜藏着后半生的生活状态，验证了因果关系。

【内心强大才是真正的强大】

一个人内心的强大，与成熟度有关。人生就像一个大舞台，悲剧、喜剧在不停交替上演。内心强大的人通常不惧艰险，始终乐观面对，内心总是阳光灿烂，人生自然也就一路精彩。但是，要达到这样的境界，实非易事。首先在成长过程中，要有不向命运低头的勇气。经得起坎坷困境的考验，披荆斩棘，越面临困难，越是勇敢面对，直面挑战，抵抗人生的不可预见，从不恐惧，为自己随时创造出动力。在一次次的挫败后，有如凤凰涅槃的重生，越战越勇，在挣扎中前进，在痛苦中前行。优秀并不代表一个人的强大，唯有通过经历的积淀，去伪存真，努力学习，努力奋斗，向前奔跑。外在的强大也并不等于内心的强大，在生活中遭遇困境处之泰然，宠辱不惊，不论外界有多少诱惑多少挫折，都能心无旁骛，依然固守内心的坚定，这才是内心的强大。生活中，一个真正内心强大的人，才能做到无所畏惧，才能成为生活的强者，人生的赢家。

*** *** *** *** ***

【懂，是人世间最近的距离】

懂，也许是人世间最美的情话。遇上懂你的人，是人生最大的幸福。人到了一定的年龄段，就会发现人生的路并没有那么好走，有缘的人会看到你的不易，懂你的人才会懂你的相守。经过岁月的沉淀，人们不再羡慕街头热吻的情侣，只注重路边牵手的老人。真正的感情，可以战胜时间，历久弥新。而真正懂你的人，不在乎你飞得高不高，只在乎你飞得累不累。懂，是人世间最近

的距离，也是人世间最好的福荫。《孟子》云："人之相识，贵在相知，人之相知，贵在知心。"不管哪个年龄段，往往都希望有一个懂自己的朋友。在经过跋山涉水之后，希望有人能知你冷暖，懂你悲欢，这是一种不言而喻的默契，是岁月留给你的一种感动。然而，生活就像一道难解的谜团，复杂、晦涩，让人头痛，有太多的无奈，太多说不清、道不明的烦恼，还有不期而遇的苦难，而我们都渴望得到爱，但懂比爱更重要。但是，相遇在天，相守在人。人生一世，能够遇到懂你的人，要格外珍惜，是你莫大的荣幸，懂你，一生足矣！

***　***　***　***　***

【雪中送炭与锦上添花】

人生道路，任你有多大本事，若要获得成就，离不开朋友的支持与鼓励。到了五十岁，只是走到人生道路的一半，未来的一半就更需要外力的支持和帮助。五十，说长不长，说短不短，但已经尝尽了人世间的冷暖。就朋友关系，最美在于锦上添花；最贵在于雪中送炭；朋友中的极品，有如好茶，淡而不涩，清香但不扑鼻，缓缓飘来似水流年。喜欢你的人，看到的都是你的优点，会用欣赏的眼光看待你，但这还不是诤友。当然，真正的朋友相处，最好的关系是求同存异。《论语》云："君子和而不同，小人同而不和"。可见小人只同在表面，而君子则不同在相对。为什么有云"君子坦荡荡，小人长戚戚"？即此道也！这个世界不会真的有一个人是完全按照你的需要成长的，想法再相近的人都会有意见相悖,习惯相左的时候。而真诚的人总是以大局为重,把目光聚焦在同字上。当你饥寒交迫,无力取暖时,竟有人雪中送炭,就是一生至交。谚云:日落西山你不陪,东山再起你是谁。这句话说的就是雪中送炭和锦上添花的区别。

*** *** *** *** ***

【在度量里生存】

人的心量有多大,人生的成就就有多大,这似乎形成了规律。心量者度量也!不为一己私利争斗,不存嫉妒恨及报复之心,则心底无私天地宽。有了这样的心胸,涵养也就积淀而来,使人严肃而不孤僻,活泼而不放浪,热情而不轻狂,和气而不盲从,从而改变自己,塑造自己,当塑造自己灵魂的工程师。世上事,不管我们愿不愿意都要发生;有些人,无论你喜不喜欢都要面对,因此,这个世界,所有遇到的人和事,都不以我们的意志为转移。愿不愿意;喜不喜欢,该来的会来,该到的总是要到,无从选择,也无法逃避。于是,我们能做的就是要学会适应、接受、处理、放下。一个人真正的强大在于内心的强大,而能否承受挫折和打击是衡量一个人内心是否真正强大的标志之一。人生就是一个不断突破自我、不断学习的过程。想,都是问题;做,才有答案。所以,调整好心态,时刻提醒自己,要想优秀,必须在度量里生存,不忘初心。

*** *** *** *** ***

【人格的萃取，非一日之功】

人品，是做人的底牌；而人格是做事的底线。一个人的内涵折射在言行上；一个人的人格反映在外在里。有内涵的人，势必低调，不惹是非；人格好的人真诚，不玩虚假。是故，做人要以人品为先，人品好了，才会有人欣赏，才会被人看重，才能有更多的机遇。但是，人品的修炼，任重而道远；人格的萃取，非一日之功。对人尊重，保持内心的纯粹。困难面前，勇于担当。贫穷并不可怕，可怕的是为贪欲丢掉尊严；为利益低头哈腰，失去做人的根本。因此，人最难的是认清自己，对自己有一个清晰而准确的定位。一个人是否有能量，不是你认识了多少人，有多少朋友，而是有多少人认识你，有多少人将你当成朋友。高尚的人格聚人，正直的人品赢心。一个人若充分看透了自己，就不会小看别人，知廉耻，才能懂敬畏，无形中给自己加强了凝聚力。

*** *** *** *** ***

【投资大脑也是一种投资】

人生过程就是一个不断投资的过程，在哪里投资，就会在哪里产生结果。这个世界唯一靠谱的投资，就是投资你自己。没有人能夺走你自己内在的东西，而每个人可能都是潜力股。在自己的身上投资，会让你永不掉价，持续增值。比如上半生在健康上投入的精力越多，下半生的幸福指数就会越高。看一匹马的力气大小，可以看它的神态和气息。那么人也一样，你的精神面貌，代表着你的生活方式。一个人衣着整洁,容止有仪,谈吐不俗,淡定而独立,是对他人的尊重,是人生态度的表现。人与人的关系,存在着守恒定律——真诚与知识,千万不要吝啬你的付出与真心。感情只有披肝沥胆,互相尊重,彼此信任才能更稳更浓,激发出更多的可能。昔日罗斯福总统曾说:"倾囊求知,无人能夺;投资知识,得益最多。"时代在不断更迭,没有稳定的职业,只有稳定的能力。那些原以为可以端一辈子的铁饭碗正在很快破碎。时代风云际会,机遇与挑战并存,就看你怎么投资。所以,唯有不断学习,不断投资自己的大脑,寻求机遇与知识,才能逐浪前行。

*** *** *** *** ***

【人生缺少发现的眼睛】

人生路,无论是风雨交加,还是风和日丽,都得努力前行,这是生存的本能,也是一个人对生命的不屈和不辜负。这个世界,每个人的境遇尽管有所不同,但前行的路上都会遇到困难险阻,无一例外。就看你有多少定力和毅力,坚持不懈,不屈不挠地往前走,只有面对现实,才是行动的勇者,才会得到回报。所以,能决定自己未来的只有自己,你选择走怎样的路,就能有怎样的结果。生活中,每一个困境,都潜藏着转机,熬过去了,一切都会慢慢变好。人在低谷,尤要面对,要勇敢挺起胸膛,不怕艰难,才会有机会摆脱困境。世间屡屡大雨滂沱,江湖一碗茶,喝完即挣扎。成熟不分早晚,重要的是坚持,能在崩溃中仍然保持前行,自己疗伤,能有从头开始的勇气和决心。人生,不缺少美,而是缺少发现美的眼睛;生活,不是困苦磨难,而是缺少面对的勇气。所以,只有学会改变,才能生存得更好。

***　***　***　***　***

【没有高度的高度】

时光无限,生命有限;时光很长,然而人生很短。因此,快乐就好。人生最重要的是心态,心态好了,格局也就大了,自然宽容,不去计较别人,反而反省自己,不去抱怨过去遭人奚落与鄙夷,只能怪自己的欠缺和不足。幸福是公平的,人到暮年,同样有资格享受幸福,不仅把日子过得温馨、潇洒,还要在人生最后一个黄金时期,活出风采。没有人能阻止你思维的缜密和举止的整洁,不为取悦别人,只为自己更舒心,更年轻,还可以“涨粉”。生活中,把自己提到没有高度的高度,虚心学习,多听别人的声音,多读书,紧跟年轻人的步伐,书法、画画、下棋、旅游,开阔视野,寻求旷达。快乐的心情高于一切,但要自己去发掘、开拓与创造。前半辈子的努力换来后半辈子的幸福生活,这是老天爷的眷顾。

***　***　***　***　***

【人生幸福需要自己经营】

一个人的幸福,其实都隐藏在你的行动中,懂得经营生活的人,才值得拥有更加幸福的人生。生活不可能总一帆风顺,遇到

一些风雨是难免的，如果总是以消极的态度去面对人生，那么，你的生活就很难得到转变。以积极的态度面对风雨，才是生活的勇者。在这个复杂的时代，一个人如果想要拥有幸福，就需要静下心来，戒骄戒躁，不断地去努力，然后一步步去实现目标。若要成就一番事业，就必须劳其筋骨，饿其体肤，不拘小节，成其大事。生活就像一场戏剧，你不知开始和落幕，如何走过这场风雨沧桑的历程，如何去创造属于自己的幸福。风雨，其实只是你人生历程的小插曲，比例极小，你的全部计划有限，只有勇敢面对，所有的障碍和阻挠都会迎刃而解。余生很长，不要被一些不值得的人和事拖累，懂得翻篇，经营好自己，幸福自然来。

【人生需要正确认识自己】

目标的规划对人生的影响很重要。目标分长期目标和短期目标，拥有明确长期目标的人，一直会向着自己的目标方向努力，几乎都会成功；拥有短期目标的人，大多生活在社会的中上层，完成一个又一个的短期目标，让自己的生活稳步上升；拥有比较模糊目标的人，生活安逸，但处于社会的中下层，勉强挣扎着养家糊口，自取其乐，无须什么斗志；完全没有目标的人，则处于社会的底层，濒临失业，或许要政府及社会救济生活。因此制订一个清晰而明确的职业规划，可以帮助你正确认识自己，时时求主动，抢占先机，以最小的代价，求取利益的最大化；同时，将大目标分解成几个小目标，各个击破，逐步推进，那么，你的人生会更有掌控力，更容易走上发展的快车道。信念塑造未来，有了这样的信念，便一切皆有可能。

*** *** *** *** ***

【执行力与认知】

人与人之间的差距，其实并不完全是智慧、金钱、能力，而是认知。究其原因是执行力不足的问题，执行力来自一个人的认知，一个缺乏认知的人就无从谈执行力。缺乏正确的认知，人就会焦虑、迷茫。而认知又恰恰是改变人生最直接有效的前提，因为认知指导执行力。然执行力也是一种推动力，它涵盖了所有目标的结果。因此，想要变得优秀，凡事都要有执行力。学会执行力的方法，无论什么样的工作任务，都要主动去做，不是被动等待别人先试验，错失良机。这个世界，决定人生高度的，从来不是你的高谈阔论，而是说做就做的执着态度，没有执行力，一切都是零，别人执行好的结果与你没有半毛钱的关系。有了对执行力的认知，即使在平凡的岗位上，也能做出有价值的创新，会想出在更高层面上去完善执行。由于执行力的不同，人与人之间的差距自然就拉开了，从开始的一点点到最后就越拉越远。

*** *** *** *** ***

【大格局没有贫穷的成分】

格局，这个词语已经被人们广泛接受，一谈格局就是说的大格局了，还能谈出精髓。大格局的特质就是：凡事懂得未雨绸缪，懂得为尚未发生的事情买单，懂得为尚未到来的未来铺路。可见凡大格局者都能透过表面看到问题的本质，看到长远的以后。然而，每个人都希望自己的未来是看得见的，但事实恰恰相反，因为大格局者的起点绝不是从贫穷开始，而是靠沉淀、积累形成的。贫穷，会限制你人生的高度。贫穷对一个人的影响，绝对不是仅仅缺衣少食这么简单，它会在方方面面限制你的人生发展，而且会限制住你的眼界，束缚你的勇气，尤其让你没有试错的欲望及成本。当然，新时代了，永远贫穷不是社会主义。而贫穷并不只是缺钱，更缺乏的是信念和无限的可能。于是乎，要谈格局，首先绝对不是贫穷，而是要先破解贫穷。

*** *** *** *** ***

【生命的价值在于博弈】

一个平凡的人，也可以做出不平凡的事，许多伟人的成就都是从平凡开始的。我们行走在人生路上，闲庭信步或努力奔跑，从来没有白走的路，每一步，都在构建你的人生格局。所以，迷茫处，也不要停下前进的脚步。哪怕走过的是弯路，都会隐藏着意义，生命不息，拥有抵御绝望的力量。人生每一段经历都有存在的意义，你总要在经历过一些事后才意识到什么最重要。有些煎熬，是为了加速你的步伐；有些困境；是为了让你领悟生活的道理；有些遗憾，是为了让你看清当下是不是真实的幸福；有些舍弃，是为了减轻你不必要的痛苦和负担。人这一生，是一场从生到死的旅程，前行的每一步，都是在与生命博弈，就看你有多高远的志向，有多超前的抱负，与生命抢时间，与时光抢速度。想到达的地方，与其说是信仰，不如说是经过磨砺成为更加成熟的自己。凡成功的人似乎都未曾想过未来是否能够成功，或者成功多少，都是既然选择了方向，绝不放弃，勇往直前，风雨兼程，直至实现目标。

*** *** *** *** ***

【生命是无价的财富】

生命是无价的财富。对任何人来说都是最宝贵的，能够顺利地活着，就是最大的幸运。人生其实很苦，但只有不怕苦的人，肯努力奋斗的人，才会把人生经营得风生水起。奋斗中吃的苦，会变成生活里的甜。人活在这个世界上，不要总是惋惜已经失去的。尤要珍惜当下，珍惜亲情、友情，珍惜当下的一切，你会觉得自己是一个幸福的人。所以，不要怕吃苦，吃一时的苦，或许能甜一生。人活着就是最大的意义。活着，才可以让你去完成人生尚未完成的使命;活着,才能享受世间美好的一切,在有限的生命里,去做最无限的自己。

【生命不是安排,而是追求】

人生已经拉开帷幕,那就要积极地演好自己的角色。所有成功的背后,都是苦苦堆积的坚持;所有人前的风光,都是背后傻傻的坚守。既然脚步已经跨出,哪怕风雨凶险也不能退却;既然自己把希望播在这里,就一定要坚持到胜利谢幕。生命不是安排,而是追求,人生的意义永远没有答案,但也要尽情享受这种没有答案的隐形快乐。人不应该是插在花瓶里供人观赏的静物,而是蔓越在草原上随风起舞的韵律。人生旅途最清晰的脚印,往往印在最泥泞的路上,所以,不要畏惧暂时的困顿,即使没有掌声,也要坚强地坚持。真正改变命运的,并不是等来的机遇,而是自己的人生态度,就看你怎样设计自己的人生,怎样奋斗、怎样奔跑。人生历程是无数次入围与淘汰的比赛,无论入围还是淘汰,都应

该有一份超越自我、挑战自我、战胜自我的决心。笑对忧伤，努力与阳光同行。

【境由心造】

人生心有多大，其成就就有多大。人生路上，遇到最大的敌人，往往不是内卷的对手，而是自己的情绪。当一个人的负面情绪涌上心头时，便有可能犯一些低级的错误或做出危险的事情来，就有可能毁灭一生。昔日拿破仑曾说："能控制住情绪的人，比拿下一座城市的将军更伟大。"所以，对情绪的掌控能力，暗藏着一个人的人生高度和格局，能管理好情绪的人，才能开启奔跑的方向。生活中，不要把所有事情都想得太美好，对人世间的丑恶要充分评估，避免自己对认知的扭曲。事物都是相对的，你若觉得自己不够好，得不到别人的信任和关爱，那就说明你的确不够优秀。但也不能自卑，更不能情绪化，应当尽快从你的情绪中驱逐自卑感，重整旗鼓。发泄情绪不能解决问题，少一分情绪，多一分平和，很多问题就会变得容易解决。佛家云："物随心转，境由心造，烦恼皆由心生。"是故，一个人想要变得强大，就不能被情绪所困，要打造具有战胜情绪的能力。这个世界，唯独太阳与人性不可直视，所以，看淡人间事，才是大智慧，方可潇洒天地间。

【幸福随之而来】

人生如梦，当你一觉醒来，发现自己很伟大，又十分可笑。所以，凡事想开点，无须纠结，生活才能日日是晴天。苏轼《念奴娇·赤壁怀古》中的"人生如梦，一尊还酹江月"成为历史名句。这是当年苏轼被贬黄州，来到了长江赤壁矶，看到了大江的气势如此磅礴奔腾，想到自己的人生命运又何足惜。人生命运多舛，跌宕起伏，遭遇坎坷乃是常态，想不开只是自己徒增烦恼与痛苦，想开了就豁然开朗，一切交给时间去评价。人生充满了偶然，却又充满了必然，我们要保持好的心态去面对现实，越经历过大起大落越能胸怀坦荡。这个世界本来就不完美，人无完人，事无完事，人这一生会遇到很多意想不到的事情，难以想象与控制，但我们始终要保持好心态，得之我幸，失之我命，懂得随机应变。凡事计较太多，格局就小了，心胸也就狭隘了。唯有该放下的放下，不要让痛苦羁绊你的执念，要学会释怀，学会断舍离，做到了，你的幸福也就随之而来了。

***　***　***　***　***

【努力不能用错方向】

大千世界，每个人都有不同的追求，走不同的路，既然彼此的轨迹不同，就不要和谁争输赢，而要守住自己最需要的东西——自身的价值和平凡的生活。人这一生若能做到朴素、纯真，与世无求，与人无争，只求相聚和相守，就是人生的最高境界了。可现实并非如此，多少人忙来忙去，却越活越焦虑，就是因为只顾着争和比，却疏忽了争斗的目标和思想，未必就是自己想要的。只是无意识地被人推着前行，追逐那些并不适合自己的东西，所以，怎样活都觉得累。然而，世事无奈，千万不可小瞧那些不争的人，在不争的背后，是他们看清了自我，敢于拒绝外界的裹挟。这样的人清醒、睿智，放过了自己，也守住了幸福。功成名就，乃是人一生不遗余力所追求的目标，但是努力也不能用错了方向，争与不争要以科学的辩证思维和政治高度来判断，没有性价比，只有结果的不同。

***　***　***　***　***

【不能解决问题，自己就是问题】

生活中，出现问题或有问题，乃是常事。但是，你不能解决问题，你就成了问题。趋利避害，是生物的本能。人一旦逃避问题成了习惯，就会渐渐失去思考能力，精神也就变得贫瘠。所以，聪明人在困难面前都不会选择逃避或者妥协，他们会在第一时间认清问题和自己在这个问题里的角色，然后去解决问题。而且对自己有清晰的定位，付出千百倍的努力，去攻克难题，把事情做到极致。人生从成长到成就，面对的都是问题，尽心尽力，尽善尽美。如斯强者，消化问题。不要把某一个问题孤立、分割，而是要作一个有机关联的系统来处理，懂得取舍，懂得统筹安排，懂得抓住问题的关键，然后准确发力。当我们学会从未来看现在的自己，我们将变得不再迷茫；当我们学习多角度辩证地处理问题，我们将变得更智慧;当我们用更开阔的视野去实现自己,我们将变得从容坦然。所以,懂得如何破局,解决问题,最终形成自己的大格局。

*** *** *** *** ***

【男人与担当】

男人与女人是有所不同的,因为世俗之见是由男人为这个家撑起一片天的。因此,作为男人长得可以不帅,但做事一定要爷们,胸怀大志,大气坦荡,一个男人最大的魅力在于自己的心胸与气度。无须天才般的才华横溢,但一定要有立足于社会的本事,承担起养家糊口的职责。古人云好男儿志在四方,因此,要有事业心,要有志向。人生苦短,你可以接受失败,但不可以一生碌碌无为而贻笑大方。所以,要敢于吃苦,勇敢地面对现实,培养赚钱的能力,因为它一定比省钱的思维更重要,为实现自己的梦想努力拼搏。男人再难都必须要有男人的自尊,有男人的刚毅,有责任,有担当,有进取,在风雨中挺立,在大浪里淘沙,做一个合格的男人,平稳度过此生。

*** *** *** *** ***

【从被人带路的人变成领路的人】

人生的奋斗,不在于瞬间的爆发,而在于途中的持续。怎样走好人生之路,需要有宽广的视野,与什么样的人走在一起很重要。因为，圈子决定你的格局，而格局决定你的视野，视野决定你的思维。所以，接近什么样的人，就会走出什么样的路。穷人只会教你如何节衣缩食，牌友只会催你打牌，酒友只会哄你干杯。而成功人士却会开发你的思想，教你创业创新，改变你的思维，使你从迷茫中走出来，获取成功。人生最大的悲哀就是自负，目空一切，自以为是，希望整个世界都适应自己。殊不知一个人要有所成就，需要有人为你指明方向，带你走向更高的平台。其实，限制人们发展的不完全是智商和学历，而是你所处的生活圈子和工作环境，所谓贵人相助，并不能直接让你提升或得到什么，而是开拓你的眼界，改变你的思想，带你走向新的世界。所以，人生道路，以途中看世界，不只是一个人寻求事业的机会，更是一份责任，漫漫长路，可以把自己从被人带路的人变成领路的人，改变人生。

***　***　***　***　***

【过真实的人生】

佛云："人皆艰辛，故唯自渡。"人这一生，艰涩漫长，有风雨，有阳光；有坎坷，有坦途。少年时，放飞梦想；青春时，作为社会的脊梁，家中的顶梁柱，再苦再累也是最美的人生篇章；到了老年，又是最美夕阳红，温馨又从容。因为远离了名利琐事，重拾自在初纯，静守恬静本我，漫品杯盏茶香。交几知己，潜心书画，闲时下棋解闷，活跃心扉；兴起握笔挥毫，写出余热思想。历经了世事浮沉，体悟更为深刻。人不必太美，唯有知己深爱；钱不必太多，只要活得快乐。只有看得见的日子，留得住的身边人，才是最真实的人生。人这一生:前半生,轰轰烈烈,放开有力度,有广阔的世界;后半生,收放自然,让人生更丰富。而这个世界,却是理想很丰满,现实很骨感。人生最大的痛苦就是心灵没有归属,总是在收起和放下之间纠结。殊不知心存美好,方无可恨之事;心存善良,方无可恨之人。人,不要太复杂,心思简单,世间纷扰皆成空;理性视人,气定神闲雷不惊。

*** *** *** *** ***

【懂得越多,错得越少】

吃过苦的人才明白:很多事不是无法解决,而是想解决问题的人无法专注。一个人缺乏专注力,会让很多事变难,让生活变得不顺利。该奋斗的年纪想享受,到了该享受的年纪却说要奋斗。所以,只有真正吃过苦的人才明白吃过的苦,其实就是人生最大的财富,拥有了这些独特的品质,才让一个人的生活由苦变甜。人生需要规划,也要懂规划,但只有规划的目标,并未专注努力地执行,一切都是徒劳。人的时间是有限的,想要在有限的时间里,打拼出不同的未来,必须利用好所有能够利用的时间,正确对待,切勿年轻时该做的未做,到年老时该享受时却惦记着自己怎么做。是故,人要有正确的认知,需要一次次跌倒再爬起来才能形成思想;在吃苦中变得越来越成熟,懂得越多,错得越少。如此,则规划—专注—思想—行为,实现你的人生目标。

*** *** *** *** ***

【越简单越快乐】

生活不是名利的跑马场，而是能搭起樊篱，体验人生百味的小家，有了这样的思维，就能把生活过成诗般美妙。其实生活不是过给别人看的，除了奋斗的事业和奔跑，心中只要能装进父母妻儿和朋友，自己静守一隅，修行养性便好。人生需要去繁从简，执着的越多，反而越会变成累赘。这个世界，没有人能把一生都背负在身上，年轻时有父母顶着，成年了需要自己为这个家扛起一片天。勿须顾虑太多，等到你老了，孩子自然会为你扛起一片天。人生就是如此循环，与其思考太多，担心老去，担心离别，不如活好当下，笑对人生，坦然接受在你生命中与你相知相守的每个人。生活最大的乐趣，就是享受乐趣，虽然很佛系，但真的很快乐，越简单越快乐。人活得开心一些，会不知不觉中发现，人生贵在简单，生命贵在随心，就会有诗和远方！

***　***　***　***　***

【以实力说话】

这个世界，最靠谱的只有三样东西：生你的人和你生的人，另外就是钱和创造财富的能力。尤其金钱和财富，似乎已经成为衡量一切的标尺。一个人想要获得多大的尊重和支持，就先要拥有同等的交换价值。然而，生活中，总会有奇葩出现，总是有人喜欢向别人解释自己。试想，一个人若被误送进精神病院，你怎样证明自己是正常人？那时你所有的解释都是苍白的，唯一能做的就是正常吃喝，正常生活，谎言自然就会不攻自破。因此，只有不试图证明自己是正常的人，才是一个真正的正常人。所以，一个人非要拼命解释自己，你可能永远不会知道有多少版本在诋毁你。因此，被人理解是幸运的，若不被理解也未必不幸，若把自己的价值寄托在他人的理解上，那只能说明你的价值是很浅薄的。不必逞强，一切以实力说话。这个世界越来越“机械化”了，在这冰冷喧嚣的声音里，真正能够给你依靠的，永远都是你自己，还有上述三样靠谱的东西。

***　***　***　***　***

【元认知】

人生没有那么完美，有的只是理解和包容，豁达与释然。既要活得真实，还要心存美好。我们都生活在三次元里，现实生活不会十全十美。生活有时候让人很无奈，除了酸甜苦辣，还有悲欢离合，恰如一杯难咽的酒，明知很辣，却要饮下，因为不忘责任；明知难喝，却要干杯，因为深知情义深重；明知喝了会醉，却还要一饮而尽，因为无奈与无常。所以，人只要有感情，都要把自己的利益放在最后，这也是一种爱的清欢，让人舒服。在真实的世界里，苦乐共存，所以，我们要提升自己的元认知，值得考虑的是安静和舒适，切勿浮躁和暴躁，才能创造出更阳光的环境。

***　***　***　***　***

【输在哪里】

人都希望读懂自己的命运，看到自己的未来，希望少走弯路。可人生命运不是迷信，是科学的因果关系。人的思想各异，不能统一，思想决定一个人的态度，态度决定一个人的行为，行为决定一个人的结果，这个结果就是你一步步走出来的人生命运。播什么种子就结什么果实。人的行为习惯是很难改变的，积累下来便会潜移默化地推动你的人生走向。生活中，人的行为受阻、行事不顺，是由我们生活习惯背后的思维模式决定的。因为思维模式决定了你的行动方式，而由此造成的结果便注定了你的人生命运。很多时候一个优秀的人的论点没有被你认同的部分，恰恰就是你们的差距。所以，一个固执己见的人是没有资格抱怨自己命苦的。人生扑朔迷离，为什么有人辛劳半生，毫无建树；有人看似轻而易举，便已功成名就。人的痛苦其实并不是单单没有收获，其根本原因在于不知道自己输在了哪里。人的生命正是因为有了裂缝，所以才能照进阳光。

【人生高度】

生活永远都是现场直播，无法知道下一秒会发生什么。一个人过得好不好，在于处理事情的能力和水平，还在于面对问题的心态，以及所站的角度。看待事物的角度，影响着你生活的温度，也决定了你的人生高度。格局越大，越懂得谦虚低调，以低求高，以谦自持，谦和有礼、真诚待人，赢得口碑，获得社会认可，成就自己。其实在一个人遇到问题的第一反应里，就潜藏着你的学识、见识、品格和修养。而这个反应，就决定了你的生活品质。人生道路，没有末路，只有歧路、岔路。此路不通，可以另寻他路；他路不通，可以自创新路。人这一生，会遇到无法想象的事情，既然无法左右事情的发展，就调整自己的心态，改变自己看事情的态度。当你有了一定的高度后，无论遇到什么问题，首先一定要冷静分析，尊重事实，沉着应对，绝不要草率行事，这就是你的人生高度。

*** *** *** *** ***

【大爱培养出智慧】

生活是一个天平，你每拥有一件东西，就要为拥有它而付出代价。一个人永远只能享受和它相匹配的欲望。所以，想要得到某一件东西，最好是通过自己的努力，而且要让自己配得上它，才能恒守。这个世界，让生命变得更美好的不单是肉体，更是灵魂。灵魂来自内在的良知，当你的内心具备了真善美的时候，你所作出的决策才是与事物相匹配的。当一个人秉持允执厥中，那么，你就会做到不思而得，不勉而中。一个能够定心无思的人，可以激发无上的力量。好的生命始终带着真我在持续前进，把自己的思想、智慧、欲望、需求和匠心精神做到对立统一，控制平衡。如果，带着利他主义思想和助人成长的念头作为自己的起点，这是大爱，大爱爱于人，懂得自己所做的每一件事情的目标，体现出意义和价值。大爱才能培养出大智慧，这需要心胸，心胸狭窄的人是不具备大智慧的。一个有大爱的人，往往会影响周围的人，超越匹配，这就是正能量，还让人不耻下问，让你天天在“涨粉”。

*** *** *** *** ***

【梦想不是依靠】

生命是觉醒的，不是昨天，不是明天，要看今天。活在当下是为了展望未来。生活是一种态度，平静自然宽广。不同的你和我，不同的心态，不同的生活。所谓成长，就是让你做一个成熟的好男人，受伤了，自己疗伤；劳累了，静静地听一段音乐，让自己陶醉在优雅的琴声中，寻找天高云淡的寂静。在美丽的镜子里看世界，收获生活中的丰硕成果，平和地释放自由和快乐。幸福的生活藏在平凡的时光里，生活中的美好并不体现在一时一事，而是在你的成就感中。每个人都有自己的爱，不能强迫自己去做不正确的事；每个人都有自己的意志，不能被强加。每个人都有自己的命运，但不以自己的意志为转移。放松你的思想，满足于现状，面对现实，要控制你的情绪，不要乱发泄。梦想不是依靠，是一种启迪，激活你的沉默。成功取决于奋斗，成长取决于经验，幸福取决于开放。但幸福也是有使用期的，年轻时不要挥霍幸福，多留点晚年充实为好。

*** *** *** *** ***

【努力总比不努力好】

心态，能决定一个人的命运。努力，不是为了有能力改变世界，而是不被世界所改变。人生道路，没有捷径，生命之精彩在于过程而不在结果，但也不是所有奋斗都会有一个让你满意的结果，但是每一个奋斗的过程都会让你变得与众不同。努力不一定会成功，但是不努力是绝对没有机会成功，所以，努力总比不努力好。只要一直走下去，蓦然回首，你会发现，坚持的每一处，恰恰是曾经以为到达不了的地方。当我们以积极的心态生活，就会发现许多美好的东西。所以，生活的快乐与烦恼，全在于你对生活的态度。乐观向上，好运会不断随你会而来；失落沉沦，厄运或许随时降临。是故，人生要站得高，看得远，逆境时，不妨换一个角度来思考，凡事多往好的方面想，因为，好的心态决定好的命运。

*** *** *** *** ***

【对钱的态度，决定人生高度】

不同的心态，会带来不同的人生导向。一个人对钱的态度，决定了你的人生高度。《资本论》提出："一有适当的利润，资本就会胆壮起来。有10%的利润，会到处被人使用；有20%，就会活泼起来；有50%，就会引起积极的冒险；有100%，就会使人不顾法律法规；有300%，就会使人无视犯罪的后果。"这个世界，人们大多为了利益而拼搏，不同的人有不同的挣钱方式，而不同的挣钱态度就表现出不同的人生态度。马克思在100年前写了《资本论》,就指出人们对钱的态度。诚然,有了对钱的正确认识,人生态度也随之走向高度——挣钱是为了实现自己的人生价值。即使成不了大老板,但心里充实,所做的是为社会,为家庭,为朋友,不仅是挣钱的快乐,更体现了人生高度。

***　***　***　***　***

【少走弯路】

人生道路,并无坦途。如果你没有强大的力量,不懂得积攒福祉,青春已过,困扰就来。人大都认为只要钱多就是幸福多,其实不然。看你属于什么样的层次,以什么样的心态看待这个问题。其实一个人有多少福气,和拥有多少财富没有太深的关系。为什么有福祉的人都不会急着攒钱,却不慌不忙地修行养性,增加知识,提高能力?《围炉夜话》云:“不与人争得失,唯求己有知能。”就是农民也有自己的逻辑:种瓜得瓜,种豆得豆。所以,人生祸福都是早已注定,福气不能完全指望父母给予,要学会自助。生活中,心态越好的人,往往幸福指数越高,对生活充满希望,幸福也许可以预见。当然,追求幸福,乃人之向往,但年少不努力,老来空白头。人这一生最怕的就是走太多的弯路。因此,让自己努力保持直行,让幸福的时光早日来临,在前行的过程中懂得节约时间,少走弯路。

***　***　***　***　***

【热爱生活与游戏闯关】

生活需要爱，生活的本质就是爱，须知不懂得爱就不能理解生活。所以，学会享受生活，也就能从生活中发现快乐，收获快乐。但是，生活不能缺少激情，当你的梦想和野心缺乏动力，那么，一切都是徒劳。当你身处困境的时候，生活就像玩游戏闯关一样，而过关的秘诀，一是你睿智的大脑，二是重复关卡，游戏的初衷就是教会我们一寸一寸地往前移动。即使你失败了一次，也不要否定一切，命运完全可以让你换一个赛场，重新开始的。但是，残酷的现实往往会让你失去平衡，为了让一个家庭能够幸福快乐，就要不断地增加工作中的砝码，于是，就失去了家庭餐桌上的欢声笑语。生活是自己的，当然也是家人的，只有为自己100%付出的时候，生活才会眷顾你，这是人生命运，热爱生活就是热爱自己。保持自我，充实自己，才能温暖家人，这就是人生的基本标准。

***　***　***　***　***

【境界未曾言论，格局已分高下】

人生可以不完美，但不可以没有格局。格局大了，生活自然就顺畅、精彩了。然而格局并非缥缈虚无，而是藏拙在你的为人处世细节里，这是一个大学问。汉史学家司马迁曾尖锐地指出："小事见格局。"人，一辈子不长，能够心怀大格局，过好小日子，乃是基本修养。一个人有了大的格局，才能清醒地看待自己，找出自己的不足，从而虚心学习，发自内心地去尊重别人。有此胸怀者，在人生路上一定是神采奕奕，无往而不胜的。但是，一个心地不够善良的人，便不会有真正的大格局。总以自我为中心，凡事争高低，遇事求对错，事事拼输赢，眼里容不得他人，自然也就不会获得他人的尊重。这个时代进步飞快，我们尤要升级对生活的认知。境界未曾言说，格局已分高下。是故，生活中我们还需要进一步完善，学习和认识，一面成长，一面提升。

*** *** *** *** ***

【颜值与认知】

所谓颜值，主要是你的一张脸，它是你性格的反映和福气的写照。作为女人，漂亮的秘诀在于眼神的清澈；而男人则是帅气的外表+宽广的心胸，表现出灵魂的厚德载物。颜值虽是先天的，但先天不足后天补，相由心生。颜值虽好也是需要公认的，即使利益因素也是建筑在公平、合理的基础上的。世上有许多伟人虽然颜值一般，但是建树颇丰。所以，颜值不足其实也无须自卑和浅薄，它不会成为你人生成长路上的障碍，也不能阻挡你发现快乐和认识世界。看青春散尽后的靓女、帅哥们不是变美了就是变丑了，没有中间色。其实一个人想要对未来真正地慷慨，就是把一切献给现在，因为现在的付出都将是一种沉淀和积累，它们在你前进的路上默默地为你铺设美丽的风景。古人云："境随心生。"当你的心不再为外界所影响，就会日渐思考建设自己强大的气场。你的认知变了，眼前的世界就会不同，你的境遇也会因你的力量而斗转星移。此时，你的颜值也随之改变了。

*** *** *** *** ***

【益友与猪友】

人生如棋，一步错，步步错，一着不慎，满盘皆输。于是，走一步，看二步，想三步是最好的高手思维。人生最大的幸运莫过于有三五好友；最大的不幸是有一个小人朋友。前者可以影响你或者带你往上走；后者则是唯恐你的世界不乱，拖你下水。《曾国藩传》云："人一生之成败，皆关乎朋友之贤否，不可不慎。"是故，朋友可以决定一个人的人生命运。孔子云："友直，友谅，友多闻，益矣；友便辟，友善柔，友便佞，损矣。"可见正直、诚信、博学且能谏言无疑是益友；谄媚巧言、表里不一实属损友或是猪队友也！大千世界，芸芸众生，吾辈只要自己阳光，端正三观，控制好自己的情绪，不怕琐事万千重，我自岿然不动。

*** *** *** *** ***

【解决问题还是被问题解决】

人生自省，是根植于内心的教养，自省方能自明。一路前行，一路放下。为什么强者解决问题，而弱者则是被问题解决。人生如大海，思想似大石，把大石丢在水面上，就会产生一圈圈往外推送命运的波纹。所以,人生生活的好坏不是在别处,而是在当下自己的操身行世。瓶满不闻水响动,硕儒少与道短长。会自夸是本能,但能隐忍才是本事。这个世界能正向发展的生态,不是投机取巧,而是要永远保持天平两端的稳定。是故,欲行千里之外,必先挪动脚步;想要满园花香,得先坚持栽树。悲观者总是埋怨刮风;乐观者会静候风向;现实者则会调整风向。所以,自省+行动力是一个人能否成功的前提。

*** *** *** *** ***

【幸福的期待】

幸福是人人向往的,而幸福却既复杂又简单,简单到只有三件事:一曰有人爱;二曰有事做;三曰有所期待。每个人来到这个世上,都要经历很多事情,但日子并不只是柴米油盐酱醋茶,创造事业更需添加感情,唯感情是我们内心深处的力量。梦想是我们抬头望见的皓月星空,而事业则是我们活着的经济支持。这个世界并不存在感同身受,只有脆弱的人才会诉说自己的不幸,坚强的人却是不动声色地成长。所以,我们要面对现实,不要试图去同情自己,打不死的挫折,是让你变得更坚强的磨刀石。现实告诉我们,不管怎样都要调整好自己的心态,在沉默中成长得更快更好;脆弱和抱怨只会自取灭亡。幸福是个吝惜物,你给它多少爱,它就回报你多少幸福,公平交易。

*** *** *** *** ***

【人生方向】

人生最大的魅力就是有气节，正直无私，感恩感知，事业有成，知己二三，能够创造和谐的氛围，使你永远都处在温暖的环境里，更有进取的机会。跌倒了再爬起来，鼓起勇气，站得更高，看得更远。这个世界，一切痛苦与欢乐皆源于生，先求生存，再求发展，乃是铁律。生——开启了你人生的酸甜苦辣，是生命的需求，也是追求生命的机会与纠结。然而生活从来不是一帆风顺，技能，需要探索才能获取；梦想，需要追求才能实现；幸福，需要苦心经营才能得到。人生随着年龄的增长，扮演的角色越来越多。努力了却没有结果，乃是心累；真心对待或许换来不测，乃是丢面，此乃人生常态，不要计较。唯有看破红尘，洞悉命运的公平，珍惜当下，珍惜身边的人和事，不做无谓的等待和追求。心藏一份美好的愿望，带着一颗热忱勇敢的心，奋力前行，才是人生成长方向。

*** *** *** *** ***

【出路与退路】

人之所以进步，最重要的是在于自己的思想和认知。一个人若没有深邃的思想和对事物发展的判断，不管你的学历有多高，有多聪明，也很难活出自我。人之所以会原地踏步，无从进展，更多的是对自己的认知不足，没了奋斗的目标。人生就是一个不断成长、不断前行的过程，不要因为走得太远，而忘记出发的初衷。

有智慧的人一般不考虑退路，皆勇往直前。人生本无退路，父母不是退路，婚姻不是退路，朋友也不是退路，只有自己努力奋斗出来的成就才是人生最大的退路。没有如意的生活，只有看开的人生！你怎么想就决定了你是怎么样的人。你的思想决定了你的格局，你的思维改变你的一生。你的人生态度和表现时刻都在影响着你的一生。

【大器晚成，未为晚】

人生到了知天命之年，似乎一切都在改变，世俗的清欢仿佛在渐渐消失，有人的地方充满了喧嚣、烦琐、热闹和拥挤。感官跟着环境走，于是人也就变得焦虑不安，有如一朵原本娇艳的鲜花，被无情地摘下，瞬间没了根部流转来的水分的滋润，只有慢慢地枯萎。然而，在尊重自然规律的心态里，我们还需要有一种顽强挣扎的精神——涅槃重生。《说苑》云："少而好学，如日出之阳；壮而好学，如日中之光；老而好学，如炳烛之明。"因此，我们唯有继续学习，多读点书，充实自己，进一步改造世界观，吸收点本来不足的营养。人生无论活到什么程度，少不了两件事：呼吸和学习。少壮不努力，老大徒伤悲。虽然，人到了知天命之年，记忆力和逻辑能力下降，但不管哪个年龄段，困难都依然存在，只要肯虚心学习，一切都还不晚，不怕成功迟，只嫌放弃早。所以，我们要保持一颗探索新事物的雄心和虚心学习的精神，才不至于太早被社会所淘汰。

*** *** *** *** ***

【阅己与越己】

每个人的内心深处都隐藏着另一个自己。外面的自己负责应对这个世界的风雨洗礼，拿出最体面的样子示人，让自己在这个坎坷的人生路上平稳前行；而内里的自己则负责平衡外部的各种矛盾，小心翼翼地收藏起自己所经受的伤害、所经历的事和情绪。如此，则人就变成了两重性角色，难免天天都在过着看似充实却充满恐惧的生活。因此，一个人要想真正活得充实，就是要内外一致，面对阳光，让自己在享受快乐的时候保持警惕，在失落的时候不绝望，静静地跳出羁绊，走向胜利。生活中步步惊心，但多加深自我的了解，做好阅己，然后越己。人生的终极目标是幸福、快乐，若总是两重性做人，不管表面上看似多幸福，其实是打了折扣的快乐，又重又累！

*** *** *** *** ***

【朴素的力量】

明日复明日，明日何其多，我生待明日，万事成蹉跎。人生就如一场马拉松，每一个到达终点的人，都是从第一步开始的，也是从每一步积累的。尤其是朋友，大千世界，芸芸众生，能够走到一起，是一种缘分，因此要格外珍惜，珍惜这个伟大的时代，珍惜朋友间互相包容的情谊，维护这种难得的感情。《三毛流浪记》云："我不求深刻，只求简单。"可见真正的情谊乃是越简单越好，人生最持久的拥有就是珍惜，尤其珍惜身边的人，因此，我们都要好好地活在当下，活出精彩自我，去寻找诗和远方。也不枉此生潇洒走一回。

*** *** *** *** ***

【得到与还债】

人生的终极目标——成功和成就。须知在人生旅途中遇到的所有人，都是来成就你的人，助你成长，使你成熟，让你精进，使你走向成功。因此，要懂得在这段旅程里，也是一个还债的过程——感恩。因为，在你的每一份感情中，当你付出的时候，其实你所得到的要比付出的多；一个人如果每天思考的是只取不予，到最后只能是失去的更多。这个世界从来没有无缘无故的得到，得到了或许是你上一辈的付出，有些得到是因为你从此要开始还债。人生过程就是一路行走，一路经历，一路遇见，一路感恩，到一路还债。人生因缘分而起，当你在这漫长的人生旅程中，做好了上述五个“一路”，那么，你的人生算是完美的，实现了终极目标。

*** *** *** *** ***

【人生成就与基础创造】

人生轮回只有一次，因此，需要奋斗，创造出辉煌，对得起自己。最好不要迷信运气，最大的聪明才智都是通过生活的实践发掘出来的。古人云：“爱己，乃不善之最也！”一个人不惜命、不求名、不谋官位、不贪欲，这样的人物确实不好对付，但这样的人恰恰是国家的中流砥柱。这是对纷纷落马的高官极大的讽刺。人活着就有苦难，但要把所经受的苦难看作是磨炼灵魂的考验，是为了塑造我们的心灵，磨砺我们的意志，有了这样的思维，那么，在人生奋斗的路上，所遇到的苦难就都是快乐的。劳动光荣，是共和国成立之初的口号，但绝不仅仅是获得生活食粮的手段，更是战胜欲望、磨砺心志、提升人格的崇高行为。工作环境就是你精神修炼的场所，就看你有多少热爱。有多少热爱，你就有多少精进，这就是你人生成就的基础。

*** *** *** *** ***

【含着热泪再奔跑】

在这个世界上，人性的弱点始终还没有人洞见，停留在共同的视觉里，并没有唤起迷惘者的斗志，鼓励和鞭策普通人取得成功。其实人到了50岁，往往还是不成熟。古人云年近半百，我们还有必要重新学习儿时的数学：加、减、乘、除法——学习要用加法、自豪要用减法、机遇要用乘法、懒散要用除法。可这个世界上1%的人是吃小亏而占大便宜的，第二次世界大战时丘吉尔首相就是做到了；而99%的人是占小便宜吃了大亏的。大多数成功的伟人都源于那1%；而滑铁卢式的失败就是在那99%里。这个世界不是有钱人的世界，也不是有权人的世界，它是有心人的世界。要想成功，我们有必要重新学习上述之加减乘除法，用你的愿望提升自己的热忱，用你的毅力磨平棱角，同时为自己疗伤，含着眼泪再奔跑！

*** *** *** *** ***

【布局与出局】

人之生命，是不能绝对以时间长短来衡量的，只要心中充满爱，刹那亦为永恒。受苦的人，没有悲观的权利。如果悲观了，就没了面对现实的勇气，也就没有了与苦难抗争的力量，结果会受到更大的苦难。人生犹如一个剧本，但不是父母的续集，不是子女的前传，也不是朋友圈的外篇。所以，对待生命不妨大胆冒险一点，无论如何都不能失去它。鼓励自己，等待奇迹的发生。生命中最难的阶段，不是没人懂你，而是你自己没懂自己。不能听命于自己，就要受命于别人；不能为自己布局，就要等着出局。人总会蜕变，不断求新求变，开拓新的突破。这个世界越来越强大，而人的自觉就越来越渺小，所以我们更要尊重自己，尊重现实，走出困境，创造一股敢于拼搏、敢于超越的精神力量。高山仰止，景行行止；虽不能至，心向往之！

*** *** *** *** ***

【把后半生的路走得更好】

古人云："君子有所为，有所不为。"人生到了下半场，唯有守住底线，路才可以越走越宽。上半场，是为了赢过别人，下半场，是为了战胜自己。曾经品尝过的痛苦和磨难，走过的弯路，感受过的快乐与忧伤，都变成了岁月的回馈。有了底线，才可以真正掌握人生方向，否则，欲望膨胀，失去自控，很可能就让你坠入万丈深渊。岁月无情，时光易老，所有的苦楚与欢乐，都是人生必须经历的过程。若以50岁为界，上半生已过，虽有坎坷，也有耀达。更重要的是在这临界的开始，读余光中的诗："掉头一去是风吹黑发，回首再来已雪满白头。"有了底线，且下半生依然懂得知足与感恩，淡定而从容前行，内心也就多了一分自信，就可以把后半生的路走得更好！

*** *** *** *** ***

【改变】

人生的成败其实都是由自己决定的，古人云："成王败寇"，也是符合逻辑思维的，要实现这个逻辑关系，唯有学会改变自己，让自己充实，变得越来越优秀。生活中，难免会遇到很多琐事，让你烦不胜烦。此时,如果把它运用到文化领域来考量,你就会发现自己读书太少,而想得太多。那些看不懂的事,参不透的道理,走不出的困局,都能在书中找到答案。“书中自有黄金屋;书中自有颜如玉”不是一句空话。找到生活最本真的意义,从自身找原因,严以律己,宽以待人,改变别人先改变自己,改变环境,也要先改变自己,不是让环境来适应你,而是你要主动去适应环境。一个人成长和成熟的标志,就是时刻反省自己,坦然面对自己的缺点和不足,并努力去改变。则会让你清晰,让你清醒。

*** *** *** *** ***

【活好当下最重要】

孩提时代,觉得大人的世界真好,不用天天背着沉重的书包,不必被大人打压,可以去很远的地方,做自己想做的事,期盼自己快速长大;长大了,进入青春期,走向社会,经历受挫、奔波和蹉跎,才明白赚钱的不易,也没有人能够被命运额外地眷顾,只有

自己努力奋斗，定位客观高远，充满信心前行；到了中年，成为社会顶梁柱，家庭守护神。升级换代，发现时刻充满危机，却还要满腔热情，实现生命的最大价值。通过了三个阶段的洗礼，然后进入老年期，才明白人生什么时候最重要。一般的认知是：以中年为点，向前是预热期，向后为守成期，中间乃是拓展期。可见每个时刻都重要，为以后布局，给以前买单；给当下播种，等明天收成。所以，当下才是最重要的，因为之前的已经消失，之后的尚未到来，它是引擎，也是长桥，决定明天的自己是否有资格通过，还得看你的前面是否做到。

***　***　***　***　***

【幸福的程度不是客观，而是人造】

这个世界，没钱人觉得有钱人最幸福；有钱人觉得闲人最幸福；而有钱又无所事事的人认为有追求才是最幸福的。所谓幸福的概念始终没有一个圆满的定义。然而真正对幸福定义的理解却是：幸福——是人的精神意识对自我觉知的最满意状态。最简单层级的幸福那就是在追求快乐，实现了，此时此刻就是你的幸福。而最高层级的幸福乃是了悟人生的意义，大彻大悟，征得无上菩提。虽然有不同的维度，但是，简单的幸福有着简单的快乐，高维度的幸福带来更高层次的满足感，这就是人生幸福程度的区别。

***　***　***　***　***

【人生的几个阶段】

当婴儿呱呱落地，此时便有了生命，然后逐渐长大。先求生存，再是生活。生存是生活的基础，有了生存，才谈得上生活。生活是生存的价值体现，也是升华，直到成长成才，这是人类的良性循环。人生从成长到成就，可分成几个阶段，又彼此相连，第一阶段是从书中看世界，探索人生出路；第二阶段进入社会，开始寻求发展方向；第三阶段组织小家庭融入社会，拿到入场券；第四阶段从社会回归家庭，拿到长明灯。在这之中，各有艰辛，各有风景，美妙绝伦，这就是人生常态。所以，我们不光要活着，而且更要活好。通过定性、知事、选向、遇人，成就到终老。从不颓废，不能消极，自己悄悄酝酿着乐观和洒脱、豁达和大度，奔跑在理想的大路上，奔向诗和远方！

*** *** *** *** ***

【忠言逆耳，良药苦口】

人生的成熟是随着年龄的增长而成的，可人成熟了思想未必成熟，喜欢听甜言蜜语，而不喜欢听那些诤言。莎士比亚说："一个人宁愿听一百句美丽的谎言，也不愿听一句直白的真话。"但是，话都是要从人的口中说出来的，那就势必从话到人，人控制着话的虚实。这个世界不缺美丽的奉承语言，缺的是宁可得罪你也要说出你的缺点，不留情面，让你难堪的诤言。可是只有明白人才懂得对自己直言不讳的人之难能可贵，忠言逆耳，良药苦口，他在逼迫你去突破自己,让你蜕变。可这样的人绝对是不可企及的贵人,遇上了一定要珍惜。

*** *** *** *** ***

【人生命运与方向】

人生命运是掌握在自己手里的,越早找到方向,就会越早走出迷茫的困惑,提前取得成就,体现人生价值。然而人生过程中遭遇的挫折,往往皆因自身的不足和盲目求成造成,可怨天尤人解决不了任何问题,与其消极等待,不如积极拼搏,重新寻找方向。人生命运绝非天定,也并不是在事先铺设好的轨道上运行,而是根据自己的思想和意志,变好或者变坏。实践证明:一个人处事的动机是善意的,目标是正确的,事情自然就会朝着好的方向发展;反之,如果其动机是自私的、邪恶的,那么,不管有多努力,事情都会变得倒行逆施,别谈顺利推进。读懂了人生命运的主宰理论,就会答出一个成功方程式 = 思维方式 × 热情 × 能力;取值区间为0~100。可见人生最重要的是必须要让思维方式始终保持积极、美好、正向、健全和健康的状态,来施展你的才华,否则,一切都等于零。

*** *** *** *** ***

【人生心态】

一个人的心境可以决定你的命运,你的生活态度可以决定你的层次和处境，心的转向影响你的方向，所以，控制心境才能控制人生，经营人生。心境是控制你的世界的主导者，因此，一定要管好自己的心境，才能让你过好一生。抱怨生活，不如经营生活。一个人的心里藏着你生活的模式，释放出你的喜怒哀乐。顺境或逆境都要过下去，人生就是每天都在迎接无尽的斗争，是一场以寡敌众的战斗。昔日大才子苏东坡过着落魄、清贫的生活，仍然没有被击倒。没钱买菜就自己种菜，自己做饭，面对一片荒凉，也乐在其中。所以，人生快不快乐看心情，心情好不好看状态，状态佳不佳看修养。因此，最好的心境就是：无怨无悔，活在当下，且行且珍惜！

【修养——谦逊有礼开始】

并非世态炎凉，唯以实力是从。为什么真正厉害的人，往往谦逊有礼，平易近人。古人云："谦谦君子，卑以自牧；伐矜好专，举事之祸也！"自高自大，专横跋扈，恃才傲物，自以为是，锋芒毕露，只会招来祸事。一个人要诚心，需做到虚心低调，礼贤下士。著名作家泰戈尔（亚洲首位诺贝尔文学奖得主）在作品里说："当我们是大为谦卑的时候，便是我们最接近于伟大的时候。"然而，一个人良好的修养，恰恰是从谦逊有礼开始的。他总能让周围的人如沐春风，谈笑风生，幽默风趣，受人尊敬，想让人嫌弃都难。一个人的优秀，离不开谦虚、低调，那里面藏着他善良和高贵的品质。越谦逊，越优秀，越受人喜爱和尊重。而骄傲自满，狂妄自大的心态，只会让自己止步不前。为什么农民的麦田里，越是成熟的麦穗，越是向下弯腰？植物如此，何况人乎？一个足够强大的人，一定是在谦逊中成熟、成长的。一个人必须争气和强大，才不会被欺负；一个人也必须要谦逊有礼，才不会欺负别人。

***　***　***　***　***

【人生过程就是与岁月谈判的过程】

生理学测试一个人的脆弱和坚强程度，都超乎普通人的想象。一个内心强大的人面对一切苦难，都会自我消化到治愈。人生道路漫长，学会自我疗伤，才是了不起的正能量。人生过程就是与岁月谈判的过程，也是长期健康成长的过程。生活中有好的一面，也有坏的一面。当你看到好的一面时，是你努力后应该得到的；当你看到不好的一面时，它是在提醒你需要改进。因此，要心存感激，感激自己还能看得到坏的一面。当你看到了坏的一面时，虚心接受，然后改变自己。唯有自身强大了，脆弱也就不存在了。

*** *** *** *** ***

成长篇

【成长与成就】

人的一生，成功或成就，都不会一帆风顺，经历困难，挫折的洗礼，都在所难免。一个人想要获得成长，非经历风霜雨雪不可。一路走来，越能够经受得住考验，将来的成就可能就会越大。每个不同的阶段，面对不同的人与事，我们的感悟都是不一样的，但有一点却是相同的——对我们心性的磨炼。外在的一切境界都是来帮助我们自己锻炼心境，让你走出阴霾，去寻找阳光大道。当你身处困境时，感到不知所措，越要稳住自己的心态，善于分析，看清事实真相，把握先机，抓住重点，击中要害，突破重围。当你顺利地从中走出来时，才恍然大悟困境并不可怕，也并不复杂，主要是看自己以什么样的心态看待问题。当你每每遇到问题时，都能用这样的心态去面对，那么，一切困难都将不再是困难，你都能去转变它，利用它，越来越坚强，来成就自己。

*** *** *** *** ***

【沉淀自己，匠筑成功】

成功总是建立在无数次失败和挫折之上的，每一个成功者的背后，其实都藏着无数的辛酸和泪水。人生路上，要想获得成功，就得披荆斩棘，乘风破浪，不畏艰难和险阻，不抱怨不放弃，面对各种困难，不忘初心，始终咬紧牙关，坚持到底，等待风雨过后见彩虹。所以，我们应该要尊重和敬佩每一个成功者，尊重他们的独立人格，尊重他们对社会的贡献。他们才是最坚强的人，不要因为别人成功了,就产生羡慕嫉妒恨,你想要成功,就得自己去努力,这个社会是很公平的,内卷也是正常的事。不过当你吃过了大苦之后,才能改变认知,才知成功者的不易。当你心怀敬畏的时候,当你默默付出的时候,当你努力刻苦的时候,当你永不服输的时候,当你一步步战胜困难的时候,你才会懂得虚心学习、接受,坚定不移,才能匠筑成功。人生无常亦即寻常,起落和坎坷也都是常态,只有懂得沉淀自己,谦虚谨慎,努力奋斗,悄悄蜕变,才能走出困境,仰望星空。所以,与其抱怨,不如沉淀,沉淀才是对人生最好的升华。

***　***　***　***　***

【骄傲的来源】

人生的自我实现是每一个人存在的最高、最完美的状态,也是到了最高层次的境界。然而,这样的境界并非人人都能达到,但人人又都希望自己去达到,让自己拥有更多的机会。可事实并非如此简单,为了实现自己的梦想,不能只停留在想象当中,而是需要为自己想要的目标努力前行,首先得让自己变好、变优秀,唯有自己优秀了,世界才会因你变得更加美好。人生都是不完美的,有诸多缺陷也是难免的,所以,我们必须要正确面对自己的缺陷。不好的就要老老实实地改进;不会的就要认认真真去学习;遇到困难就要鼓起勇气去克服。做到了,随着岁月的沉淀和积累,就一定会变成不一样的自己。因此,我们唯一能做的就是珍惜当下,珍惜身边人,活在当下,从小事做起,尽己所能,心怀感恩和善良，去对待周围的一切，让自己活在和谐的环境中。但是，要做到这样并非易事，这需要我们在日常生活中不断修炼，不断精进。同时我们必须要有一个清醒的认知，成长是需要付出代价的，感知生命的有限，在这有限的生命里去实现无限的人生价值。历史都是由成功者写的，生活也都是艰难的，艰难越多，让你磨砺的机会也就越多，磨出了你就成为阳光般的能源，去辐射、温暖他人，让家人、让朋友圈、让社会认可你，让你自己也获得一点欣慰的理由，成为自己的骄傲。

*** *** *** *** ***

【思变】

生活中，退，是一门学问，也是一种担当。懂得退一步的人，是善于在矛盾面前克制自己，将大度与理智展示于人。同时也能让自己从纷繁复杂的事情中脱离出来，保持独立思考的能力。退，不是畏缩、认输，而是韬光养晦、蓄势待发，是另一种姿态的前进。人生最好的状态是花未全开月未圆。在将满未满之际，选择让步，才能避免水满则溢的情况发生，退一步就是海阔天空。所以，成大事者皆精此道，做到进退有度，进退自如。在进不能达到目的时，以退为进更不失为明智之举。这也是军事家常用的战略之一。《孙子兵法》云："兵无常势，水无常形，能因敌变化而取胜者，谓之神。"即凡事懂得变化是取胜的关键，多一分主动变通的思维，就少一次措手不及的窘迫。在现实生活中，时代抛弃你，从来不会提前告知你，要想站稳脚跟，就要学会思变，主动走出舒适区，感受贫民窟，掌握主动权。大作家萧伯纳说："明智的人使自己适应世界，而不明智的人才会坚持让世界适应自己。"其结果可想而知。

*** *** *** *** ***

【面子和尊严】

在成功者面前，面子并不重要。可在现实生活中，总有一些人觉得有了面子就有了一切，有了面子就可以有昂首挺胸的自信。其实不然，一个太在乎面子的人，往往会因为面子错过了人生很多风景。殊不知面子是皮，尊严是骨。生活中，许多人将面子和尊严等同，觉得丢了面子，就是失去了尊严。为了得到别人的认可和羡慕，而将自己明明不值一提的小小成就夸大，从而让

自己本就单薄的肩膀上背负了太多负担，上演了救世主角色，活得很累。这并不是为自己的尊严而活，而是因为放不下自己的面子而虚度终生。所以，一个人的成熟和走向正轨，不是看牛皮吹得有多大，有时适当地舍弃所谓的面子，方能收获更多。所以，当你能够对面子的概念深度思考，在适当的时候厚着脸皮为自己主动争取机会时，你可能是真的成熟了，那么，你离成功也就越来越近了。

***　***　***　***　***

【良缘都是在阳光下成长的】

强大的人，都是透过别人看清自己的人。然而，自以为非常有智慧的人对别人的事会洞察入微，唯独对自己却难以看清。众里寻他千百度，蓦然回首，那人却在灯火阑珊处。人生需要的就是这样一个回首，蓦然顿悟。朋友圈就是一面高清的镜子，透过它才能让你认识真正的自己。当你在发掘对方时，无形中也等于在发掘自己。一个人的心境有如倒影投射，自己内心隐藏着阴险奸诈，会认为外面的人都是有心机的人，于是就无法坦诚相对；一个内心正直无私、充满阳光的人，总会把外面的人都看成友好善良的人，相处起来也就特别愉快。所以，你的内在是什么，就会被什么样的人吸引；你对外排斥什么，对内也就排斥什么。千万不要把自己看成救世主，要想改善与人之间的关系，你需要先深入自己的内在感情，才有资格教别人增进感情，自我成长，从而彼此的关系也自然会健康成长。否则，你不但无法改善关系，还会制造出更多的麻烦。每个人外在的言行举止都是内在思想的指导。你如果无法信任自己，就很难信任别人。因此，如果你不断与自己的内在冲突，那么也会不断地与别人冲突。如是，你就每天只能在内在与外在的矛盾中挣扎，直至把剩有的一点感情也搞垮。所谓天赐良缘，也是双向的，良缘都是在阳光下成长，绝不会在阴影里生存。

***　***　***　***　***

【待显的光华】

生活、工作，不断学习，不断进步，不断成长。在成长的路上，我们的圈子也越来越大，自己的磁场也得到了吸引。这个世界，知己是朋友中之极品，千金难买，可遇不可求。难得有三五知己，构建出真我，没有真我，就没有真正的关系。即使初初相遇，三二言语的碰撞就能激碰出电光石火般的投契，让你心惊，原来这个世界上竟有这样的理解与相通。在这样的知己面前，你会时刻感到无比自豪，充满安全感，敞开心扉，倾诉烦恼、委屈，哭的、笑的；好的、坏的都拿出来见证阳光，得到知己者的诤言和鞭策。因为知己的概念，先决条件是必须是与你的人格平等，三观相同，心智相当的人，在既定的关系中，不存在支配、凌驾与臣服，也不用作出牺牲或者让渡自我的方式，去换取对方的尊重；用取悦或讨好的媚态，去维系友情的正常发展。纵然命途坎坷，也要选择与你同进退的人。冷暖走过，方知情重。知己者其本意绝不会与你为师，也不会夸夸其谈，给你的情是深的，心是真的。他不是冲着你的光芒匆匆赶来，而是看到你在泥泞的沼泽里艰难前行时，不顾你的狼狈与非议，坚决地拉住你的手，带你走出沼泽地。相信你，鼓励你，告诉你并非一无所有，身边还有几许知己在支持着你待闪的光华，这片黑暗就有留给光的罅隙，去点亮你。

***　***　***　***　***

【最稀缺的资源是转换及持续的思维】

一个人做事的态度，会决定着你的人生高度。精力不轻易分散，思想不单纯守旧，做事果敢坚持，才能成为自己人生的真正掌控者，变得越来越优秀。能深耕、敢破局、懂持续，乃是优秀者所为。一个人有多大的能力，就有多大的成就，就看你能否在自己的目标上深耕不息。即使是最弱的人，只要能够集中精力哪怕目标单一，也能有很大的成功概率；反之，最强的人，分心于太多事务，到头来可能会一事无成。在客观上，有时阻挡我们进步的，不是自己不努力或者能力不足，而是精力分散。一个人围着一件事情转，全心全意投入，行动力很强，影响力也很大，全世界都会围着你转；同比，一个人若围着全世界转，东方不亮，西方也没亮，最终的命运将被全世界抛弃。一个长期喜欢变换目标的人，任你有多努力，日日忙于奔命，深陷生活的泥潭也就无法自拔。昔日拿破仑说：“我们唯一的局限是思想上的限制。”学习一组数字游戏，让你的思维立变：1 + 1 = 1；1 + 2 = 1；2 + 5 = 1；6 + 6 = 1；15 + 9 = 1；100%的人们都会否认，然而，要是在每个数字后面加个单位，就变成：1 里 + 1 里 = 1 公里；1 个月 + 2 个月 = 1 个季度；2 天 + 5 天 = 1 周；6 个月 + 6 个月 = 1 年；15 小时 + 9 小时 = 1 天；如此，则就不被否认了。生活中，人的思维往往会受到以往的经验影响，认为不合理就匆忙否认，其实，让思维变个赛道，有时候是解决问题的最好办法。放眼社会，最稀缺的资源就是转换及持续的思维。

*** *** *** *** ***

【一步步走向成长】

人生无法支配自己的命运，但可以改变对待命运的态度，平静地承受落在自己头上不可避免的遭遇。一个人处理事情的态度，藏着他的见识和修养，也决定他的生活走向。已过的事情，不追究；过去的伤害，学会放下。生活不是哀伤出来的，而是昂首挺胸朝着朝阳一步步走向成长的。人在曾经的生活中都会学到很多东西，如果你的生活一直顺遂，你一定不会知道自己的心有多大，能扛得住多少事，能对付多少事。因此，一个人需要多大的格局，首先要具备多么强大的内心，在谈笑间将一切伤痛全数消化。这表现在身处困顿时的刚毅和敢与往事和解的勇气。坐看风起云涌，笑观花开花落。风来，在飘摇中依然脚步铿锵；风去，在劫后余生中重归心灵的平静。熬过命运的动荡起伏，走向生命的丰饶领地，才是生命的赢家。

*** *** *** *** ***

【管理情绪】

生活中,凡内心强大的人,似乎都有一个特点,就是能够时刻控制情绪,与情绪和解。一个人只有管理好自己的情绪,才能管理好自己的人生。生活中,谁都有烦恼时,当你把负面情绪传递给别人时,就会产生一系列恶性的连锁反应,害人害己。而一个人的内心变强,恰恰是从管理自己的情绪开始的。昔日拿破仑赞叹:“能控制好自己情绪的人,比能拿下一座城池的将军更伟大。”于是,我们要时刻有意识、有目的地告诫自己,让自己变得平和,让事情逆转,让自己成为情绪的主人。要想实现自己的梦想,就要调整好自己的感受,让行动与价值观相一致,少些冲动言词,多些温和语气。其实负能量也是一种能量,当你不再情绪内耗,学会了能量转化,建立起平和、积极、进取的能量场,好运会自然降临。《吸引力法则》告诉我们:“宇宙间

万物之所以能按照自己的轨道、规律运行，都是由于能量的牵引。”人亦如此，如果你心中充满正能量，你就会吸引阳光；如果你浑身都是负能量，吸引到的只能是怨气冲天的情绪。所以，要想拥有一个光明灿烂的人生，就要有力地控制情绪。

***　***　***　***　***

【飞跃的品质】

古人云：“怨天者无志，怨人者心穷。”一个人自己日子过得不好，怪完出身怪父母，却从没拷问过自己够不够努力；看别人升职加薪就吐槽怀才不遇，当工作任务真来了又开始推三阻四；明明自己背后嚼舌根，却埋怨同事们抱团有意孤立自己。这个人总抱着受害者的心态，只在外部找岔子，不愿内在找原因，既改变不了现状，也无益于自身的成长。其实怨天尤人的心态，是对责任的逃避，更是一种不作为的提前放弃。有大格局的人，遭遇挫折时，首先是反躬自省，绝不会推责于人。反省是一面高清的镜子，可以照亮心灵上的污渍。从别人身上找原因，是欺骗自己；从自己身上找问题，照亮了内心。其实强调问题就是弱者抱怨的托词，但正好却是强者的修炼场。抱怨是本能，解决问题才是本事。真正成熟的人，总是能直面自己的过错，认得清自己的处境，在失败中吸取教训，化不足为力量，不断壮大自己。凡刮骨疗伤的痛楚背后，都潜藏着新生的潜能；那些反思后的领悟，都会成为你日后进阶的路。因此，要调整自我，把自己从受害者的心态调整为责任者心态。当然，这种大幅度的转变，表面上看是伤筋动骨，但是，只要把固定型思维转变成成长型思维，就会是一个质的飞跃，是一步步走向成熟的开始。须知痛苦 + 反思 = 进步，这是飞跃的品质。

*** *** *** *** ***

【宽度与高度】

一个人心的宽度，就是人生的高度。心态决定人生，在现实生活中，我们控制不了遭遇，却可以控制自己的心态；我们无法改变别人，却可以改变自己，心态就是自己的主人。面临逆境，身处低谷，就会垂头丧气，那是浅薄的人生；面对挫折和打击，沉不住气，那是弱者的态度。人要有自信才能赢。当你不自信的时候，你很难做成事；当你什么也做不好时，你就更加不自信。若要破解这个恶性循环，首先要树立自信心。行动虽然不一定都会成功，但不行动则一定不会成功。一个人的目标是从梦想开始的；而一个人的成功则是从行动中实现的。所以，行动是成功的希望，唯有行动才能在黑暗中放射出光芒，能照亮你的心灵，点燃你自信的火花。

*** *** *** *** ***

【左手领导力，右手执行力】

一个有修养的人，往往是个低调的人，总是在无声处帮助别人，不会刻意去张扬。所以，被帮助的人不会有太多的心理负担。这种雷锋式的精神，让人舒服，既是一份善良，更是一个人优秀的能力。清代政治家刘墉说道："施与人，但不要使对方有受施的感觉。帮助人，但给予对方最高的尊重。这是助人的艺术，也是仁爱的情操。"生活中，有些人往往只图自己开心，却全然不顾别人的伤疤。而低调的人不一样，在矮个子的人面前，不谈身高；在胖的人面前，不谈身材；在皮肤黑的人面前，不谈肤色。这样看似小事的细节，其实已经反映出一个人的修养。一个人的强大，不是靠挑衅别人来体现的，而是靠帮助、体谅别人的难处来反映的。事物都是两重性的，当你站在自己的立场上去考虑问题，一想就生气了；当你站在别人的立场上去考虑问题，一想就通达了。其实，一个真正低调的人，更有他的修养艺术——左手领导力，右手执行力。

***　***　***　***　***

【新的世界观】

一个普通人想要变强，首先要做到心如止水，无论代表儒、道、法哪一学派，都得从思想上进行改造，没有什么是万古不变的真理。一个人只有经历了更多的苦难之后，才明白自己有多少的欠缺和不足。每个人在一开始时总以为只要长大，世界总有自己的舞台，而到最后看清了现实时才明白自己是多么渺小。一个人一路走来，过于相信自己的心境，不注重自己的能力。他/她认为有了一腔热血，对事物就可以充满自信去挑战，可又突发奇想，要是在一腔热血之前，就有一种如水般的性格，

老僧入定般的谋略，那么，年龄的增长就不是大的问题了。所以，这个世界就有了天才之说。可是到了暮年才明白的道理，却总会感叹时不我待，上天也是不解风情。如果这种能力在青少年时期就有，那么，这种心智成果，会不会算是逆天改命。但是，这些论点始终回避不了现实，否则，人生从少年到暮年全是成长和历练的过程，不计成果，那岂不是什么建树都没有，也就失去了成长和历练的意义了。当然，一个人世界观的改造，也并不完全要以历史文化为基础，可以借鉴别人的文化改变自己，从量变到质变，更可以用心打造自己的三观，建立一个新的世界观。

*** *** *** *** ***

【在度量里成长】

人的心量有多大，人生的成就就有多大，这似乎形成了规律。心量者度量也！不为一己私利去争斗，不存嫉妒恨及报复之心，则心底无私天地宽。有了这样的心胸，涵养也就积淀而来，使人严肃而不孤僻，活泼而不放浪，热情而不轻狂，和气而不盲从，从而改变自己，成为塑造自己的工程师。世上事，不管我们愿不愿意都会发生；有些人，无论你喜不喜欢都要面对，因此，这个世界，遇到的所有人和事，都不以我们的意志为转移。愿不愿意，喜不喜欢，该来的会来，该到的总是要到，不能选择，也无法逃避。于是，我们能做的就是要学会适应、接受、处理、放下。一个人真正的强大在于内心的强大，而能否承受挫折和打击是衡量内心是否真正强大的标准之一。人生就是一个不断突破自我，不断学习的过程。想，都是问题，做，才有答案。所以，调整好心态，时刻提醒自己，要想优秀，必须在度量里成长，不忘初心。

*** *** *** *** ***

【心性】

人的求知欲望越强烈，越会有饥饿感，有了这样的心态，就会不断进取，不断提升，成长自己，突破自己，日益精进。学问并无止境，只有努力学习，谦虚谨慎，戒骄戒躁，积极进取，才能出人头地。然而，这个世界，有这样认知的人不多，看了几本书，便希望自己能够出口成章；跑了几天步，就觉得要瘦几斤。一旦看不到效果，便灰心丧气。人与人之间的差距，其实不仅仅在于智商和情商的高低，更在于心性。一个心性沉稳的人，一定是不骄不躁的人，劈波斩浪，行稳致远。《老子》云：“胜人者有力，自胜者强。”一个能够战胜自己的人，才能管好自己，做自己命运的主人。当然，管好自己，不是盲目地约束自己，而是用理性来克制不正确的欲望，用理性来控制情绪，以达到自己既定的目标高度。另外，在待人接物、为人处事上，哪怕再亲近的关系，也需要用心经营，切勿自高自大，肆意透支求知以外的感情，则会事倍功半。

***　***　***　***　***

【上坡路】

正确的思维方式，要比努力更重要。人与人之间最大的差距就是思维方式的不同，野性的思维就是如果你要选择一条路，就会选最难的那一条。因为难走的路，才是上坡路，是有助你成长的路，别人望尘莫及，唯有坚持到底，才会让你收获更大的成果。这个社会越来越现实，丰富的抽象性词语已经不适合现代社会的急躁情绪，只有能一针见血地点明事物本质的话语才是最有意义的，不同的思维，会作出不同的指向。人生成长过程需要做加法，而成熟过程则需要做减法。不断选择，放弃，再选择，再放弃，筛选出既艰难又光明正确的路。这样的路不仅内卷少，还具有刺激性、挑战性，成功的成果也远超那种简单的路。人生要有梦想，但是，要符合客观实际的条件，遵循客观规律和自然规律。反之，如果梦想不切实际，一定会让你跌得粉身碎骨。只有认真对待现实中的问题，才有可能真正改变自己的人生。遵循自己正确的思维方式，走一步，看二步，想三步，没有人或者很少人走的路，一定是艰难的路，道路虽然狭窄，但也是竞争少的路。

*** *** *** *** ***

【没有走不通的路】

人在成长过程中，总要经历过无数次的丢脸，才能给自己几次的长脸。坚持了，如果上苍还没有帮助你，那它一定相信你是可以的。人生就像骑自行车，骑车的主要技术是保持平衡，而想要保持平衡，就得往前使劲走。做人并不是处处退让，才可以换来平安。殊不知退让带来的基本都是得寸进尺，换不来尊重和同情。唯有抓住正确点据理力争，维护公平，表现出一点锋芒，人家反而觉得你是对的，才不敢小觑你。所以，不要把自己的软弱当成乞求可怜的筹码，展示给别人看，不要把自己的狼狈述说给别人听。因为根本没有人会觉得你可怜，只会觉得你很没用。做人底线只有不卑不亢，坚持真理，努力学习，强大自己。唯有内心强大了，才无惧别人的白眼。这个世界，如果你不够优秀，人脉是不值钱的，它不是靠你表现得有多虔诚追求来的，而是靠吸引而来的，磁场越强，吸引力越大。只有等价的交换，才能得到合理的支持和帮助，虽然看起来很冷酷，但这是事实，也符合现代的价值观。真正的人生核心就是前半生拿健康换金钱，后半生拿金钱换健康，任你有多强大、多能耐，也逃不脱这个逻辑。不要指望谁陪你一辈子，没有光照的时候连影子都会离开你。然而，人生因为在乎，所以有痛苦。世界上只有想不通的人，没有走不通的路。

*** *** *** *** ***

【起点与目标】

决定我们人生高度的不是你的起点在哪里，而是你的目标在哪里。有了目标，当你朝着目标，在黑夜里走过很长的路，抬头时自会看见满天星辰为你发光。然而，总是有人一味地追求快速发展，但是只会让人在急躁中犯下拔苗助长的错误。见小利而误大事。这个世上，为什么顶尖的高手，都是长期主义者，他们深知没有前期持久的厚积，就没有最终的薄发。人生路没有一帆风顺，因此，不要随便选太好走的路。人生道路虽然漫长，但紧要处常常只有几步。可就是这关键的几步，却让人与人产生了巨大的差距。人生的苦难其实是守恒的，你越选择逃避，它越会在将来某一天让你加倍偿还。与其在你最好的年华选择安逸，让后半生承担更多的苦痛，还不如鼓起勇气主动选择走艰难的远路，为未来实训、实战，多做一些铺垫。当你熬过无尽的黑暗时，黎明的曙光就在你的面前。

*** *** *** *** ***

【正义与扛责】

一个真正优秀的人，善于反省自己，虚怀若谷，一旦出现问题，首先自己纠错，不断完善自己，获得精进。只有那些见识浅薄者，总是自以为是，认为错误只是别人，还喜欢苛责别人，结果只会导致自己一错再错。但是，在现实生活中，总是有人喜欢站在自己的立场上，居高临下地看问题，如此思维，不但引起别人的不满，也更难以认识到自身的错误，结果是离心离德。生活中，一个人是否有正义感，就看他是否愿意承担属于自己的责任。否则，尽管再巧言令色，也终究会被社会所唾弃。古人云："人非圣贤，孰能无过。过而能改，善莫大焉！"人有过错，并不可怕，可怕的是顽固不化，误人害己。但现实里总是有人习惯于推责于人，觉得一时快感，殊不知自己已经在错误的道路上，越走越远。孔子教子贡曰："君子之过也，如日月之食焉。过也，人皆见之；更也，人皆仰之。"所以，唯有一颗正义的心，勇于面对、扛责，才能迎来崭新的自己。

*** *** *** *** ***

【固执的根源】

生活中，固执，并非偶然，是因为无知而产生的。越是无知，越容易受到思维的局限，从而坚持自己所认定的一定是正确的，这便是固执的来源。认知过低，导致思想僵化，酿成了惯性思维。长期用惯性思维生活的人，很容易掉入自己思维的陷阱。认知越低，思维方式越单一，时间久了自然就很难跳出惯有的认知，故带来一定的约束。一个人见识太少，就导致认知上限下降，便很难突破自己的制约。在现实生活中，真正经历过的人才明白，人生不圆满是常态，会充满各种不确定性更是常态，世界从来都不是我们想怎样就能怎样的。明白了这个道理，就算没有见识过更大的世界，自己的认知也不会受限，渐渐消融固执己见。反而那些认知广阔明白这个世界凡事总有无数种可能的，他们愿意试着接受自己所不理解的一切，因此，也就不会再固执了。

***　***　***　***　***

【鹤立鸡群与鹤立鹤群】

从一个普通人变成一个厉害的人，也自有它的定律的。人是群居动物，任何一个地方，难免会遇到鱼龙混杂的群体。但是清者自清，浊者自浊。一个厉害的人，自始至终都是一个有影响力的人，处处都是率先垂范，影响身边的人，并且还有预期的效果。厉害——这个词语并不是自封的，是经过朋友圈认可，全社会认同的。当然，近朱者赤，近墨者黑。凭借自己的一己之力，是不能改变大环境的，但是，可以做些促进改变的作用。有句成语——鹤立鸡群。时代不同了，中华文化也应当随着发展的方向改变。鹤在禽类里本身就是高大上的形象，立在鸡群里，鸡当然是仰视的，此时的鹤当然是得意非凡。所以，鹤应当立在鹤群里，这样才能见高下。一个人若在不同领域里说得天花乱坠，当然你是最厉害的。因为别人听不懂你的专业术语，你就是最厉害的。如果你到同领域里还有这样的底气，才是真正的厉害。子曰："生来就知，乃上等智慧；习后才知，乃二等智慧；遇难才习，乃三等智慧；遇难了还不学，乃是下等智慧。"厉害的本质并不是固有的，它可以主动争取，实现梦想。谚云："台上一分钟，台下三年功。"你想要使自己变得厉害,就要一个人默默地蓄力,独善其身,炼好自己,破茧成蝶。中华文化也需要不断更新,不断进步,到时候也可以把鹤立鸡群改成鹤立鹤群,从你开始。

*** *** *** *** ***

【磨难与坚持】

凡事贵在坚持,实乃成功之要素。《荀子》云:“故不积跬步,无以至千里;不积小流,无以成江海;骐骥一跃,不能十步;驽马十驾,功在不舍。锲而舍之,朽木不折;锲而不舍,金石可镂。”生活中,坚持虽不易,可达者,皆成巅峰。所以,首先是知识能够虚心学习,点滴积累,以坚持为奠基,才能遨游世界,谈笑间,挥斥方遒,那种指点江山、激扬文字的慷慨大气,可以在此时蓬勃表现。所以,坚持是一个人进取的动力,是成功登顶的阶梯。人生凡事能够坚持到老,其心情则达到至高无上的境界。人生道路,既崎岖又平坦,在坚持的人面前,它是平坦的,因为所有的磨难都被坚持的毅力所化解;而在没有毅力的人面前,它是崎岖的,困难都是拦路虎。是故,修一颗坚持的心,方能在风雨来临之前不动摇,若能将坚持进行到底,那就是你的人生胜利,巅峰就离你不远了。

*** *** *** *** ***

【刻薄失去的是未来】

人总是会在自己想不通的事情上,有太多的执念,扮演着完美主义者。如果学会用宽容的心态去看待事物——海纳百川，有容乃大——自己便会豁然开朗，轻松得多。宽容与刻薄相比，自当选择宽容，因为宽容失去的只是过去，而刻薄失去的却是未来。凡事讲求因果，用平常心去对待，生活便会给你带来更多的惊喜。这个世界，人与人之间的感情是需要平等的，不是一厢情愿，而是双向选择，绝不能强求对方服从自己，越严酷，越要冷静，执念替代不了感情。原谅自己的过去，就是在重新认识自己，有了新的认识，所有的执念都会随之改变，给自己再一次开始的机会。三十年河东，三十年河西，我们所失去的，便会以另一种方式弥补回来。人生苦短，让自己旷达快乐才是最重要的事情。学会放下，改变执念，渐渐也就看淡沉浮。要有唐代李白“天生我材必有用，千金散尽还复来”的气度和心态，自然也就无比轻松了。

***　***　***　***　***

【以心生相】

古语“相由心生”是指你的脸，藏着你内在的气质与修养，在一定程度上就是你性格的折射。一个人若爱发脾气，眉头特别容易紧蹙；性子急躁，眼神就很慌乱，给人的感觉就是不安定；一个待人友善的人，嘴角的弧度就会自然上扬、面部的表情就会呈现温暖柔和的一面。生活中，看一个人的人品与教养，不是看其身上有多少钱，官位有多高，而是看其是否能够尊重每一个人。《礼记》云：“君子不失色于人，不失口于人。”不失色是指为人的雅量，难得的修养；不失口是指一个人出言时谨慎守诺；有一颗善良的心，总能站到对方的角度和立场，去考虑问题，人前常颂人好，人后不论人非，更不会揭人伤疤和短处。深谙良言如春，恶语伤人之道，待人宽厚，相处起来，如沐春风。一个心中有阳光的人，能容万物，不乱于心，不困于情，不缠于物。以宽容引导宽容，以温暖传递温暖。用温暖的文字抚慰心灵，用热爱的观点启迪思想。凡事乐观以对，遵循要做事，先做人的原则。随时以阳光的心态做事，拿得起，放得下，成了生活的赢家，以心生相。

***　***　***　***　***

【悄悄磨砺为了闪亮登场】

人生是一场修行的过程，不管你优不优秀，总有人鄙视你，而你又不甘平庸，在这场修行的过程中学会修心，练就自己一颗强大的心，默默提升自己，争取获得更大的成功。这是一个矛盾共同体，是低谷和巅峰的博弈，当你处在人生低谷，或者落魄时，遭人白眼，越是遇到这样的小人，越要自己沉得住气，一笑了之，方显气度。因为与小人计较，无形之中把自己也陷进小人圈子里了，容易迷失方向。当然，要打破这个僵局，就要让自己变得更加强大，要付出比别人更多的努力。昔日美国国务卿赖斯，还是小女孩时跟随妈妈逛街，走到大酒店门口，见一个人想进酒店，可被阻不许进。赖斯不解问其母，母答因为他是黑人。赖斯问要怎么做才能与白人平等，母答你要付出比别人多十倍的努力。赖斯又问要怎样做才能超越白人，跻身上流社会。母答你要比别人多付出二十倍的努力。于是，赖斯成功了。如是，当你

闪闪发光站在别人面前的时候，就什么都不用自己去解释了。所以，一定要自己内心强大，先吞下委屈，不去与别人计较，而是默默努力，沉淀自己，悄悄磨砺，才能闪亮登场。此时，全世界都会为你让路。

【成长需要贵人引导】

这个世界，物欲横流，人们都在一次次内卷又内卷的竞争之中度过，才渐渐明白跟对领导很重要。一个愿意教你怎么做事，放手让你做的领导，绝对要珍惜，也许这就是所谓的贵人相助。一个愿意帮你交试错学费的领导，说明已经看到了你的潜质，帮助你成长，希望你尽快成长，给你提供一个良好的平台。领导把一大堆的问题交给你去处理、解决，这是给你的机会，问题就是机会，也就是你脱颖而出的机会。相对而言问题愈多，机会也愈多，因此，遇到问题要先冷静思考，如果只会向领导反映问题，那是初级水平；向领导汇报可行性报告，附上处理问题的意见，供领导参考，向领导提出处理意见的方向，这才是高级水平。一个人的成功离不开平台，由平台产生团队，在团队里做好该做的事，影响别人。这个世界，没有一个人能够独立撑起整片天空，需要团队力量的支持，才能让你充分发挥，实现自己的目标。须知离开了团队的平台力量，其实你什么都不是。但是，任何平台都不是为你养老而建的，而是自己要有足够的认知，激发斗志，越会处理问题，你的进步就越快，影响力也越大。但是，让你享受工作带来的荣誉和影响力，同时要承担相应的责任和委屈，一步步攀登。

*** *** *** *** ***

【共鸣】

人与人之间的关系，重点应当在我。从我出发，构建和谐的关系。那么，既然重点放在了我的上面，我们就应该从中反省并自知，与人共生共存还是求同存异，那是一道永恒的人生课题。生而为人，要突破自我，必须先打破认知。所以，任何事情和情绪都将影响你，成为你的执念。但是，如若信任也是一个执念，要打破，不归责于人，而是自己明白，是自己的眼光和期待出了问题。那么，人与人之间的关系，也增加了和谐的难度。但是，明白了一切都要从我开始，从我出发，就会被社会赋予信任和更多的期待。人性其实并不悲哀，取决于人们如何看待。对别人不苛求，才能释然，不会深陷；对自己有要求，不能唯我，才能清明。人这一生我们可以做错，也可以错过，但不必苛责和强求，远方不远，以我为起点，携起手来，去探索这个世界，得到共鸣。

*** *** *** *** ***

【别人尊重你，不是你很优秀，而是别人比你更优秀】

人类的情绪大多是重复且没有意义的。每个人都有自己的能力圈，都有适合和不适合自己做的事情，你要做的就是把适合自己的事情做到极致，远离那些不适合自己的事情。过度重视自己的情绪，会局限你的眼光，拖住你的脚步，让你更加敏感脆弱，不是你的感受不重要，而是这个世界太美好，诱惑太多，值得探索的事情也太多。人到中年，人生半坡，不再有美丽的容颜。精力渐衰，思虑繁多，生活只有负重前行。然而，褪去了青涩，打磨了莽撞，中年何尝不是人生继续奋斗的年龄段。经过时间的洗礼，智慧而清醒，成熟而稳重，能看破红尘，更能坚定自己的意志。这个世界，虽然有种种的不公平，但公平的是，每人每天都有24小时恒定的时间，怎么使用好这24小时，就决定了你是活在哪个世界的人。这与能力圈有关，与情绪无关。世上事并不是每一块钱都跟你有关，别人尊重你，不是因为你很优秀，而是因为别人很优秀。因为优秀的人更懂得尊重别人，他是在对人恭敬，也在庄严自己。

*** *** *** *** ***

【自渡与人渡】

伤害，有时候也是一场历练。面对伤害你的人，你要做的不是指责，和他拼命斗争，力图挽回颜面，而是将对方的鄙视和奚落当成磨炼自己的一块垫脚石。越伤害越坚强，将你遭遇的苦难转化为奋斗的力量。我们还要感谢伤害你的人，感谢打击你的人，感谢他们给了你锻炼和提升的机会，磨炼了你的心志。其实当一个人受尽委屈，遭人打击得越严重越会把你的潜能激发出来。要改变你的世界观，首先得改变自己的心态。生活是靠自己创造的，每个人都会时常面临来自生活、工作和社会的各种问题。因此，我们的处世方法、工作态度、思维方式、努力程度和心态信念等都在决定着我们一生的成败。如果你害怕遭到别人的嘲讽或打击，把精力用在极力掩饰上，那就刚好助长了别人对你的打击。所以，生活中，爱过我们的人和伤害我们的人，都是我们自青春到暮年存在的意义。当你永远对这个世界心怀希望和热情，那么你就会发现，不管是爱你的人或是伤你的人，到头来都是渡你的人。

***　***　***　***　***

【小树的成长】

一棵小树种下，要想使它成为大树，需要具备五个条件：时间、稳定、根基、向上长、向阳光。绝对没有一棵树苗种下去，马上就变成大树的。它得经过岁月刻画年轮，一圈圈往外长，之所以能成为大树，须经多少的风霜雨雪，狂风骤雨的摧残，日深年久，屹立不倒，一年一年的增强而成。而人也一样，要想成功，一定要给自己时间，时间就是成长的基础，通过你的磨砺、积淀、挫折和打击，积累经验，成长自己。挫折是人生成长的磨刀石，也是人生蜕变的开始，挫折愈多，成长愈好。所以，我们还要感谢打击你的人，谢谢他们给了你锻炼、提升的机会。任何学习，都不如一个人在受尽屈辱时学得迅速、深刻和持久，因为它能使人更深入地接触实际、看到残酷的现实、了解社会，使自己得到提升、锻炼，学习小树曲折而复杂的成长过程，从而为自己铺设出一条成长成功之路。

*** *** *** *** ***

【正能量】

人的思维是有不同层次的，它们像一道无形的墙，阻碍了原本思维的畅通，让你看不清自己的内心。因此，要不断升级认知，打破思维壁垒，使自己顿悟。生活中，人们往往喜欢追求安全感，而安全感的本质其实不是你真的安全，而是你已经不害怕危险，敢于面对困难。有时候打败我们的，往往不是外界的压力，而是自己内心的恐惧。在这个不断变化的现实世界里，唯有不断更新、坚持学习，发挥别人所没有的坚韧的毅力，掌握了主动权，才能拥有真正的安全感。生活没有永远的失败，只有不敢开始的懦弱。热情永远是人生最好的助推剂，只要有绝对的信心和决心，就会不知不觉地从自己的底层思维中走出来，因此，我们再也不能用学生时代的思维来适应这个不断内卷的社会，也无法用20+的人生经验来指导30+、40+的自己，唯有向下扎根，向上生长，才是正能量。

***　***　***　***　***

【寂寞中成长，孤独中强大】

生活虽然有苦有累，但也处处有风景。熬过了这些苦与累，就会收获阳光，迎来幸福。苦，才是人生。人生百味犹如茶，会苦一阵子，但不会苦一辈子。成年人看明天，学子们看高考，在遭遇过生活的毒打之后，似乎发现读书才是改变命运的最好方式，它可以帮你翻山越岭、提升认知，同时还带领你从狭隘的角度走向广阔的天地，见证繁华的世界。所以，熬，可以出众；不熬，只有出局。蝉，要在暗无天日的地底下生活三年，仅靠树木根部的汁液生存。它忍受着非凡的孤独和寂寞，经历了一千多个日日夜夜寒暑地气的磨炼，然后破茧而成知了，等阳光出现的那一刻，振动双翅飞向天空，获得自由。好的人生，是在寂寞中成长，在孤独中强大。这个世界，不是所有人都懂你，在静寂的背后，只要自己苦心磨炼，默默耕耘，强大自己，心中有目标，一步一步攀登。一颗心就那么大，简单一点，把心上不必要的东西清空，才有空间容纳更多的精彩。

***　***　***　***　***

【一次失败，也是下一次成功的开始】

罗马城并不是一天建成的。同理，一个人的成长、成熟，也需要循序渐进，一步步走向成熟，这就需要靠自己努力，慢慢积累，积极进取，让自己脱胎换骨，化茧成蝶。所以，在人生路上想要让自己变得优秀，首先要有耐性，通过千锤百炼，持续精进，做一个深耕者，积蓄力量，蓄势待发。古今中外，每一个成功者在他大成之前都会默默在黑夜中独自前行，他们依靠持续精进以及保持耐性，让自己拥有了一颗强大的内心，经得起也能够接受得起最坏的考验，这才是一个强者最应该有的心态。一个人受到了一次挫折，就会得到一次教训，也让自己增加了一份智慧。所以，人生路上，想要让自己变得更厉害，一定不能惧怕挫折和打击，更不能一遇到困难就悲观、沉沦。在现实生活中，你拥有什么样的心态，也就决定了你拥有什么样的命运。真正厉害的人不会将一次失败当成结束，而是把每一次挫败看成是下一次成功的开始，纵使失败依然顽强地站起来，重新分析、总结、复盘，寻找出口，准备着继续前行，寻找成功的方向。

*** *** *** *** ***

【深耕自己】

一个人活成什么样，是由自己的眼界、认知和见识决定的。你接触到的人和事，接触了强大、可怕和高水平，此时，才明白自己是什么人，离优秀还有多少差距，才大吃一惊，顿悟自己的欠缺和不足。客观上自己这个词语,是看不见的,撞上别的什么,反弹回来,才会知觉,这是物理现象。所以,跟优秀的人在一起,更容易认识自己,更让你觉得自己的渺小。一个人如果思想狭隘,在封闭的环境里待久了,其想法、学识、性格都会停止流动。而优秀的人,能打破你的固执与保守,成为引领你前进的动力,走向更好的磁场。如果说成功有捷径的话,当一面深耕自己,一面与优秀的人一起同行,获得更快更好的成长。然而,相遇本就不易,相识更要珍惜。路,和优秀的人一起走,才能长远;事,要和靠谱的人一起做,才能妥当;日子,要和懂你的人一起过,才是值得。余生不长,与三观同频的人同行,将生活过成诗,从容地到达远方!

*** *** *** *** ***

【顿悟】

磨难,似是一个恐怖的词语。当磨难降临时有些人从此一蹶不振,有些人却涅槃重生。然而,磨难却又是人生必不可少的经历,它有可能是我们一生之中最珍贵的礼物。磨难,其实也是一个让人不断反省自己的过程,人生成长的过程需要不断地反省,在磨难中反省,才会让我们更加刻骨铭心。而自省就是一个不断修正自己的过程,从内在寻找失败的原因。古人云:“学须反己。若徒责人,只见得人不是,不见自己非;若能反己,方能见自己未尽处,奚暇责人也。”磨难,就是一种对我们的指引,也是对我们的另一种鞭策。人生只有在经历一些大起大落与挫折时,才能顿悟,才能更好地磨炼与萃取自己。当我们在经历磨难困苦的时候，最容易迷失方向，因为不静则乱。因此，唯有静心修炼，才能修出更大的抱负。况且人生最大的隐患不是磨难，而是顺风顺水。毫无波澜的人生，只会让你更容易迷失自我，浸润在这种顺境潜藏的危机之中而不自知。人生唯有经历了千锤百炼，才教会我们不同凡响的生存之道，让我们更从容面对生活。

***　***　***　***　***

【不能让自己停止成长】

生活中，总有很多不可控的因素，使人陷入困境。但是这个世上从不缺让你的世界天翻地覆的事情，重要的是你能不能临危不惊，扛得住事。遇事不逃避，不轻言放弃，迎难而上，即使失败了也有从头再来的勇气。因为你不必急着立刻赢，但是现在不能输。古人云留得青山在，不怕没柴烧。先稳住当下，控制住局面，不让情况恶化，然后积聚力量，待机出击。所以，一定要有忍耐力，耐得住性子，是不让自己停止成长的一个重要因素。具有成长型思维的人，认为能力可以通过努力和学习来获得，而耐性往往是要含笑在挫折中与人过招，从中汲取营养，将挫折视作对自己的铺垫，倒逼自己的优秀。凡事可以做最坏的打算，但要抱最好的希望，才能产生活力和动力，这也是一种成熟。人，不需要有很多的过人之处，能扛事就已经是满分的才华横溢了，就像一棵大树，历经四季风霜雨雪的摧残，却依然挺立。

***　***　***　***　***

【为别人铺路】

年轻时，往往锋芒毕露，得理不饶人，这是致命的缺点。当经历得多了，才渐渐懂得说话、处事、为人都要有尺度。真正成熟的人，都懂得说话留德，做事留心，做人留路，处世留诚，人生留白。这是人生处世的艺术，就在这方寸之间。尤嘴上留德，掌握分寸，才能彰显你的智慧，展现你的人品，也成就你的未来。有些事其实并不复杂，关键看你以什么态度去对待。无论做什么事，认真与不认真，得到的结果都是不一样的。一次的敷衍或马虎，看似只是对事情的不负责任，其实是对自己人生的不负责任。在这个世界上成功没有捷径，唯有潜下心来，专注去做，方能取得不平凡的成绩。俗语云：上等人帮人，中等人挤人，下等人踩人。当你炼到有一定的内涵，格局大了，自身强大了，自己过河了，也不忘为别人铺路，从此你的人生之路便会越走越远，越行越稳。

***　***　***　***　***

【寻路】

人人都渴望成功，实现梦想，但是最后真正能实现自己目标的往往只有少数人。很多人虽然勤奋努力对目标赤诚，但由于对自己的人生目标缺乏规划和设计，更没有管理意识，只是认为自己已经付出了很多，可收获却很是有限。于是，只有情绪的扩张而缺乏对自己处境的评估，更缺乏适者生存，优胜劣汰的自然法则的认知。须知一个人成功的背后，不管受尽了多少的苦难和打击，仍然始终不懈地努力，还要微笑着面对生活的辛酸，在克服困难的过程中砥砺自我，不断超越。这需要强大的心理素质和牢不可破的信念做支撑。一个人要想改变自己这种朦胧而毫无建树的局面，首先要静下心来，切勿浮躁，专心去研究成功者背后的历史，找到正面的思维方式，要有自信心。在别人怀疑你的时候仍然坚持；在怀疑自己的时候找到力量，要做人群中最优秀的那种人，每一天都在创造自己的历史。这个世界，真理有时掌握在少数人手里，要走出自己的路，应当选择别人还没走过的路，去做那些别人做不好的事，只有与众不同才能出类拔萃。

*** *** *** *** ***

【不妄取，自是乐】

生活本不苦，苦的是欲望过多；心本无累，累的是放不下的太多。越是看得重，失去的越多；越是追求多，越难以快乐。人生是苦海，一切痛苦都是执念。世间万物，一切都只是一场虚妄，在这虚妄之中，世人总会因为主观的错误执念，而给自己带来无休止的痛苦和烦恼。须知宇宙自然，随缘起灭，来来往往，皆是虚妄。万事万物不论长短、苦乐，到头来都是一场空，而你最终得到的只是一平尺而已。世人迷茫，事事贪婪，以为是乐，名之为求，实则不知执念之苦，乃是所有痛苦之根源。做人有如饮酒，半醉半醒最适宜；做事如执笔，半松半紧最自然。人生最好的状态就是莫强求，不妄取，贵在自知与自然。无所求，便会无所不有，内心知足，方可留住真正的幸福，才是真实的生活写照。

***　***　***　***　***

【责人易，识己难】

人生从成长到成熟，是一个漫长的过程，这个过程其实并非全是年龄的增长，更是一个人智慧的结晶。时间如流水，生命似光阴，总是在不知不觉中慢慢走向衰老，所以，人要活出质量非常重要。愚者喜欢反驳；智者善于反省。喜欢反驳的人，往往会活得越来越不像自己，不知道自己究竟要过上什么样的模式，没有明朗化的感悟态度；而反省自己，也并不是不讲原则和底线任由别人践踏自己的尊严。只是告诉自己要以最低的成本来化解一些问题，以最好的状态来对待值得去做的事情。《庄子》云："井蛙不可语于海者，夏虫不可语于冰者。"与认知水平不同的人在一起，三观当然也无法一致，若遇到这两者在一起，只会让反省者受伤害。而善于反省的人，总有一定的格局，会选择站在大局观上看问题，包容对方，不会在语言上胜过对方。否则，那就是情商低的拙劣行为。聪明人不怕遇到问题，就怕遇不到问题。即使遇到问题，也是先反省，审视自我，再作出判断。因为成功者的目标，不是让别人相信自己是对的，而是搞清楚谁是对的。世上事，指责别人很容易，认识自己却难。但是，好在人之强大之处在于：可以慢慢减少评价别人、反驳别人的习惯，通过反思、改变自己来创造属于自己的可能性。人生最终的价值,在于觉醒和思考能力,而不只是生存。

*** *** *** *** ***

【不乱于心,不困于情】

走过半生,我们经历了很多人生风雨,看透了很多人心的转变。面对人生的态度,不再是充满愤怒的咆哮,更多的是冷静的沉默。这个世界,很多世事,不是我们能够预料的;很多困难,也不是我们能够避免的;很多人心,不是我们能够琢磨的;很多成败,不是我们能够决定的。因此,我们要学会看淡,因为只有心里不再有执念,才能让自己的心清零,回到最纯粹的生活,不羡慕、不讨好,实实在在做好自己。人过半生,回忆往事,想想实为可笑。想要的东西越多,自己内心的想法就越多,自己的欲望就越多,负担就会越重。最后,把所有的压力都放在自己的身上,让自己的人生再也无法腾飞。每个人都有自己的青春年华,但终究敌不过岁月的无情。因此,人生活得越是简单,就越能感受到纯粹的快乐。既然无法改变,那就欣然接受,不乱于心,不困于情,顺其自然,就可以活出不一样的精彩。

*** *** *** *** ***

【静音模式】

年少时希望自己尽快长大、成熟;老年了希望自己的心态重回童真。回想起孩提时代实为可笑又可爱，多么地美好。难过了可以哭，可以去倾诉，希望得到大人的支持。越长大，越是害怕把自己内心最真实、最软弱的一面展现出来。可人们都喜欢积极向上的人，而不喜欢只知道抱怨、倾诉的人。当你在摔了几跤之后，经历了很多事情，看清了这个世界，也看清了自己，才明白社会是那样的现实——残酷且无情。既不允许骄傲，也不可以焦虑，遇到了问题，要自己默默承受，自己疗伤，自行消化。于是，懂得了真正的成长，就是把哭声调成静音模式，即使再苦再难，都要自己去面对风雨。一个人只有控制了情绪，才能掌控人生的主动权。即使在不美好的日子里，也要坦然面对，也要学会自愈，只有你内心足够强大，才可以战胜一切。

***　***　***　***　***

【大辩是不辩】

年轻时，总以为自己成熟了，其实不然，那是年龄的递增，是顺其自然的结果。通过社会的磨砺，经历了世事的沧桑，渐渐明白了一个人的成熟，在于遇事的心态，以及处事的能力。真正活得通透的人，小事不争，大事不怠，苦事不屈。一个人的心胸是否豁达，往往表现在一些小事上。他们的认知就是：当争端来临时，最好的处理方法就是先隐忍，让温和去关闭纠纷之门。《道德经》云：“善柔者不辩，善胜者不争”，就是这个道理。大事不怠者在于无一日敢懈怠，无一事敢马虎。一个人只有彻底戒除懒散，保持极度的自律，才能做出一番事业和成就。只有想通透的人，才会把全部精力倾注在唯一的目标上，持之以恒地做下去，不懈怠、不敷衍，终究水到渠成。所谓改变和精进，其实也都是持续坚持的结果。至于苦事不屈，那要看你有多大的毅力来坚持。铁是越炼越硬，人是越挫越勇。那些让你扛过的疾风骤雨，都会让你在千锤百炼中不断蜕变。当你见过了高山大海，就不会受困于眼前的琐事是非，遇事而不屈。当你的人生有了高度，所站的位置不同，看待事物的眼光也就不同了。也就是有了隙中窥月，庭中望月，台上玩月的气度。

***　***　***　***　***

【活出自己的模样】

这是一个人心跟着价值走的现实世界，是一个利益至上、利己主义的当下。事，越来越复杂；人，越来越浮躁。对于自己以外的人和事，期望太多，就是自我伤害。只有经历过才懂得，这一生除了自己谁都不靠谱。我们深知人性的不可直视，但我们必须接受人性丑陋的一面，看清它的存在。这个世界，为什么自私的人越来越多，而雷锋式的人越来越少，那是因为无私奉献的人太少了、迎合关系的人太多了，把自私的人惯起来了。当然，一个人如果不以恶意伤害他人为动机、以自律遵循的规则去努力，活成自己喜欢的样子，这样的自私还是应当被尊重的。在这现实的世界里，别人对你的正向影响并不大，负面导向反而不可预估。因此，我们尤要注重自己的成长和蜕变、面对与承受，积极进取。人生过程，无非就是全力打造和量力而行的并存体，唯有创造自我安全感最实际、最长远。当你周围的安静吞没了喧嚣，你才真的是你自己！

*** *** *** *** ***

【成长不是汇报】

一个人的价值之大小，取决于你的能力能否为他人解决问题，而不是能力本身，这是成长过程的质量。在现实生活中，你能为多少人解决问题，就说明你的价值有多大，也意味着你会获得多少回报。如果你的能力只能为自己的家人解决问题，那么，你的价值也就超不出这个范畴了。因此，一个人要想成就大事，首先要有大的格局。而大的格局是需要眼界和思维来决定的。机会并不等于成功，它只是一个契机，要想实现目标，达到目的，还需很多的因素及条件，比如资金优势、冒险的魄力、沟通的方式以

及对利害的评估等，并不像看上去那么简单，也不代表别人做此事也同样能够成功。当一个人做成功了一件事，正确的思维就是要想到在他成功的背后走过的路，付出的努力，就不是那么简单了。

***　***　***　***　***

【成长与改变】

人才都是熬出来的，本事往往也是逼出来的。而这两种的产生，是动力，而不是机制。但前提是需要有热爱，假如人类没有热爱，世界上一切伟大的事业都不会成功。热爱，反映一个人的觉悟，体现一个人的思想境界，是创业最具有活力的因子。环境是人创造的，但也需要人去改变它。我们可以接受不能改变的，但可以改变能改变的。你改变不了环境，但可以改变自己；你改变不了事实，但可以改变态度；你改变不了过去，但可以改变现在。当然，一个人的出类拔萃，需要全社会的认可。须知这个世界上，没有人会在乎你苦的过程，只会看到你成功的结果。然而，不想做的事总会找到借口，必须做的事总会找到方法。现实告诉我们，今天不充电，将来靠边站；今天学习不努力，明天学习来不及；不怕水平低，就怕读书少。所以，我们要像给自己的手机充电那样不断学习，不断提升，才能成为不落后于时代的人才。

***　***　***　***　***

【改变与成长】

当寒冬来临时，最好的取暖方式是接受和习惯寒冷。细细品味，醍醐灌顶。漫长人生路，难免遇到沟壑难填和荆棘丛生，既然无可避免，何不从容面对，尝试接受和改变。要想改变别人，应当先改变自己。一个人的心态若能改变，态度随着改变；态度改变，习惯随着改变；习惯改变，性格随着改变；性格改变，人生轨迹就跟着改变。这个世界，即使有最坏的局面，只要心态不崩塌，永远都有改变的机会。因此，当你处于最低谷的时候，只要能够保持韧性、重新振作，走的都是上坡路。尤在信息量爆炸的时代，很多人都丧失了静下心来阅读的习惯，万事皆依赖电脑及网络，可很多时候，能把我们从困境中解救出来的，往往还是书本上的知识。书籍是心灵的避难所，它能让你暂时忘却生命的苦难，解开精神的困惑和枷锁。因此，从书本中所汲取的知识，一定要比电脑上的更返古、更全面、更通透和更豁达。还可以用积极的心态去挑战，用健康良好的习惯缓解压力，完成自我的跃进。

*** *** *** *** ***

【蜕变与成长】

古往今来，凡蜕变的英雄，大多都是被逼出来的。然英雄也是由时势所造成的，时势是契机、平台，没有契机和平台，英雄就无用武之地。英雄由于被逼，变得坚强了，坚强了，忍耐了，成为自己一种独特的性格——自立。人生只有经受压力才有动力。

想要成蝶的蛹就要破茧;想要重生的凤凰就要涅槃。坚强练出自己的独自悲伤,不去乞求怜悯,唯有提升自己,获得实力。但一定不能骄傲自满,在追求美好的同时不要失去自我,始终做自己,不忘初心,真实的自己绝没有盗版。在现实生活中,凡坚强的人,最后都是成功的,所以,趁还年轻,一定要撑起属于你自己的那片蓝天,是马就应去驰骋疆场,是鹰就该去翱翔天宇,做好自己。

***　***　***　***　***

【后天的努力】

人的第一认知,只有婴儿知道,所谓知,就是知道了事物的意义和变化,无须逻辑推理。人的心智,来自你过去所经历的一切,逐渐形成了人类第二认知,于是限制了你内因的发展。人生的每一刻,都是变化的。你过去失败,并不代表现在要失败,也不等于未来会失败。你只有接受变化,才能从失败的心理阴影中解放出来,重新变得自信,客观地看待自己和周围的世界,才有助于你的下一次行动。然而,人往往总是在受到挫折时反省不足,若能寻找和总结出一些经验教训,下一次,用新的方式再尝试,就能慢慢地走出困境。有句话叫越挫越勇,如此反复,你的内心就会变得强大起来。一个人从出生,受到了父母基因的遗传、家庭环境的影响、教育背景的感染等,构成了你的后天基础。生活中的成功与失败,看似注定,其实不然,大部分还是在于后天的努力,你只有突破自己,破茧成蝶,才能改变命运。

***　***　***　***　***

【深度思考与成长】

喜欢从众的人，一般不会犯什么大错误，但同时也会与优秀绝缘。而真正厉害的人，往往喜欢较真，在看到一件事情发生的时候，会去做知其然，还要深挖知其所以然。所以，一个人如果不善于深度思考，那么，经历的事情再多，也只浮于浅薄，难以使自己茁壮成长。一旦有了自己的人生方向，那么，即使走得再慢，也终会到达终点。所以，真正的吃苦，并非只是“苦其心志、劳其筋骨”，就可万事大吉，而是摒弃诱惑，耐得住寂寞，朝着一个方向，不断精进，不断深耕自己。真正厉害的人，哪怕身处逆境，都不会怨天尤人，而是习惯于不断反思自身的不足，管理自己的情绪，做自己情绪的主人，用心补好短板，让自己变得更强大。凡是没有航行目标的船，任何风向都是逆风。一个人如果没有自己的目标，始终从众，那就是慢慢地随波逐流，到头来再清醒，已经是无可挽回了。是故，不惜在从众中选择、放弃、再选择，亡羊补牢未为晚也！

***　***　***　***　***

【勤奋的果实】

人生命运并非一成不变，全凭自己掌控。天上不会掉馅饼，唯有自己努力，不断提高，不断突破，才会迎来人生好运。生活本身就是一场因果关系，善有善报，恶有恶报。当你的才华撑不起你的野心的时候，你就应该静下心来学习；当你的能力还跟不上你的目标的时候，你就应该沉下心来历练。这个世界，你无论处在什么阶段，学习的脚步一定不能停歇，唯有不断地学习和提升自己，才会紧跟时代的潮流，破茧成蝶，不至于被社会淘汰。这个社会人活着，就是要活到老学到老，人生命运及层次就是建筑在学习的基础上，当你看过的书，学过的知识，都回馈到你身上的时候；当你比别人多掌握了一门技能的时候，你可能就多了一次选择的机会。谦虚好学，坚持到底，不懈努力，不断充实自己，就会遇到更多的机会，好运自然会眷顾你，掌握起命运也就得心应手，因为人生没有白吃的苦，有的只是勤奋的果实。

*** *** *** *** ***

【成长的动与静】

动与静是物理现象，若把它应用到生活中，就是要认真对待，处理好动与静之间的关系。人生需要动，但也需要静，能够做到动与静的完美结合，你就能收获美好的人生。动者劳动也！在现实生活中，有人说活得太累，乃是没有处理好动的正确运用。静者安静也！一个人的能力是从实践和学习中得来的，人生除了劳动，还需要思考、读书、学习技能和提升自己，这样就需要一个静止状态，悉心修炼。因此，人生需要有两个必不可少的朋友——运动和读书。前者的目标是创造价值和锻炼身体；后者是丰富自己的精神食粮。动是为了更好地静，静是为了正确地动，充实你的思想空间。只有抓住动与静两者之间的结合和平衡，才能使动静有序，动得了又动而有为。物质和勋章同样重要，前者是享受生活，后者是精神食粮，验证了动与静的关系与效力。

【成长的差异】

决定人生命运乃是同整个世界博弈有关。普通人一生追求的目标就是希望付出与回报能够成正比，但现实往往事与愿违。比如你读书学习很努力，可学霸不如你努力却仍然成绩高出你很多；你工作已经很努力了，但升职加薪的却是别人；你自以为对一个朋友付出真心，可换来的却是嘲笑和不屑。付出与回报成正比这个事没有可比性，它是人的主观思想和意图，并不符合客观规律。古人云："一分耕耘 一分收获"，理论上是对的，但要使它成正比，那是不符合客观事实的。所以，如果你一开始就抱着付出

与回报要成正比的心思，那结果没有让你如愿以偿，你一定会很失望，从此对自己的发展就不会积极奋进。须知你付出的多少和回报的比例，往往不是由你判定的。所以，人与人之间的差距，同样的时间，同样的努力，不代表结果就能够相同。唯有不吝付出，或许回报更多。

***　***　***　***　***

【健康与成长】

人生有如一场马拉松，看似在拼财力、能力、资源，其实还有更重要的东西——健康。长期坚持适度锻炼，保持健康平衡，不仅能让你充满活力，还可以调节心理状态，从容面对生活的无常。人生最大的成功，就是健康地活着。你对自己健康的投资，就是你对抗岁月的最好武器。有了健康的身体，你才有资本干点什么。社会在不断发展，安于现状，势必停滞不前，只有努力奔跑，才能越走越远。成长的意义在于增加人生阅历，丰富生命体验，不断觉察和自省，才能走向成熟。过去，我们已经走了很多路，积累了部分经验；以后，仍需不断增加阅历，提高自己的认知。每个人都会努力为自己创造有利的外在环境，当你足够强大时，外界一定会因你而改变。所以，有了健康的资本，就可以努力学习，无论是读几本书，还是获得新的知识体系，都是在拓宽你生命的边界，让你更好地丰富自己的人生价值。

***　***　***　***　***

【谨慎对待开始，认真考虑结局】

做人如种树，种下树苗，慢慢扎根，通过时间的延伸，由岁月刻画着年轮一圈圈向外扩张，成为大树。做人亦然，真正优秀的人，都是不动声色地努力，一年年，一日日，努力学习，积累经验，像大树一样，一旦扎根，茁壮成长。然而，这个时代，人似乎都很着急，急着成功，急着挣钱，急着出人头地。但是，真正的努力，并不是靠急着来完成目标的，而是定下心来，比如耐心读完一本书，磨炼一项技能，思考一个问题，等等。人生路长矣！急不可耐，解决不了任何问题，只要方向正确，苦点、累点，坚持到底，早晚会实现你的梦想。《左传》云："慎始而敬终，终以不困。"意指谨慎对待开始，认真考虑结局，才不会陷入困顿。一个人如果心术不正，急功近利，无论获得多大的成就，到头来就是无本之木，悔之晚矣！人与树同为生存而活，皆需向往高处的阳光，于是，其根就越要伸向黑暗的地底。根基是植物的生存支撑，而人岂能不是？我们需要的不是急着追求，而是执着追求；不是大声嚷嚷着改变，而是不动声色地努力。成功从来都不是唾手可得的，要想静待花开，前提是你得默默耕耘。

***　***　***　***　***

【成长的精髓】

凡事认准一个目标，然后向前推进，这是很多人认同的工作方法。然而，这还是片面的，在应对外部环境变化又要实现自己目标的同时，更要看到目标背后的问题。当你的能力还没有和目标要求相匹配时，你最好是蛰伏，多做事，少提要求，用心学习，挣扎着破茧成蝶，同时可以开始设计自己的格局了。有些路看起来很近，走出去却觉得很远，但仍然要耐心前行，否则永远走不到头。合抱之木，生于毫末，九层之台，起于累土。一个人的格局里藏着读过的书、走过的路、见过的人。见识多了，也就多一份自警、自律和自省。但是，忙碌并不是生产力，遇事先要冷静，深度思考，看事情的整体和系统，形成自己的闭环，去寻找底层逻辑和规律，化繁为简。让自己始终保持专注的态度，不至于陷入局部，更多地从深入全局和系统的角度去思考问题，透过现象看本质。让自己变强大的，不是人云亦云，不是征服别人，而是有效地建设自己，这才是成长的精髓。

*** *** *** *** ***

【低谷里的快乐】

当你跌入人生低谷时，好朋友们也许会叫你坚强，而且还要快乐。但是，在这样的情形下还要快乐，恐怕是太难为你了。不过你至少可以做到平静，不要总在回顾以前的荣耀，把自己推向知错不改的死胡同里。人生是一条有无限多岔口的长路，需要不停地做选择。未来可能还会遭遇种种幼稚的劫难，但至少已经有前车之鉴，不会再重蹈覆辙。因为思虑过多，而且只知荣耀不思危机，活在现在，又念念不忘过去，却又忧心忡忡着未来，岂不是把自己的人生编织成一个无情而复杂的网。人之一生，不如意事十有八九，乐观面对，调动一切积极因素，或许很快就能改变局面；若一味地怨天尤人，只对过去的荣耀欣赏，总想着改变外境来让自己快乐，显然不现实。与其投入虚幻的精力和资源来实现虚幻的愿望，还不如放弃幻想，静下心来调整自己的心态和思绪，虚心接受世界对自己的改变，哪怕在最低谷的时候也会有快乐。

*** *** *** *** ***

【信念决定，内核连接】

一个人爱自己并不只是物质条件的善待，而是要学会与自己的内核连接。当你懂得了自我连接，你才是人生的主人，主导自己的人生命运。所谓内核亦即信念，拥有了信念的人，也就有了人生为人处世的法则。信念来自我们对生命意义的审视和对生命价值的检验。然而真正的信念却是需要我们经历很长时间的探索形成，跟随着人牛基本的良知指引而来，并非一蹴而就。因此，想要成为更好的自己，首先需要强大的内在和信念，正确认识三观，哪怕面对无数的挫折都会依然继续向前。而真正的连接是要看到自我的信念，因为人生目标是由信念和心念决定的。信念越强，心念越勇，在受挫时也会勇往直前。好的人生是来自目标和信念的驱动，一个厉害的人早就深谙此道，会少走很多弯路，不会在这诱惑的世界里偏离自己的轨道，而是懂得掌握生命的内核连接，创造自己的精彩人生。

*** *** *** *** ***

【成长需要在事上磨炼】

条条大路通罗马，其实罗马并不是一天建成的。人之格局也一样，经过了多次的出局之后，才懂得怎样经营格局。然而出局并不是出圈，而是跳出以前的格局，向更高一层的格局跨越。然而，更高一层的格局也并非终点，它虽然通过不断实践而出，但仍然需要加强和补充。否则，不进则退。王阳明《传习录》云："人须在事上磨炼做功夫乃有益。若只好静，遇事便乱，终无长进。那静时功夫亦差似收敛，而实放溺也。"所以，一个人要想进步，只有在事上磨，磨出足够的经历与阅历，才有可能遇事不乱。否则，没有这些经历为基础，是很难突破自己的，更不可能跳出原有的格局，也没有更高一层的跨越了。一个人的命运是

由见识、认知、思想和思维诸多因素构成一个被固化的格局。人之所以无法改变命运，本质上乃是没有突破自身固有的格局所致。当一个人能够突破自身的局限，实现了见识、认知、思维等的颠覆与突破之后，进入另一个层次的格局，其命运一定会被改变的。

*** *** *** *** ***

【挑战失败，成功就在你下一个转弯处】

生活不是用来妥协的，失败也不是消磨意志的。失败了，要学会有效处理因失败带来的挫败感。人要有自信，自信才是战胜失败的动力，成功可能就在你下一个转弯处。人生道路是坎坷的，倘若没有决心改变，那坎坷很容易成为沟壑，然后吞噬掉你每一个希望，让你的信心慢慢消亡。所以，要鼓起勇气，发挥自己的潜力，积极去挑战失败。不要迷信别人的成功，其实自己并非输给了困难和坎坷，而是输给了迷茫。幸运的人，从来不是生来就有光环，而是在成长过程中建立了正确的方向，积极探索和进取，在成长中磨砺，在磨砺中成长，不断探索，不断进取，一步步走向巅峰。成功往往都是在失败之后产生的，学会了驾驭自己，不被内卷，去平衡失败与成功的交叉，更理性地对待每一次的得与失。当人的心态平和时，状态才归平静，此时，才能激发出更大的内在能量。所以，失败与成功的概率其实是掌握在自己手上的。

*** *** *** *** ***

【成长的蜕变】

一个人的成熟，不在于走过多少路，经历多少事，活了多少年，而在于成长过程中的品学质量。在漫长的人生路上，学会了宽容，懂得了珍惜，放下了仇恨，做到了不争。人生如路，路如人生，一步一个脚印，一路一种风景，经历一些事，遇到一些人，一点点成长、一点点强大，直至蜕变。须知这个世界的生存环境只不过是对我们产生一种间接影响，每个人的心灵并不完全合乎周围的环境，只活在自己的心灵世界里。要看这个世界如何，还是要看你以什么方式和态度去看待。人生最重要的是志向，是内心渴望的崛起，而不是外在条件的诱惑。人生的最高境界就是静心待放，要有十足的耐心＋毅力，否则，你还没有正式开始，就面临着失败的可能，还谈什么成功？

*** *** *** *** ***

【塔顶的风景】

成长，在于每一天的获得和积累；提高，在于自己的学习和努力。一个积极进取的人，不管成就多大，都依然需要不断提升自己，如果停止在原有水平上，就是在倒退，那么，离失败也就不远了。在现实生活中，小到言谈举止，大到三观、视野，以及人生态度，都少不了主动地提升自己。当然，成功的路不止一条，有勇气超越自己，超越过去，才有可能保持住正在改善的成绩单。这个世界，没有什么可以替代提升，在拥有意志力的人身上，才不会有

“滑铁卢”的厄运降临。人生就像金字塔,越往上走,感受的空间就越大,若不随时考虑提升,就很难在角逐的空间里生存,更无法欣赏塔顶的风景。诚然,有什么样的想法就选择什么样的目标。这是一个充满竞争的时代,要想卓越,就必须要提升。须知在到达金字塔的入口时就要考虑怎样在起点之前赢得先机。而人生最大的成功就是在未到塔顶的空间里努力蜕变和突破,走向塔顶。

*** *** *** *** ***

【心流概念】

思维方式不但能够决定一个人能走多远,还可以决定一个人的成就有多大。好的思维方式是探索世界的开始,对人们会有深度影响,它不仅能帮助人们打开思路,解放思想,更能帮助人们养成良好的思维习惯,成就自我。一个真正厉害的人,大都在人生成长中建立了良好的思维基础,对世界展开正确的探索。聚焦当下是一个心流概念,把目标范围聚集在一个焦点上,当你全身心投入一件事的时候,就限制了复杂的范围,明确事情的核心,不仅会让你产生强大的创造力,更能激发出内在的潜能。一个人在成长过程中,如果能够懂得心流概念,一定会更懂得聚焦当下的使用方法,变得特别有智慧和灵感,让你工作起来轻松愉快。尤其在互联网时代,如果人的思维还停留在过去的方式上,从未思考与改进自己的思维模型,不懂得心流、聚焦的运用,到了发现自己的问题时,不知道被时代甩了几条街。

*** *** *** *** ***

【成长在遥远的距离里】

这个世界最遥远的距离，可能就是人体从头到脚的距离，头是梦想，脚是行动。聪明人懂得把时间专注在重要的事情上，只有脆弱的人才会把时间浪费在内耗上。因为，情绪内耗只会让人疲惫不堪，忙于应付。唯有行动起来，事情才会向前发展，提高行动力，才能更好地实现目标，缩短距离。即使你实力不够，但只要有行动就会不断进步，不至于停滞不前，不断给自己创造机会和好运。但是，还需加强意志力，一个人的愿望只要足够强烈，坚持行动，那么，在一次次的坚持中就会得到提升。人与人之间的差距，往往就在于意志力，没有意志力，也就没有行动力，在日复一日的坚持中，为什么有人半路畏难而退，有人坚持做好每一件事，从小到大，坚持到底，以坚强的意志力推动行动力，那么，成功就会不请自来了。

【理性决定人的命运】

遇事先分析自己的心态，再分析客观事态，乃是高手的处事方式。然而，古代秀才屋里坐，能晓天下事的逻辑已经被现代的百度颠覆，使人们变懒，几乎消灭了独立思考的冷静和理性。殊不知读书积累的学问才是自己的。学问产生理性，学问大，理性丰。理性决定了一个人的命运，时刻保持头脑的清醒，不被他人和情绪所左右。善于从纷繁复杂的现实情景里梳理出清晰的思路和头绪。运用知识分析客观事态，能正确达成目标。不管被命运推到怎样的深谷，依然有向上弹起的勇气和能力。百度始终无法教你放下、淡定、宽容、感恩等人生道理，而是在利用王阳明思想作资源，让你搜索。这个世界，积极进取，理性处事，也是需要逻辑思维理论的，只有运用了文化知识，把握时机，才是人生最重要的艺术。

*** *** *** *** ***

【觉醒】

人生成长的过程其实就是一个苦熬的过程，不要一遇困难，调头就走，殊不知这是一种挑战，谁胜谁负只看结果。生活是自己的，无须在乎别人怎么看，苦与乐也是由自己定义的，不是为别人而活，活好自己，活出质量，你变优秀了，才有强大的可能。接受挑战是你的觉醒，不能只知道凤凰涅槃重生，却忽略了它在烈火炼狱中挣扎的过程。所以没有经过苦难的人生经历，是不会成熟的，一份苦难，一份收获，当你足够强大了，你才可以无视嘲讽和打击，无惧风雨的摧残，涅槃重生。生活不止眼前的苟且，还有以后的使命。当你的格局大了，胸襟也开阔了，不会因为一些小事而纠结，所考虑的是自己目标的延伸和扩大。但是，一路走来，人往往只会记得自己快乐的经历，可真正让你成长变强的，却是你受过的苦，吃过的亏。既然当下是你最美好的年华，为了身上的责任、为了家人、为了爱你的朋友，保持热度，继续前行。

*** *** *** *** ***

【伤痛越多，成就越大】

人活着是生命的一种体验，活着就要经历很多事情，而经历的本身就是一种收获。生活中不断成长、成熟，都需要经历无数风雨，接受岁月的洗礼，只有在岁月的风霜雨雪中不断得以淬炼，才可能获得对这个世界的彻悟。如果人之一生缺少足够的生活体验，那生命难免会是苍白的。不见风雨，怎见彩虹？所以，人这一辈子行于世间，都是一边经历一边感悟，然后再一边收获。其实生活的风雨，岁月的沧桑，还有人生的坎坷，这些经历都会成为我们宝贵的财富，磨砺着我们，激励着我们，在生命的路上不断前行。而所有这一切，带给我们的未必全是苦难，还有苦难之后带给我们的彻悟，使你看到了这个世界的精彩缤纷。你经受了多少伤痛，就会有多大成就；伤痛越多，成就越大。

*** *** *** *** ***

【挥霍青春】

这个世界人们大多只知活好当下，却很少有人规划未来。很多人都是安于现状，不思进取，尽情地享受着当前的一亩三分地，却不会为未来的前程做思考。有远见的人，无论什么时候都在学习，生命不息，学习不止，学习书本上的知识，学习生活上的技能，懂得在年轻时多吃点苦，通过不断学习，沉淀自己，提升自己，为自己的未来加分。所以，一个有远见的人深知只有自己变优秀了，才会强大，在未来的日子里才会更好地生活。当然，这样做相比同年龄段的人可能要辛苦得多，但是要知道辛苦的价值。与其一味地挥霍青春，还不如先苦后甜，从平凡到不平凡，为社会、为家人、朋友做点什么，也是人生快事。

*** *** *** *** ***

【真理往往掌握在少数人手里】

掌握理性与感性的平衡，是人们生活幸福与否的关键——动脑子思考问题时绝不可以动情。若与小人论长短，等于在为自己挖坑。子曰："君子和而不同；小人同而不和。"即此理也！生活虽不轻松，就看你选择了什么样的路。所以，切勿踩着别人的脚印寻找自己的路。自己成长的速度必须要赶上父母老去的速度，超越家人和同事，才是你唯一的出路。人生是一场选择，走好选择的路，而不是只选好走的路，自己不努力，谁帮你都只是表面上的，唯有突破、崛起才能成为优秀的自己，才能拥有更好的未来。真理往往掌握在少数人手里，历史都是由胜利者书写的，越是没人支持的时候，越要看重自己，可见理性在实现自己的人生目标中是多么重要。

*** *** *** *** ***

【从认知的漏斗里爬出来】

这个世界，拥有财富的人，都有追求智慧的冲动，因为他们有行动的力量；而仅限于书本知识，且缺乏行动力的人，多半会和财富无缘。回顾我们的人生轨迹，有时候往往只看到一条船，而没有看到那条河，更疏忽了河两岸美丽的风景。是故，一个人对事物的认知在哪个层级，你也就是在哪个层次了。为什么有人说读万卷书，不如行万里路。读书的目的是让你获得清晰的认知，与果决的行动力，足以证明读万卷书与行万里路有着本质上的区别。这个社会，人们最终竞争比拼的不是什么学分成绩，不是名校名师，也不是专业专科，而是你自己对社会的终极认知。无论你说格局、说胸襟、说视野，说多大的思想，最终最具说服力的还是认知。美丽的世界，源自美丽的人生，源自豁达通透的认知和不懈向上的娴静心境。所以，从认知的漏斗里爬出来，不能坐井观天，面对命运，接受自我，在智慧的巅峰看大千纷纭，观落英缤纷。

***　***　***　***　***

【自强不息】

由于生活水平的提高，人们可能会厌倦了过去的奔波，思考着怎样去过安逸奢靡的生活。《左传》云："宴安鸩毒，不可怀也。"意为贪图安逸享乐等于饮毒酒自杀，不可怀恋。中华文化五千年，国人对安逸的认知从未改变，安逸绝不是人生之福。《史记》云："忧劳可以兴国，逸豫可以亡身。"但到了现代，由于民生得到保障了，人们渐渐会淡忘忧劳兴国的文化延续。然而，这个世界大多数人都在追求安逸，却不知安逸只能让我们的思想退化。而忧患、忧劳，虽然令人辛苦，却是砥砺我们坚强品质的磨刀石。为什么《周易》强调"天行健,君子以自强不息"?人生应该学会在忧劳困苦中磨炼自己,而不应该沉湎于安逸。况且安逸容易使人骄纵,满足现状,产生骄傲心理。人一旦骄傲,就会失去进取的动力。莎士比亚也曾说过:"人一旦有了骄傲的心,必然会在各方面放松警惕,酿成祸乱,导致失败。"可见在这点上中西方文化还是相通的。所以,我中华文化,国人自当传承。

***　***　***　***　***

【忍辱负重是强大的后盾】

这个世界,人人都想成功,须知在成功的路上会面临许多的困难。面对困难,不同的人会表现出不同的反应。其实一个人的变强,是从变静开始的。当你已经看破红尘,各种烦躁就不会袭扰到你,不急不躁,不会与人论长短,不会与人争是非,忍辱负重,就是变强的开始。真正的强者能够很好地控制自己的情绪,就算受到不公平的待遇,也能宠辱不惊,不会被别人左右。一个

人在成长的路上，如果没有一定的气度，寸步不让，吃不了亏，忍不住一点侮辱，便很难成为一个真正的强者。古代韩信、勾践辈的忍耐力都是值得我们学习的。当然，每一个人所处的环境不一样，所经历的事情也不一样，但是，能够真正做到忍辱负重，强大也就离你越来越近，成功也就只是时间问题了。

*** *** *** *** ***

【平庸——限制了想象力和追求欲】

读书，明知有好处，可没有多少人有自觉的热情。因为筹码不够，不能直接收到效果。然而，有人明知无果，却能坚持读书学习来提高自己，同时设想着怎样建设格局。格局者，眼光也！衡量你能看多远？须知学识能够助长你的眼光，学识越多，格局越大。当你懂的道理越多，思维结构也就越成熟，懂得了格局的含义，从而指导执行力。为什么，越是优秀的人越喜欢学习；越是平庸的人越是麻木不仁。因为平庸限制了想象力和追求欲。书到用时方恨少，事到经过才知难。明白了这个道理后，只要用上三分即够，余七分重在执行。因为三流的点子加一流的执行力，永远要比一流的点子加三流的执行力更好。实践证明任何事情若执行力不到位，再好的计划都是纸上谈兵。所以，当你行动起来的时候，其实你已经战胜了很多人，因为他们还沉浸在读书有啥用的理念上，更不会有行动，但却是成全你的机会。

*** *** *** *** ***

【开悟与看世界】

为什么有大道至简之说，因为这样的人不会给你说些弯弯绕绕，也不会曲意逢迎，总是就事论事，站在那里什么都不说就表现出一定的气概，自成一道风景。这种气概的表现就自带着一股强烈的责任感，而且独立欲很强，对事业全身心地投入，对朋友则无私奉献。在现实生活中，这样的人其实是值得我们尊重及尊敬的人，也是值得学习的榜样。一个人想要飞得更高，必须要有意识地锻炼自己，丰富知识面，更大程度领略这个世界的美丽，以平凡的心态做出不平凡的事情。有“已识宇宙大，犹怜草木青”的情怀，能见常人所无法看见之物。这个世界，凡智慧开悟之人，往往有很强的感知力，与聪明人方法论的层面机巧所不同的是具有世界观层面的高超。因此，有多少开悟，看世界的方式和眼光也会不一样。

*** *** *** *** ***

【不在被打击中成长，就在被打击中灭亡】

人生道路，难免有压力，而且会遇到各种痛苦、失败的鄙视、受挫的嘲讽。然而，这些折磨反而促进思路清晰，明白了一个道理，不能一蹶不振，一定要从痛苦中走出来，调整心态，坦然面对，把压力变成动力，只有自己强大了，才有更多的机会。若害怕丢面子，那就永远拾不起面子，害怕失败，就永远成功不了。须知面子不是别人给的，是自己创造的；你有成就了，面子自然就会有了。所以，当我们面对一次次无情的打击，挫折和失败，放弃还是重整旗鼓，皆在自己的选择。但有一点可以肯定——不在被打击中成长，就在被打击中灭亡。因此，选择代表的是一个人进取的态度和责任，只有做好自己才能影响别人。突破自己，生命不息，破茧成蝶，失去了的面子会随之挽回。

***　***　***　***　***

【笑着渡过难关】

坚强，也是被逼出来的。人在成长过程中，经受的苦难越多，所学到的东西也就越多，经过种种磨砺，内心也就变得坚强了。人的成熟不全是年龄，而是心态，由心态走向境界；心的成熟不是遇到的事情多，而是对待事情的态度好。世上没有完美的事，也没有完美的人。平凡与伟大、崇高与渺小都是标示一个人的心态和境界高低的相对用语。看看别人的错，再想想自己的过。这个世界最难做的工程就是改造人的内心世界。生命中凡握不住的东西都要学会放下。一个心胸豁达的人总是拿得起，放得下。拿得起是促进生存，放得下是简单生活。拿得起是能力的表现；放得下是智慧的结晶。这就是举重若轻和举轻若重的区别，其结果也就大相径庭。所谓成功的界定，也与一个人的心态和境界有关，并不是看你有多大成就，而是看你在遇到挫折和磨难时，能否笑着渡过难关，站得更高，走得更远。

***　***　***　***　***

【目标与抱负】

每个人对成功都有不同的追求，有人认为有了自由的人生就是成功；有了权势就是成功；或者把平凡的每一天过好也是成功。古人云：“一生立身行事做到了修身、齐家、治国、平天下。”在做人之道上，可谓达到了半个完人境界。《曾国藩传》却认为盖士人读书，第一要有志，第二要有识，第三要有恒。志者则不甘为下流；识者则知学问无尽，不以一得自足；恒即恒心，有坚持精神。志、识、恒三点乃是吾辈做人之准则，有了志向，不忘初心；有识才能有胆，胆识并举；有了恒心，才有底气，勇往直前。当我们读懂了这三点做人的基本道理，就会进一步明确成功的目标和方向。金钱财富还不算绝对成功，读书很多、位高权重也不是成功。唯有完成了你的初衷目标，为国家、为社会、为家人做出了什么样的贡献，得到全社会的认可。于是，确立一个终生的奋斗目标，对一个人的精神成长至关重要，不至于偏离方向，沾沾自喜或者骄傲自满，做到自律自尊，方可调动一个人的巨大潜能，实现抱负，事半功倍！

***　***　***　***　***

【抱怨是世上最亏本的买卖】

决定一个人的成败，不一定全是能力，更重要的是定力。一个欠缺定力的人，遇事比较容易激动，往往被欲望扰乱了前进的步伐，静不下心来。反之亦然，遇事稳得住心境，管理得好情绪，

才能关关难过关关过。另外，殊不知抱怨是世上最亏本的买卖，是一种温馨的毒药，它会摧毁你的意志，腐蚀你的身心，削减你的热情，结果于事无补。所以，与其丧气，还不如争气；与其抱怨，还不如蜕变。小事耐烦，是一种智慧；大事耐烦，则是一种境界。要有大无畏的精神，所有苦难都自有它的意义，是在促进你的成长。你要做的就是当你在快撑不住的时候告诫自己：坚持一下，再坚持一下。鼓励自己："耐他风雪耐他寒，纵寒已是春寒了。"所以，山有峰顶，海有彼岸，天无绝人之路，漫漫长夜，终迎曙光。当下最苦，受得住，定有回甘。

***　***　***　***　***

【变老也是一种成长】

岁月如河，湍急地流淌，一去不回，谁也无法阻挡。人生在成长过程中，把全部精力给了家人、父母、孩子，却唯独给不了自己。即便再厉害的人，也阻止不了年华老去的规律。但是，如果人生变老也是一种成长的话，那我们就慢慢地享受这个过程。不能在父母和孩子需要你的时候，只能说声抱歉！却什么都做不了。唯有自己在继续精进中，对自己说声加油！切勿愧对父母、子女，该承担的是责无旁贷，勿怠勿荒。

***　***　***　***　***

【生命的长度在于沉淀】

在流逝的岁月里，或许还要想着怎么才能过好每一天。这个世界没有你想得那么好，也没你想得那么坏。想让自己过得快乐，就要用淡然的心态去平衡这种状态，智慧地活在当下，不要去缅怀过去，沉溺于曾经，好好珍惜现在，不负年华，那才是最重要的。只要心中有向往，人生就有希望，生命的光芒从来都是最美的烟火，尽量点燃，你今日的付出，必将是日后的辉煌。所以，梦想的广度、生命的长度都在于沉淀，是金子总会发光。坦坦荡荡做人，规规矩矩做事，不忘初心，砥砺前行，不怪岁月无情，任是无情也动人，这个世界非常美好，不要对自己失望，只要努力让自己开心，没有谁能阻止你活成最美丽的风景。虽然明天还会有新的太阳出来，但是永远不会有今天的太阳了。

***　***　***　***　***

【成功皆从第一步开始】

活在这个世界实在不容易，很想努力学习，跟上时代的步伐，但每每总是要到傍晚了才发现今天的自己仍然没有跟上。虽然我不完美，但我真实。只能说明自己还不够虚心学习。当看天空时就会发现，乌云都是镶着金边的，太阳只是被遮住了而已，而阳光一直都在，毋庸遗憾！旅游跋涉千里，而到达目的地都是从第一步开始的，是故，人生成功的大小也是从第一步开始的。许多时候，看似艰难的背后，往往会潜藏着一些迹象，在预示着你成功的希望。人生就是修炼自己的过程，唯有不断学习，持之以恒，不断自省，才能变得明智。谦虚谨慎，才能跟上时代的步伐，活出自我。

*** *** *** *** ***

【信念指导能力】

一个算得上真正厉害的人，不完全是靠能力，更是靠内在的信念。如果你了解到你所看到的世界都是内心的映射，你就会明白积极的信念会重新塑造自己的思想和行为，让你更好地憧憬未来的人生。内在的信念决定我们实际的行为，内心越强大，越看得到未来世界的光芒，越可以忍受别人对自己的攻讦和贬低，反而更好地激发自己对自我价值的肯定。一个人心有多大，你的舞台就有多大，就不会去计较那些小人的鄙视。同时，激活自我的潜能还可以提升自己的格局和视野，思考的是为这个社会多做点什么，更能发掘和创造出自己充满理想而丰富多彩的人生。

*** *** *** *** ***

【情绪与控制】

一个人的强大来源在于内在的成熟，使人有力量感。一个人内心越强大越懂得世界上的幸福都是需要自己去创造的。当我们内在获得了幸福和安定的时候，就不再需要别人来评价，只要遵循客观规律和自然规律即可。因为外在的声音只是外在的浮躁和诱惑，活着是对自己负责，对家人负责，对朋友负责。屏蔽外在的干扰，专心过好自己的生活，尤其不要随便有情绪。须知一个能够控制自己情绪的人，比一个将军攻下一座城池更厉害。这是内心强大的品质，人一定要自律自明。一次次在承担自己的责任中成长，你的内心也就会在生活的锤炼中变得更为强大。生活就是人生最大的舞台，一切事业的憧憬都离不开生活。因此，我们要不断追逐自己的梦想，在这个人生漫长的过程中，建设自我的三观，坚持到底。

*** *** *** *** ***

【进取心与高度】

格局者胸怀眼界也！懂格局的人不会把自己拘囿在一方小小的天地里，而是放眼世界。在这个世界里施展自己的豁达大度，使自己心胸开阔。一个胸怀宽广的人，志在四方，不会被眼前的小利所迷惑，也不会被生活中吃的小亏所困扰，懂得只有站得更高，才能看得更远。往往一个有进取心的人的胸怀是靠委屈撑大的，经受的委屈越多，胸怀越大；一个人追求的目标越高，他的能量会发展得越快。进取心，是一个人走向成功的动力。生活中，一个人所表现的心胸与气度，让人满意、舒服的程度，就决定着你所能抵达的高度。

***　***　***　***　***

【卓越的成长】

人生的成长源于内在的良知的指引，更有内心的充裕，当你成为自己生活的主人，用健康的良知指引方向，那么，你就会收获对等的资源和条件。所谓内心的充裕，即资源，学会链接世界，链接身边的人。这是一个展示你气质的时代，气质是一个人内涵的镜子；形象是你内在品质的外化，只要你心中充满爱，爱社会、爱自然、爱身边的人，内心被这些爱填满的时候，你的内心也就充实，努力探索资源，寻求价值最大化，干自己该干的事，才识并举，懂得什么是应该做的，什么是不应该做的。

***　***　***　***　***

【看清现在，预期未来】

古龙小说里神仙打架的情节，使人着迷。可我们不是神仙，只是生活在现实世界中的凡夫俗子。但我们可以预判生活的变化，这不算神奇，而是你对自己的了解和客观的敏感度，有了全局观会让你的生存变得更加坦荡和从容。思维模式决定着你是否有可能成为一个最突出的人。敢想才能抵达惊艳，敢做才能有崛起的机会，创新才能找到优胜劣汰的魅力。成大事者皆不是固守陈规，而是敢于攻关，注入新的元素和想法，折腾出别具一格的精彩。纵观整个生命旅程，你能掌控过去，看清现在，预期未来，危机也就在你的驾驭之中了。心中有了章法，更容易与人生的每一次磨砺共舞，舞出你的潇洒人生。

*** *** *** *** ***

【轮回与成绩单】

当大树锯断时，可以看到它的断切面有一圈圈的纹路，这就是一年长一圈的标志——年轮。人的成长也有它的年轮，从出生到12岁为一次轮回。人生经历了五个轮回，那就是到了退休的年龄了。其实按现代来说，此时还是中年，尚能发挥余热，还可以为社会为自己做点什么。是顺从命运走向平庸，还是用艰难和努力去再换一次崛起，一切都在于你自己的选择，不怕成功太迟，只恨努力太晚。自诩自己不浅薄，是马是驹牵出来遛遛就知道了。昔日曾国藩云："好胜人者，必无胜人之处；能胜人则自不居胜。"不诉沧桑是自觉，不露锋芒是智慧。一个人内心的强大就是最大的勇敢，饱经风霜，也从不叫苦，依然斗志昂扬，从不张扬，唯以交出的成绩单为荣。

*** *** *** *** ***

【把脾气压下去才是本事】

生活中的酸甜苦辣，就像变换的春夏秋冬，没有一路畅通，只有负重前行。人这一生很难事事顺心，总有一些艰难的日子让你非过不可。能将不如意愿的人生翻盘，成就有加，那就需要完成一个蜕变的过程，从而变成了一个优秀的杰出人物。然而，好命运也是靠自己拼出来的，心情浮躁，遇事发脾气是本能，把脾气压下去才是本事。糟糕的情绪解决不了任何问题，而且还会把简单的事情复杂化。情绪化会让人失去理智，行为暴躁，容易暴露出自己的弱点让对手有机可乘。能控制情绪的人，才能在博弈中独领风骚。因此，这一系列的控制和调整都要在人生成长——蜕变的过程中完成，方可立于不败之地。

***　***　***　***　***

【收敛锋芒，并不是压抑才华】

真正的强者并不是表现在凶猛强悍的行动上，而是具备在足够的修养、骨气和才华上，尤其内涵不会随时表现，却能够在关键时刻有所展示，给人以惊艳。事实上收敛了锋芒，并不是压抑了你的才华，而是到了该出手时就出手的时刻；只有那些不知天高地厚之辈，自恃强悍就是强大，动不动就急于表现，唯恐天下不乱。而真正的强者更愿意付出和欣赏，做到自强不息，不断地约束自己，磨砺自己，严于律己，宽以待人。树立生活态度和人生价值的双标，并不是自私，而是无私。当然，生活中，同人不同命，运气不同，机遇也就不同，生活的起点和终点也不尽相同。因为在人生成长的过程中，早已经奠定了一个事实——眼界和格局决定了你未来的命运，胸怀和志向预示了你结果的好坏。然而强者也并不是如此魔幻和深奥，而是后天的成长给予了他们很多不同的领悟和超前的认知，缔造了无比睿智的头脑。所以，人与人最大的差异，不是才华和天赋，而是一种格局，一种人生态度。

***　***　***　***　***

【认知与思维】

人的思维层次，可以决定你的人生上限。人与人之间最大的差距，不全是智商，也不是情商，而是思维方式。没有创造性思维，再努力也不会成功；没有上层思维，再辛苦也只能在底层。所以，我们终其一生，都在跟自己的思维方式做斗争。这个社会还是很公平的，真正限制我们发展的，不是经济上的贫穷，而是认知上的困顿。《菜根谭》云："德随量进，量由识生。"一个人要多往远处看，过了这座山，前面更开阔。开阔眼界是一种优质的成长方式，而成长的优劣，其核心在于升级自己的思维和认知。而一个人要想有所成就，就必须提升自己的认知和思维。生活中，遇到问题本身不是问题，而是你对问题的认知和思维有多少顿悟。思维认知是一个人格局的维度，它决定你的高度。因此，有什么样的思维就会有什么样的人生高度。

***　***　***　***　***

【机会只留给有准备的人】

人处低谷时，切勿害怕，尤要站得更高，鼓起勇气，千万不可泄气，看淡世间功名与浮华，拣尽寒枝不肯栖，寂寞沙洲冷。换个角度思考，把挫折当成逆长，心如止水，悟彻人生常态，曙光就在你的前面！越是在人生低谷，越要靠自己的意志站起来，熬过去。如果命运是一条孤独的河流，那么，谁是你灵魂的摆渡人？

依然是你自己。虎不外其爪，青衿之志，履践致远。在低谷时，或许更有机会反思自己走过的路错在哪里，总结自己的不足。莎士比亚说："别在树下徘徊，别在雨中沉思，别在黑暗中落泪。"突然间醒悟，厚积薄发，这个世界机会多多，但是只留给有准备的人。

***　***　***　***　***

【认清自己】

成长，努力，奋斗！首先要认得清自己，充分评估自己的斤两，才不会丢失方向。这个世界不缺人才，缺的是可用之才。一个认不清自己的人，一定过不好一生。认不清自己就不知道自己的上限，于是便容易做出不切实际的行为，说着一些大话却不自知，总以为自己很厉害。所以，只有认清了自己，才能找准方向，找对位置。于是便知道自己该做什么，不该做什么；该说什么，不该说什么，更不会去觊觎那些不属于自己的东西，即使诱惑再多也不动摇。因此，在任何时候，我们都要学着去做一个认清自己的人。稳步前进，不做没有方向的努力！

***　***　***　***　***

【格局与认知】

一个人若要获得指数型成长，首先要做到对形势充分评估，因为在这个时代，只有趋势才能带来最有爆发力、杀伤力以及指数级的增长，鼓励你去追赶时代的潮流。一个人要做成一件事情，其实本质上不在于你有多强大，而在于你要学会顺势而为。不被过去的经验束缚、不被现成的资源裹挟，也不被单一的专业规则和思维方式所局限，而是要用多元的思维来看问题，紧跟形势走。这个世界存在很多的不确定性，我们很难预判哪些能力会在未来更有用。一个进化型的人，不会对自己的专业水平过度自信，而是站得更高去学习新知识、新经验。然而现实情况却是，有十之七八的人只能按照固有的经验做事，只有十之二三的人能够做到顺势做事。这种思维就是成功与失败的差距，也是社会发展的缺陷。古代有些古刹僧人喜欢在整个寺院及周围种树，想到的是100年以后的愿景——郁郁葱葱；而现在的小沙弥是在这里种花，他的思维是明年就能开花。这就是格局和认知的区别。

【梦想与空想】

执行力是改变人生最直接有效的方法，没有之一。一个人在蜜糖罐里长大，舒适惯了，长大后无论多么努力想改变什么，如果他不去执行，最终都很难取得大的成就。人都是吃五谷杂粮长大的，而人与人之间的差距却为何那么大？殊不知要超越同级的同学，他除了有远见卓识外，还得要能吃苦，除了表现出勤奋，更多的是执行力。是故，一个人光有完美的思路和憧憬，若没有执行力，就等于是空想，而不是梦想了。军事上有一策略：与其被动应战，不如主动出击。所以，决定人生高度的，从来不是你的高谈阔论，而是你说做就做的执行力，没有执行力的进取心，一切都是空想。

*** *** *** *** ***

【路靠自己走】

判断自己是不是成熟了，就看自己是否活明白了。一个活明白的人和活得盲目是有区别的：活明白的人能够看清自己；活得盲目的人只能从别人的眼光里看到自己的模样。这个世界，生活就是这样子展开的，于是看得清自己和活在别人的鄙视怪圈里，其结果就可想而知了。人生旅途漫长，但是路还要靠自己走，随着我们成长的步伐逐渐加快，怎样脱离那种鄙视的眼光，走自己的路，只要方向正确，不要给自己施加不必要的压力。不要看那些对生命洒脱表白的背后，究竟会承载着什么样的代价，没有人会给你答案，路还是要靠自己走。因此，在走下去的同时，还要学会适应路上可能会遇到的险恶和陷阱，如果适应了，那么，无论有多少险恶都无法阻止我们前行的脚步。这个世界只有一种英雄主义——在看清生活的真相之后，依然热爱生活。

*** *** *** *** ***

【用一秒钟看到事物的本质】

生活，需要认知，因此，我们要提升认知，人生才可能有逆袭的机会。未来社会认知资本乃是最大的资本。所以，我们首先要学习认知的基本概念，认知不到位，所有的思考等于零。比如恋爱和婚姻的区别：前者的本质是情感交换；而后者的本质是价值交换。再比如友情和爱情的区别：友情经不起考验，可经得起平淡；而爱情经得起考验，却经不起平淡。人的认知一旦突破，思维就会彻底打开，一眼就能看到事物的本质，瞬间抓住重点。无论是社交、恋爱、创业或者投资，只有高认知的人才能快速看清全局而主导全局。认知越高，看问题也就越客观，遵循本质和规律，然后抓住话语权，驾驭世界。《教父》云：“用一秒钟看到事物的本质和半辈子也看不清一件事的人相比，自然是不一样的命运。”未来社会不是人赚钱，而是钱找人。因为随着社会生产率的提高，有形产品的利润越来越有限，甚至趋于免费供给，渐渐成为社会文化的附属。只有认知才是未来社会的精神高地，无形的东西将越来越能决定有形东西的价值。财

富也将会迅速流向与它最匹配的人——高认知者。内行人赚外行人的钱;高认知的人能骗到低认知的人。所以,未来社会最好的投资就是对自己认知的投资。

*** *** *** *** ***

【成长的思考】

一个真正优秀的人,善于反省自己,虚怀若谷,一旦出现问题,首先自己纠错,不断完善自己,让自己日益精进。只有那些见识浅薄,总是自以为是的人,认为错误只是别人,还喜欢苛责别人,结果只会导致自己一错再错。但是,在现实生活中,总是有人喜欢站在自己的立场上,居高临下地看问题,如此,不但会引起别人的不满,也难以认识到自身的错误,更不会考虑修正自己的错误。一个人是否有正义感,就看他是否愿意承担属于自己的责任。否则,即使再巧言令色,也终究会被社会所唾弃。古人云:"人非圣贤,孰能无过。过而能改,善莫大焉!"人有过错,并不可怕,可怕的是顽固不化,误人害己。但现实中总是有人习惯推责于人,觉得一时爽快,殊不知自己已经在错误的道路上,越走越远。孔子教子贡曰:"君子之过也,如日月之食焉。过也,人皆见之;更也,人皆仰之。"所以,唯有一颗正义的心,勇于面对,才能迎来崭新的自己。

*** *** *** *** ***

【在复杂中活得简单】

不要给自己制定过高的目标，也不要太高估自己的能力，压力是一种动力，但当压力超出了承受的能力范围，你就会被压垮。万物都有它的轨迹，各自运行，各就各位，很多东西你无法改变，要做的就是遵守自然规律，敬畏客观规律。芸芸众生，到了最后你不得不承认，除了改变自己，这个世界，你什么都无法改变。从小到大，你曾被寄予厚望，很多时候，不得不按照别人的期待活着。但无论你多么地尽心尽力，总是跟他们对你的期待有差距，可能你怎么想都想不明白。很难让所有人都喜欢你，其实只要你自己喜欢你自己了，所有人也就喜欢你了，只看你的实力是否足够强大。所以，凡事都要面对，能够认识到别人都比你聪明，此时，你可能已经超越了别人，已经是最聪明的人了。因为人生太复杂，所以要在复杂中活得简单；因为人生多苦难，所以要在苦难中活得快乐；因为人生有太多的禁锢，所以要在禁锢中活得洒脱。人生除了生和死，过程皆由你选择，心简单了，这个世界就简单了，追求幸福也就简单了。

社会篇

【胸怀的广度】

社会在激进，人不进则退，因此人们越来越向往大格局。格局一词起源于北宋，由禄命学的创立者——徐子平建立了理论架构，通过“十神”概念的提出和设立，开始系统地向关系的分析层面转移，通过数百年的历史沉淀，越来越被人们接受。到了现代，人们渐渐避开了古代对格局词语本身复杂而烦琐的理论，直接把它应用到人类生活和社会的关系学上，做出心性和方向的基本判断：人的心理空间、精神结构、生命容量以及综合素养等，谓之格局。然而，社会反映的是：人的境界有高低，认知有差异。有的人认为自己就是世界，只为自己活着，谋一己之私利，局限于自我羁绊；有的人认为世界就是圈子，只为小团体活着，谋的是少数人的利益，但也跳不出小我的束缚；有的人认为世界就是他人，他人就是世界，为大众而活，先大我再小我，怀有为国为民的志向，谋的

是大众的利益。此外，还有胸怀，胸怀是格局的依托和支撑。胸怀的广度可以涵盖格局的形成，像大海那样广阔，有兼容并蓄之德、包罗万象之量，善于汇聚众人之智，集各方之力，能忍别人难忍之苦，能容天下难容之事，顺境不张狂，逆境不失落，既是格局的框架匠筑，又是格局的核心力量，是现代改进的社会学。

***　***　***　***　***

【平视】

在现实生活中，人际交往一般都表现出三种态度：俯视、仰视和平视。俯视者都是那些自诩有一定社会权势的人，看人居高临下，狂傲无比，甚至盛气凌人，藐视对方；仰视者即仰望，把自己看成是弱势，表现得诚惶诚恐，甚至于顶礼膜拜，藐视了自己；难能可贵的是平视，平视者和，不卑不亢，既尊重了对方，也尊重了自己。最欣赏的交往态度是平视，面对强于自己者表现出不卑不亢；面对弱于自己者平等相处。所以，一个真正有修养的人，是从来不会欺负弱者的，因为他不需要通过欺负他人来抬高自己。但是，在生活中说起来容易做起来难，要想达到这样的境界，需要长期的修炼，日积月累，学会修炼自己，才能学会怎样做人。当你处在高位时，要对别人仁慈宽厚，你若不懂得尊重别人，别人自然也不会尊重你；当你的人生旅途不如意时，要对自己宽厚，你不尊重自己，别人就更不会尊重你。在人上时要把别人当人看，是谓尊重；在人下时要把自己当人看，是谓骨气。这才是人生态度，无往而不胜。

***　***　***　***　***

【不优秀，人脉是不值钱的】

所谓人脉，不是你利用多少人，而是你帮助了多少人；人脉不是多少人在你面前吹捧你，而是有多少人在你背后称赞你、在你落魄时有多少人愿意帮助你。人脉也不是你认识多少人，而是有多少人认识你。现实就是：只有资源平等，才能互相帮助。现实告诉我们一个非常残酷的真理：你若不够优秀，没有人愿意帮助你。只有足够优秀的人，才能得到有用的社交价值；如果你不够优秀，人脉是不值钱的，它不是追求来的，而是吸引来的。所以，人脉的基础是你的被利用价值，你的利用价值越大，你的人脉资源越巩固。在生活中不要把自己的努力方向做反了，与其把时间花在多认识人上面，不如花时间提高自己的个人价值。我不追求人脉，我就是人脉。说什么世态炎凉，其实都是唯心论者。说得越多，自身价值贬低越快。人脉不在别人的身上，而藏在自己的心底，唯有让自己变强大，你才能获得有用的人脉价值。

*** *** *** *** ***

【骨子里的气质和态度的切换】

读《阿德勒心理学》：人的烦恼皆源于人际关系。然而这个世界又不可避免人际交往，在人际交往中，你的言行举止，决定着你的人生命运。生命是一场轮回，你所遇到的一切皆因你而来。有道是与凤凰同飞，必是俊鸟；与虎狼同行，必是猛兽。人类亦然，当你的三观与别人一致,磁场相同,无须刻意迎合别人,你是什么样的人,就会有什么样的人与你交往,显示出磁场的强大吸引力,促进共同发展。人与人之间互相扶持,远比互相倾轧,争输赢、较高下有意义。生活中,真正好的关系都是有棱角的,从来不是一味地讨好或付出就能维系的。须知互相理解可以,得寸进尺不行。做人要有底线,除了会说好之外,也可以适时说不。宽容要留在该宽容的时候,当触碰到你的底线时,不必吝惜你的锋芒。道不同不相为谋,反之,当对手看到了你,不是唯唯诺诺之辈,必会叹服及敬重你。电视剧《谍战》里,抗日战争时期,为什么日本军官对汉奸都是鄙夷不屑;而抓到一个共产党人,却表现得十分敬畏。这种态度的切换不言而喻,可见一个人从骨子里透出来的气质,是有无比的震慑力量的。

***　***　***　***　***

【面子】

大千世界,无奇不有。然而,越没本事的人却越是在乎面子的人。法国作家尤琴纳尔说过:"世界上最肮脏的,莫过于自尊心。"因为人有了自尊心,脆弱、自卑、敏感和无能,都有了最好的借口和掩护。在现实生活中,没有基因的支撑,自己又不愿意努力奋斗,却又渴望成功的年轻人,却过度强调自尊,那是一种绊脚石。其实爱面子和讲究是两码事。讲究体面,要符合自己的身份和价值观,希望生活精致和高级。但过于好面子、穷讲究,自己累,可能还会拖累家人。这种面子有毒,会让人心智迷失,误入歧途。而聪明人都会看重里子，懂得从内心提升，让自己多学一种本事，就能少说一句求人的话。真正有实力的强者，并不会自己去表现出面子，也不会热衷于虚张声势。其实，面子有时候是一种心灵负担，当你学会放下不必要的面子时，你的生活可能会过得更简单而舒坦。因为有了足够好的里子，就无须靠面子来让别人高看自己一眼。反而低调、谦虚，赢得全社会的认可，朋友圈的尊重，足矣！

***　***　***　***　***

【终极目标】

人生充满变数，生活想要抛弃你，从来不会提前提醒你。你以为的安稳，也许在某一时刻会突然面临崩溃。当老板的害怕一不小心哪一天破产；当学生的害怕高考成绩公布后榜上无名；做生意的由于没有把握好性价比导致血本无归。谚云活到老学到老，并不是一句空洞的口号，你所拥有的才华和知识，一定会救你于水火。所以，我们要谦虚谨慎，保持学习，就是为了某一天，当你出现上述情况时，会临危不乱，能够冷静下来，思考问题出在哪里，想出补救的办法解决问题。或者在失败中汲取了经验教训，东山再起，更超越自己以往狭窄的思维。当然，说易做难。起死回生，并不是靠运气，靠的是你长期积累下来的内涵，丰富的知识，经验的沉淀等形成了你的智慧，让你走在问题发生的前头，积极应对自如，而不是亡羊补牢。另外，逆境时不自暴自弃，因为有了底气和底线；顺境时不狂妄自大，考虑的是前面走过路上的负面风景。人生漫长，道路崎岖，但仍然要积极攀登，终极目标是走向巅峰。

*** *** *** *** ***

【教养是一种根植】

一个人教养的深浅，会影响自己的行为，越是在细节处，越容易暴露你最真实的一面。这个世界并不是非黑即白，有些事情的真相不一定就是你看到的那样，不要胡乱猜测别人的意图，不要随便插手别人的私事，提建议可以，就是不要替人做决定。谚云："上等人谈思想；中等人谈事业；下等人喜欢谈别人的是非。"习惯性论是非，就是教养最差的表现。其实教养是根植于内心的修养，是无须提醒的自觉，是以约束自己为前提的自由，是一种为别人着想的善良。在为人处世中，对领导和上位者的尊重和理解，这不是教养，只是你高智商、高情商的表现，

因为这与你的自己利益有关；在面对与自己利益无关的人和事时，发自内心地尊重和尊敬，不做背后小人，先想别人后想自己，才是有教养的表现。教养不是随着年龄的增长而提升的，它是一种根植。根植就是从小开始，需要父母正确的思想灌输和正确的行为影响，在成长中完成一种体系，在生活中即兴表现，没有做作。所以，一个人小小的一个举动，教养的高低立现。因此，教养不全是教育，而在于影响。

*** *** *** *** ***

【不惹事也不怕事】

适者生存，不仅是大自然的生存法则，同样适用于人类社会。如果你守不住自己的既得利益，就不能抱怨这个社会太残酷，因为强者从不管好不好，只会认准对不对。所以，聪明的人会在一次次的磨炼中被“黑化”，不再牺牲自己，不去默默付出，而是选择站直了做人。可这个世界做人难，做好人更难。当你既有菩萨心肠，也有雷霆手段，既能和这个世界和平相处，也能和这个世界公平地相爱，才是一个合格的好人。不惹事，也不怕事，修炼到如此做人境界，实非易事。不卑不亢，够谦逊也要有胆量，君子慎独，临危不惧，说的就是这个道理。凡事据理力争，这是对公平最大的敬意。一个人品行的高低，完全取决于你面对事情的态度。如果你真正做到了不惹事，更不怕事，那你一定会无惧生活的风雨，顶天立地，是笑着走到最后的一个。所以，人要学会趋利避害，善良中带点锋芒，忠诚不过头，用正确而强硬的态度，才保护得了自己一生的周全。

*** *** *** *** ***

【端正自己的三观】

这个世界，善良的人都是被坏人催熟后才开窍的。因为善良的人都是重感情的人，为人正义、真诚，做事注重情义。直到遇到各种欺骗和伤害，经历过无数次的背叛，最终才醒悟：太心软和善良只会害了自己。善良人开窍都是迟到的，不过这并不意味着本质变了。受尽了世态寒凉、人情冷暖、只有利益、不论对错的刺激，只有将感情放在一边，接受这个现实。暂时收起善心，学习这个社会的丛林法则，才能保护好自己。好在社会还是进步的，喜欢评价别人的人往往都是庸才，而真正优秀的人把精力和心思全都放在自己的学习上，也没有时间去八卦别人的事情。开窍后明白了这一点，再也不会在乎外界的看法了。剩下的就开始反思自己的人生，找到自己真正的人生定位。心中有方向，端正自己的三观，思考怎样迈向自己定义成功的道路，不是接受别人给你的生活，而是自己选择你想要的生活方式。明白这个世界上人最愚蠢的想法莫过于改变别人，所以，开窍的人也不会轻易给别人添麻烦，而是克制自己身上好为人师的毛病——少说废话。其实，这种开窍的过程，也是人生一个旷达而开朗的过程，为时还算不晚！

*** *** *** *** ***

【由富复穷】

这个世界，由穷变富确实很难，但由富变穷往往只是一夜间。穷与富是社会现象，而拥有多少财富却是个人行为。投资是个学术问题，因为所有的投资市场都是动态运作，而不是静态运作，每天都在变化。因此，你需要强大的经济头脑和专业知识来发现规则并预测下一步意外的发生。富人的经济头脑和操作技能基本没有问题，因为大浪淘沙剩下来的都是精英中的精英，在投资前都会慎重考虑自己的应对策略。而那些跃跃欲试又并不富裕的人，或者社会暴发户，由于缺乏专业知识，又急功近利，所以非败不可。而富人投资还有一个特点——自信。他们依靠自己多年的经验积累，再依靠自己的财务资源获取大量信息，进行筛选，底气十足，但是小心谨慎，是在科学运作，没有靠运气来赌市场。而穷人的思维就不一样了，他们的认知是市场是公平的，赚钱靠的是运气。是故，富人跟穷人的区别只在于思维的不同，富人的思维是以专业知识来推动投资方向，而穷人的思维是凭借自己过去走过来的路，是靠敢闯崛起，胆子很大，殊不知敢闯那是八十年代的产物，不懂得“遇事方知读书少”的哲理，所以由富变穷也并不奇怪了。

***　***　***　***　***

【不计速度的人生方向】

在这个快节奏的社会，提倡的是效率，工作或生活，都在求快，都渴望自己尽早完成任务，实现目标。殊不知，越是急于求成，越容易忙中出错，结果得不偿失。这个世界，从来不缺速度和效率，而缺的是一颗沉着应对的钝感心。为什么这个世上，强者越来越多，他们的思维是遇事都会留三分，有效化解矛盾，启动坏事变好事的逻辑，认真梳理，让人听得舒服，让事情逆转。有了钝感心的人，讲究的不是效率，而是效果，看似慢，实则却是一种更稳妥抵达目标的方式，认定了目标，充满自信，即使受到沉重打击，仍然坚持挑战。真正的聪明人，都能冷静地找准自己的节奏，稳妥处事，缓缓前行。须知低级的欲望，放纵就能得到。而顶级的欲望，则需要煎熬。人生命运的好坏，很大程度取决于面对诱惑时，能否做出正确的决定，就看你有没有一颗钝感力的心。人生下半场，更需要有一颗钝感力的心，就不会争强好胜，不被社会快节奏所羁绊，不被欲望所控制，寻找出一个只求成功，不计速度的人生方向。

***　***　***　***　***

【贵人的特质】

所谓贵人，自有他的特质，他用自己的正能量来感染你，让你充满信心，激发斗志。当你处于低谷时，更是雪中送炭。在这物欲横流的社会，大多数人的生存之道是只求明哲保身，不管别人闲事。而贵人就不一样，敢于指出你的缺点，还真心希望你能够反思和改进，让你变得更好。生命中，我们能遇到什么样的人，和什么样的人为伍非常重要。与智者同行，你会懂得世界有多大，开拓你的视野，提高你的认知，让你顿悟自己的不足，达到一览众山小的高度。人生路上，个人的努力固然重要，但如果真有贵人相助，乃是为你加快成功的速度。人生没有一帆风顺，不落魄一次，无法测试出自己身边的人之优劣，以及对你有多少真诚度。只有希望你健康成长的人，才会指出你的缺点，让你少走弯路。一辈子很长，一定会遇到很多喜欢你的人，可不少人走着走着就散了，懂你的人愿意留在你的身边，默默地相守，而且时刻提醒你、鞭策你，让你及时发现自己的不足，直至你承认自己的不足，让你飞得更高，走得更远。这才是你的贵人。

***

【男人的考验】

所谓男人，应当更具大格局，首先，不与家人计较，不与同事计较，不与朋友计较，把一切精力放在野心上，悄悄地努力奋斗，一步步去接近目标。但是，欲成大事，面对的就是顺境和逆境的两种考验：顺境时，人难免有得意之情，也容易忘形，乐极生悲；逆境时，人会遭遇种种打击，有可能自暴自弃，丧失信心。要想得意不忘形，失意不失志，就要有宽广的胸怀，有胆有识，不管什么时候，都不会心存恐惧，而是满怀信心，有战胜一切困难的勇气和魄力。此外，不断提升自己的认知，精进自己的思维，能够洞察一切，透过现象看本质。大格局者还有与众不同的思维，除了竭尽全力追求成功，更看重过程的瑕疵。不管结局成败，都能微笑面对。有了这样的大格局的模式，反而更显气质，成功的系数反而更大。具有独立本色、独立自主、保持本色，不从众，敢于走自己的路，创造出与众不同的契机。

*** *** *** *** ***

【不会粗鲁对待对手】

凡成功的人似乎都不害怕失败，甚至把失败看作人生的必修课和必经之路。人，是一种习惯性的动物，一旦你开始为自己的失败找理由，或者有困难就逃跑将会成为你的本能。从此，你就会消沉甚至没落。所以，你若能够坚持让自己扛过苦难，不被困难打倒，最终一定会成就伟大。然而，很多人都没有意识到一旦自己的情绪变坏，就会不断地削弱你内心的力量。一个成年人要是无法控制自己的情绪，那后果是灾难性的。在面对困难的时候，若倾向于放弃，动摇争取，那很简单，但在成功者的认知里却没有放弃的词语，他们总是挣扎到99%，把主要精力用在1%上，直至成功。然而，成功的背后毕竟有对手，当你的对手对你表达恶意时，其实对手也是期望把你拉到跟他一样的水平线上，或者比他低，把你变成跟他一样的人。而内心强大的人是绝不允许别人掌控自己的人生，但不会因此粗鲁对待对手。仍然会像对待别人一样对待对手，自己要做的就是冷静、耐心、包容和鞭策，寻找反击的机会。

*** *** *** *** ***

【天道酬勤】

这个社会，经济基础，可以决定你的上层建筑。成年人最大的底气就是手里有钱，钱可以带给我们安全感，有抵抗未来风险的资本。然而，一个人未来是不是有钱，是需要很多基础和条件来巩固的。首先，你的眼界在一定程度上，决定了你的人生高度。人生之路漫长，不局限于眼前利益的得失，有高瞻远瞩的胸怀，未来才有更多的可能。凡成大事者不拘小节，不拘泥于眼前的蝇头小利，而与人埋下矛盾的根源，反而认清自己，戒骄戒躁，默默耕耘，等待机会。财富的累积，并不是一时的盈亏，而是长期的积累。一个默默地积蓄能量的人，总比张扬自傲者机会多，终有一天厚积薄发，破茧而出。学会规避风险，才是人生大智慧。君子爱财，取之有道，上天不会亏待每一个拼命努力的人，绝对符合天道酬勤的逻辑。所以，能成大事者，必有其过人之处，思想观念前卫，有敏锐的观察力，再加上强大的执行力，随时可以应对各种挑战和变化，赢得先机。始终掌握着自己的命运，并不是单纯钱的问题了。

*** *** *** *** ***

【剩下的只有创造】

一个人的生活过得好不好，靠的并不全是金钱，更是精神力量。钱不是万能的，但没有钱又是万万不能的。可在这个现实而又复杂的社会中，金钱似乎逐渐成为衡量一个人全部的标准。但是，透过金钱的本质，再看钱也并不是能够代表一切。就算一个人再有钱，他也永远不会知足，贪欲越大，心智越低，一旦得到了，又想要更多，如此循环往复，内心的欲望永远不会满足，把自己引向黑洞。当然，钱固然重要，但更重要的是你内心的坚定与梦想，金钱永远无法与感情画上等号，这就是钱的缺点，唯有精神才是支撑一个人的强大力量。这个世界，还有很多东西，比金钱更加珍贵，当你身处险境时，坚定不移伸向你的那只手；当你失落、沮丧，挡在你身前的高大身影；当你开心、喜悦时，和你共同分享的他或她，都是你小小生活中的确幸和浪漫，是金钱无法替代的精神寄托。生活就如同一个透明的储蓄罐，需要你慢慢地、不断地投入硬币，你所积累的点点滴滴，都会成为你日后坚强的后盾和前进的动力。反之，如果这个瓶子从一开始就是满的，你什么都不用做，它就会自动填充，那你的人生就毫无意义了。一夜暴富的时代已经过去了，剩下的只有创造，表现出你的智慧、优秀、内在和实力，通过你的努力奋斗，踏踏实实地去实现你的目标。

***　***　***　***　***

【你的最低谷，也就是你崛起的开始】

古人云：“欲求生富贵，须下死功夫。”看来功夫到家了，事情也就水到渠成了。道理似乎大家都懂，可做起来却难。人生从来不是生活的观众，而是生活的导演，外加演员的角色。这个世界，所谓成功，其实是一个含泪奔跑的过程，也是一个熬的过程。如果你想逃避,那就注定会被淘汰。熬,也是人生奔跑的一种强大的反弹力。熬得住,入局;熬不住,出局。能熬出头的人,收起了自己的玻璃心,拥有了坚韧的意志,在屈辱中成就自己。人生的苦难,都是在磨炼你的心性,如果能够从肉体和精神上接受,那么,你就会受益,反之,则颓废。古云:十年树木,百年树人。人,尤爱面子,都希望能往自己的脸上贴金。但很多时候,往往事与愿违,你总要承受一些耻辱的痛苦,接受失败的教训。所以,用人性的光芒,事业的成绩来掩盖人生的耻辱,需要多长时间和智慧?人生的最低谷,其实也就是你崛起的开始,看你以什么样的思维来当好人生导演,在狭窄的沟壑里仰望星空。

*** *** *** *** ***

【朋友——就是来了以后再也没有走的那个人】

所谓朋友,就是你高兴的时候想见的人;烦恼的时候想找的人。而真正的朋友不是先来的人或者是认识最久的人,而是那个来了以后再也没有走的人。这不是理论,是生活中的现实版。最值得珍惜的不是得不到,也不是已经失去,而是此刻你所拥有的。经历了太多,不败的只有朋友,所以,永恒是对朋友最好的诠释。真正的朋友像星星,你不一定每天都能看到他们,但你的心里要知道他们在哪里。真正的朋友不一定常常联系,但也不会忘记,每次偶尔念起,仍然感觉那么地温暖和亲切。真正的朋友是把关怀放在心里,行动在思想里,支持在意义上;把关注藏在眼底，表现在情感上，温暖在心田里。所以，真正的朋友，不一定形影不离，但一定是惺惺相惜；不一定是锦上添花，但一定是雪中送炭；不一定是天天见面，但一定要心里有分量。人生短暂，约三五知己小酌，畅谈情愫、情怀；交流抱负、目标。不失为生活、事业、感情之圆融无碍。

***   ***   ***   ***   ***

【老僧入定与拒绝分心】

在这个碎片化的信息社会，只要你一打开网络，各种弹窗广告纷至沓来，社交群的小图标也在不停闪动，还有更令人着迷的游戏诱惑，而人们似乎已经习惯了，随时接发信息，一天都要花个把小时去处理及应对，不停地陷入浅层信息堆里，影响了对工作的深度思考。因此，我们必须要磨炼自己的心智，拒绝分心，控制住情绪，降低外界的干扰度，将时间和精力投向对工作的深入思考上去。然而，要做到这样的自律，还是很有难度的，虽然不需达到老僧入定那样的无趣，但为了自己的前途和生活，还是需要有一定的约束力和控制力，为自己创造自信的条件不忘初心，找到价值点。自信是一种勇气，为了避开外界的聒噪，无论外界环境是鼓励还是指责，都能给自己以力量，来战胜困难。那么，沿途的崎岖，也不显得那么坎坷了。

*** *** *** *** ***

【不能把自己的价值寄托在他人的理解上】

这个世界，当你自己没有达到更高的层次，不够优秀，哪怕你认识再多的人，都仅仅局限于认识而已，别人根本没有把你当回事。所以，这样的人脉是不值钱的，社交的本质是互惠，你想获得多少，就要先付出多少。你要融入一个圈子，你就要有对等的价值。人是没有义务帮别人的，没有天然的责任必须要去帮助谁。即使帮助，也是建筑在互动、对等的基础上。因此，一个人总要保持自己的个性和尊严，不要指望别人怎么帮你，把自己的价值寄托在他人的理解上，那只能说明你的价值太浅薄了。唯有磨砺自己、壮大自己，清晰自己。生命只有走出来的精彩，没有等出来的辉煌，只有自己强大了，获得对等的地位，一切都改变了，帮与不帮也不是那么重要了。

*** *** *** *** ***

【富贵的逻辑】

一个人身份的高低，可以看他周围的朋友圈来决定。价值观越高明的人，越能够交到更多、更好的朋友。朋友是你一生中不可或缺的宝贵财富。人生的奥妙之处在于与人相处，携手同行；生活的美好之处在于赠人玫瑰，手留余香。心中无缺叫富，被人需要称贵，这就是富贵的逻辑。快乐不是一种性格，而是能力。人生一路走来，只有惜缘才能续缘。人生路上，我们遇到很多人，其实有缘才能相聚。《易经》有云："亲人多半是前世的好友，好友多半是前世的亲人，给你带来烦恼的多半是你前世伤害过的人。"这就是因果关系。今生注定我们什么都带不走，唯有活好当下，笑在当下，悟明当下。笑看风云淡，坐看云起时，与时光携手同行。

***　***　***　***　***

【面子与尊严】

俗称："人活脸，树活皮。"其实面子是这个世界最廉价的存在。在很多人的眼里，面子似乎是一种比天还大的东西，委屈可以受，苦难可以过，唯有面子不可丢。为了面子活，为了面子死，是现代版的真实写照。在花钱的时候讲面子；在挣钱的时候讲尊严，顶着一个虚伪的名头，自我感觉良好。而那些真正成熟，有所成就的人，都是不看重面子的，而看重的是里子。在现实生活中，面子是皮，尊严是骨，可很多人将面子和尊严画等号，觉得丢了面子，就是丢失了尊严。然而，事实上尊严是永远掌握在自己手中的，而面子却不尽然，它要看别人愿不愿意给你。不过有一点是可以肯定的，有尊严的人一定有面子，有面子的人却不一定有尊严。历史上项羽的思维就是："我无脸见江东父老。"死在了面子上；刘邦的思维是一举攻下了咸阳，不听谋士谏言，立即号令三军退兵，将城池留给百姓管理。输了面子，赢了里子。到了现代，一个人的成功，不是看你牛皮吹得有多大，自己给自己的脸面有多大，而成功恰恰是从丢脸开始。

*** *** *** *** ***

【顺天应人适时而动】

古云："谦谦君子，卑以自牧也！"故为什么越有能力的人，越是用低调而谦卑的行为约束自己。所以，真正的强者从来不会炫耀自己的能力，往往还处处表现得谦虚谨慎，戒骄戒躁，遇事都十分淡定。说明一个智慧型的人，一般不会高谈阔论，反而表现得默默无闻，懂得收敛锋芒，把握好界限和分寸感。反之，只有那些半桶水的人，才会好为人师地指点江山，唯恐别人不知，拼命去刷自己的存在感。《易经》有云："顺天应人，适时而动。"从词义看似是迷信，其实则是科学，是宇宙数学的组合理论。顺应人心，可以利己但不能损人，经营好人脉及资源，高瞻远瞩，凝聚力量，即使在逆境中也能找到破局之策。然而，不骄不躁，心平气和又要不卑不亢，看似简单，做到却难。不能被世俗束缚和牵绊，时刻保持自己的主张，乃是安身立命的根本。不管风吹浪打，我自岿然不动。

*** *** *** *** ***

【生活是一个比赛场】

生活中，一个人自己走百步，不如贵人扶一步。那么，何为贵人，从无定义。答曰：贵人者，就是能够为你的人生助力的人。一个人成了优秀者，马上会看出他的背后站着什么人。所谓贵人，就是在你迷茫困惑、深陷低谷时，给你指引方向的人。他能够谏言不讳提醒你的不足和缺点，但欣赏你的长处，在你失意的时候支持你，为你排忧解难，哪怕是非物质的，只是语言，这就是你的贵人兼诤友。漫漫人生路，引路靠贵人。生命中最大的运气，莫过于有人能助你攀登更高的山峰，引你走向更广阔的舞台。俞敏洪在一次演讲中说："你们用5年的时间做成的事情，我可以用10年的时间去做，你们用10年的时间做成的事情，我可以用20年的时间去做。只要保持身体健康，心情愉快，到80岁把你们一个个送走以后再来做。"试想这要有何等的气魄和心胸。可见在一切力量群中，最不可或缺的一种内在力量——觉醒。人生环境是一座修道院，生活就是一场修行比赛，少年向外求，中年向内寻，老年自己求。

*** *** *** *** ***

【利益，可共而不可独】

少年时好学苦读，记得："年少只爱左宗棠，中年方懂曾国藩。"两句诗。视左公为英雄，认为一个人就该像左宗棠那样满身豪气，将一身才华报效祖国，做文人时让国家重用，做将军时让敌人丧胆。一张嘴骂遍朝野腐朽，一支笔写尽世间善恶，为腐败的清廷燃尽一生。当长大成熟了点，踏入社会，为己为家为社会奋斗了一阵子，才明白优秀的人并不是只有豪气，还要有独立的人格魅力。只有拥有了人格魅力才会赢得人心，受人欢迎，受社会爱戴。而曾国藩做到了，他深知利可共而不可独的道理。到了现代，尤一个人若只独占利益，就会失去了人心，那你离大祸临头便不远了。蒙牛创始人牛根生当年对轻财之道甚是精通，懂得财聚人散，财散人聚的企业经营理念，因此蒙牛企业蒸蒸日上，同时也彰显了牛根生的独立人格魅力。然而，一个人的人格魅力除浩然正气之外，更重要的还要有一颗宽大的心，获得全社会的认可。《易经》有云："宽以居之。"一个有本事的人，能够立于不败之地，一定会有一颗真诚的心，来感召人，影响人，从而获得资源，助你登峰造极。

***　***　***　***　***

【情谊居上】

圈子可以决定一个人的人生命运。与什么样的人在一起，就会走什么样的路；靠谱的人总会感染你如何取得进步。人生最大的幸运，不是中奖，不是捡钱，而是有人可以鼓励你、指导你、引领你和帮助你。当然，所谓贵人也并不是直接给你带来利益的人。而是开拓你的眼界，熏陶你的思想，给你正能量的人。所以，在现实生活中，你和什么人在一起很重要，甚至能改变你生活的轨迹、规划你的人生格局、决定你的人生成败。给你一个积极的暗示，会对你的情绪和生理状态产生良好的影响，激发你的内在潜能，发挥你的超常水平，使你产生进取心，催你奋进。人生命运有三大转折点：上学时遇到一位好老师；工作时有一位好师傅；成家时遇到一个好伴侣。有时他们一个甜美的笑容，一句温馨的语言，就能使你的人生态度与众不同，光彩照人。生活中最不幸的是：由于你的身边缺乏积极进取的人，缺少远见卓识的人和能够影响你的人，你就会黯然失色，不知所云。所以，你是谁并不重要，重要的是你和谁在一起；你认识多少人不重要，重要的是有多少人认识你。古有“孟母三迁”，足以说明和谁为伍的重要性。人生几何？不要虚度，有几知己，小酌怡情，讨论人生哲理，把路走好。但要注意喜欢主动买单的人，不是因为他钱多，而是把友情看得比金钱重要；与你合作时愿意让利给你的人，不是因为他笨，而是懂得分享。情谊居上！

*** *** *** *** ***

【庸才和人才】

一个人如果遇事唯唯诺诺，毫无主见，这样的人基本上是没有什么用的，不是庸才也只能是搬砖的料。只有真正有才干的人，才会跟你抬杠，因为他有底气所以有傲骨，这是我中华文化几千年不变的定律。所以，看任何问题都要往深点层次想：当一个人看到苹果只想到这是苹果，那么，这个人一定是基层普工；一个人看到苹果会想，这是谁的苹果，这个人可以是基层主管；一个人看到苹果，立即想这个苹果怎么在这里，这个人是高级主管；一个人看到苹果，马上搞清楚，这个苹果是哪里来的，送苹果的人是谁，为什么要送。那么，这个人是可以当老板的。可是人才却又不听话，岂非矛盾。因为是人才所以他才有不同的见解，就这么简单。因为他看到了你所没有看到的地方。一个人在十秒钟之内看到问题和一个在三天之内还看不到问题的人是什么差距，引发的下一步会是怎样的局面。因此，人才就是不论自己的地位在于何级，能够在同一个水平思考问题的人。而庸才就没这个魄力了，因为他没有这种逻辑思维，不可能与你站在同一水平上思考问题，也就无法理解你的想法，只有唯唯诺诺地接受，盲目执行。

【人生是一个旅行过程，成功就是一个挑战过程】

在这快节奏的社会，人尤渴望一夜暴富，但越渴望却越犹豫，到处碰壁，直至一事无成。殊不知最大的原因就是缺乏敢于决断的思维，总是左顾右盼、思前想后，错失良机。当然，凡人皆有弱点，不能成大事者总是固守着自己的弱点，一生都不会发生重大转变，不愿在自己身上找原因，从自己的弱点上开刀，改变方式方法，故步自封，计划始终跟不上变化。缺陷又不能有效纠正，毁了自己的大半生。人生是一个旅行过程；成功是一个挑战过程。所以，总要面临各种挑战，普通人在困境面前望而却步，任你有多挣

扎，到最后只是做了成功者的牺牲品；而成大事者则把困境变为成功有力的跳板，乃是失败中最成功的资本。实际上困境里往往潜藏着极大的机遇，机遇就是人生最大的财富，能够抓住机遇，善于选择，敢于创造，把机遇转化成生产力，以行动来落实人生计划，实现自己的目标。须知任何一种手段，都会导致一种结果。但这结果是不是最佳而完美，就要看你在选择过程中的把握，但这并非一般人所能做到的。因此，在成功的路上，你要想成大事，你所用的手段对你推动成功的计划是否有速度及成效，这是你首要考虑的问题。一个积极向上，永远自信，敢于挑战，思维缜密的人，成功概率自然就多了。

***　***　***　***　***

【人与人之间的差距，不是努力的程度，而是思维的深度】

社会节奏不断加快，其实成功的路并不拥挤，因为大多数的人选择了安逸，让路给奔跑的人。然而，时光是这个世界最公平的东西，你选择打发它，它就会反过来打发你。本可以让你变优秀或者让你变得更优秀的每一天，一旦浪费了就不会重来。这个千变万化的时代，不会等你闲庭信步。今天的学习比昨天多一点，明天的思考比今天深邃一点，一分耕耘，一分收获；一分积累，便可以让成功增加一分概率。人与人之间最大的差距，不是努力的程度，而是思维的深度。成功者之所以成功，绝对不会把时间浪费在安逸上，而是用在深度思考和奔跑上。一个没有深度思考的人，所有勤奋都是无用功，悄悄地把你陷入平庸的困境，还不自知。所以，所谓进步，也绝对不是单靠努力就行，还要摆脱低质量的勤奋和努力，养成深度思考的习惯，才是人生进阶的第一步。人，唯有在忙碌的生活中给自己留下多思考的空间，才能静听灵魂深处的声音，才能找到人生最有价值的路径。

*** *** *** *** ***

【不被金钱捆绑】

社会有如万花筒，但竞争还是全凭实力。无论你小时候喜欢什么，但长大了都会喜欢钱。但是，谈钱，似是很俗，可不谈钱，又怎么能够抵挡风险。为了生活不得不低声下气为五斗米折腰，正如近年来的社会通俗网语："钱不是万能的，但是没有钱是万万不能的。"在物欲横流的时代，人们对金钱的概念逐渐地弱化，还没有真正意识到金钱的意义。幸福和意外，我们永远都无法预知哪一个先到来，当未知的灾难来临，你是否有能力抗衡灾难；爱情的前提也是需要物质的保证，不谈钱的感情始终不能支撑两个人走得更远。因此，钱还是人们生活的重要物质基础。如果没有钱，连吃饱饭都成问题，还谈什么养家糊口，孝敬父母，教育子女，还有什么事业和前途可言。然而，君子爱财，取之有道。通过自己的辛勤劳动换取的报酬，那就是自己的资本、底气。我们理解了金钱的意义和挣钱的态度及方式，才不会被金钱捆绑。你若成功了，吃青菜视你为养生；你若失败了，吃青菜就说你是寒酸。这就是社会的残酷，但我们仍然要面对。

*** *** *** *** ***

【搞清楚问题的本质，比解决问题更重要】

生活中，想法决定做法，做法决定活法。世界始终以它最微妙而又独特的方式维持自己的平衡。是人亦然，每个人只能得到和你相匹配的东西，一旦你拥有的东西超过了你的能力份额，就会给你留下无穷的祸患。比如你的名声不能大于实际才华；你的财富不能大于你的功德；你的地位不能大于贡献；你的职位不能大于你的能力。所谓“德不配位，必有灾殃。”即此道也！不该得的就不要强求，放弃有时比争取更有意义，它可能是你创新的钥匙。如果你空有一腔热血，却始终在无足轻重的事情上费尽心思，那不是执着，而是愚蠢。当方向错了的时候，停止前行也是一种进步。所以，搞清楚自己的特长，了解自己的力量，选对方向，才有可能迎来希望。读《爱因斯坦》：“如果给我一个小时去解答一道关于我生死的问题，我会花55分钟弄清楚这道题到底在问什么。一旦清楚了它到底在问什么，剩下的5分钟足可以解答这个问题了。”所以，搞清楚问题的本质要比解决问题更重要，事半功倍。

*** *** *** *** ***

【安静也是一种强大】

世事无常，琐事连连，因此，世人也就随之浮躁。殊不知人越安静，越有力量。这样的人，很清醒，知道自己应该做什么，可以做什么。这样的安静，是一种清醒，是一种通透，是一种聪明，也是一种强大。在现实生活中，很多人就是做不到这样的清醒，因此，也无法强大。反之，不懂得安静的人，内心都很脆弱，看起来很嚣张、很厉害，其实是在用这样的方式来掩饰内心的空虚。事实上一个人越缺什么就会越想要什么，也会越追求什么。余生做一个安静的人，安静是一个人修养的体现，是一个人素质的表现，是人生感悟的结果，更是一个人的生活态度。所以，我们要理性看世界，感性看人生。

*** *** *** *** ***

【读书原来也是一种阶梯】

这个社会机会并不都是均等的，因此，人想要生活，想要成功，就要主动进攻，去把握各种可能把握的机会。如果只是等待机会的来临，那么，最大的可能就是被社会淘汰掉。所谓物竞天择，适者生存。就是这个道理，要更好的生存，就要逼自己优秀，才能得到更好的资源。幸福有如一双鞋子，合不合适由脚说了算。不要在意外界的声音，别以为人家说好的，对自己就是好的；人家说不好的，那肯定就是不好的。好比上学时，你学什么专业，更重要的是看你的兴趣。勉强让你学一个自己没有感觉的专业，岂不是越学越累。生命于人只有一次，庸庸碌碌是过；很是精彩也是活。就是不要虚度年华而悔恨，碌碌无为而惋惜。年少时得到父母的关爱，供你读书，给你指出方向。但是，那是机械式的，从小到大，让你成长、成年，由自己选择。选对了，成才；选错了，出局。当然，对于读书的认知，他是由你选择的，不同的人有不同的感悟。之所以要读书，不是说将来就一定会帮你赚多少钱，得到多少财富。但它一定会成为你人生的阶梯，无形中引领你到达一些地方，让你升级，也许没有那么明显或那么及时，但却很真实有用。

*** *** *** *** ***

【情商的本质】

当今社会，人们都比较注重情商，但更须知，情绪的正负。情商的本质，就是情绪管理的能力。情绪的正负，可以决定一个人一生的命数。而这个命数就与情商有关。每个人身边都有一个磁场环绕，无论你在何处，磁场都会跟着你，而你的磁场也吸引着与你磁场相同的人。所以，你有什么样的磁场，就会过什么样的人生。无论工作上，生活中，尤社交活动最多，99%的问题，都是情绪问题，因此，也就涉及情商与磁场。这个世界，人的思想还没有强大到自己能够完全把握自己的时候，就需要在精神上依托另一个比自己更强大的人。也许有一天，学生会变成自己老师的老师，但人在壮大自己的过程中的每一个阶段，都需要求得比自己的认知更高明的指教。但人的本能会随着身边人的行动而跟着行动，所以，你如果无法做到自律，最好找一个能直言不讳的诤友和你顶牛，让你随时得到警示，惊醒你的灵魂。西方大思想家、音乐评论家——罗曼·罗兰说："灵魂最美的音乐，是善良。"于是纵观人间美好无数，唯有善良和爱不可辜负。善良就像一场轮回，生命中你所付出的善意与爱，都会以另一种方式回馈。世间事，冥冥中自有某种吸引力。如同作用力与反作用力定律一样，你付出的善，也会在你身边汇聚成一个磁场，吸引到生活里更多的爱，回应了情商的本质。

***　***　***　***　***

【人生品牌】

现实的社会，人们总是喜欢自己有存在感，但是，疏忽了人性的弱点。而真正厉害的人，却是安静做事，低调做人，踏实处事。一个安静做事的人，无论学习、工作，还是生活，都从细微处就开始优于普通人，积少成多，自然也就与众不同了；低调做人的人，其实是真正的高情商，他们往往数十年如一日，为自己树立了可信、可靠的人生品牌。以特殊的方式在一定范围内被人视作范本，墙内开花墙外香；过硬的人品成为无形资产，让人有尊重和敬仰的存在感；踏实处世的人，不管本事多大，首先都把自己的位置放得很低。这种做法，不是自我贬低，也不是刻意讨好别人，而是谦逊有礼，是一种气度和格局，对他人表示尊重和礼待，为自己也留有余地。读《鬼谷子》有感：当你碰到猪队友，就没有必要与他谈思想、谈处事的对与错，因为他只懂得精饲料才是最好的。一个人的存在感并不是你自己怎么去打造，而是由你周围的人为你的人格魅力呐喊，折服而产生。

***　***　***　***　***

【健康的时代到了】

改革开放四十余年，也许人们已经淡忘了开始时的艰辛，经历完一个跌宕起伏的大周期，但只是中国经济的上半场。上半场，完成了两大任务：一、基本建设；二、互联网平台的推出，提高了社会运转的效率，功不可没。但是，在这阶段，社会发展比较粗放，秩序不够完善，法律法规不够健全，所以很多人就走捷径，钻空子，运作了这两种资本，抢占了赚钱先机。时势造就英雄，大多数人的成功，都是时代的巨浪助推的结果。因此，在上一个40年里，可以说没有个人的成功，只有时代的成功。而到了下半场，随着法制的健全和商业框架的完善、市场经济秩序的改变，只有运营好产品和内容才有出路。在一个信息高度对称的时代，竞争越来越充分，所有的模式和技巧，基本没有空子可钻，资本变得越来越无处落脚。所以，未来我们必须把精力放在运营产品和内容或服务上，而不再是依靠捷径投机钻营，也不再依赖资本的动力，只有勤奋的智者才能把利益最大化。其实一个人人都在沉下心来做产品、做内容，重运营、遵法制的时代，才是健康的时代。

*** *** *** *** ***

【磁场】

微信朋友圈是你的第二张名片，用最简单的文字，写尽人间冷暖，治愈孤寂的心灵。不经意间反映出你的人品及内在修养。实践证明，一个人能走多远，不全在于能力，而在于人品。在这个网络时代，朋友圈帮你提供了平台，让你充分发挥思想、情怀和抱负。没有情绪化，就是正能量，其实也并不是没有负面情绪，而是懂得自我消化。所谓细节见真章，无关紧要的举动，往往就是人品的彰显。用平常心分享生活的人，把日子过成了诗，注重生活的情趣与品质。人生，就应该是不断断舍离的过程，更要注重自己的操守，注意自己的言行。微信是半开放式的场所，可以各抒己见，但是也要谨慎。思维没有在同一个高度上，就没必要说服对方，因为你永远都说服不了。而最好的探讨方式，那就是用你最好的磁场，去感召同磁场的人。

***　***　***　***　***

【先知先觉和后知后觉】

朋友圈里的朋友可能会决定着你的人生走向。一个生活在穷人堆中的人，要想成为富人，必须具有独特的思维和坚强的毅力脱离这个阶层。这不是背叛，而是一种自我发展和改变。然而，大多数穷人都喜欢走穷亲戚，没有勇气与富人交往，久而久之，心态成了穷人的心态，思维成了穷人的思维，做出来的事情就是穷人的模式。同样，如果虽为穷人，但有志气，渴求知识，改变处境，耳濡目染了富人的思维方式和处事格局，慢慢地就会脱离贫穷心态，走向新的旅程。在西方文艺复兴时代，英国人大都具有绅士风度，其实绅士也有穷人绅士，尽管口袋里已经没有一个便士，也会西装革履走进五星级酒店吃一碗面，然后轻轻站起，把自己坐过的椅子推正，然后迈着稳健的步伐轻轻走出。不可思议的是身上一文钱也没有了，为何还有此风度，因为人虽穷了，但其骨子里的精神内涵尚在，在等待机会翻身。当然，现在是新时代了，机会更多，而每一次新机遇的到来，都会造就出一批富翁。当别人不明白的时候,他们明白自己在做什么;当别人不理解的时候,他们理解自己在做什么;当别人渐渐明白了,他们已经富有了;当别人理解了,他们成功了。任何一次财富的缔造必将经历一个过程:先知先觉是经营者;后知后觉是跟随者;不知不觉只能是消费者,然后就愈来愈穷。人生比努力重要的是选择,只要你不抛弃梦想,你的梦想永远不会抛弃你。

*** *** *** *** ***

【里子比面子重要】

失败,都是从依赖别人开始的,越没有本事的人越在乎面子,希望得到别人的支持、迁就及纵容。执着于那些无足轻重的底线,处处都要表现出自己强大的自尊心。然而,这种自尊恰恰成了要求他人的利器,而内心却极其脆弱,甚至是再自卑不过。自尊有时候甚至比天大,殊不知太要强太敏感的自尊,则来源于自卑。新时代了,只有有面子才会被卖面子。真正有实力的人,不会虚张声势,热衷于那些没有含金量的面子,而是把精力放在提升自己实力上,深知里子远比面子重要的重要性。现在的聪明人更看重里子了,从内心修炼,让自己变得越来越强大。当你放下面子赚钱的时候,说明你已经成熟了;当你用钱赚回面子的时候,说明你已经成功了;当你用面子赚钱的时候,说明你已经是个人物了。

*** *** *** *** ***

【占位比努力重要】

把穷人变成有钱人，这个世界只有犹太人最有发言权。犹太人是世界上公认的最具商业头脑的民族之一，其实他们不一定比其他民族具备更高深的智慧，但在和财富相关的种种事宜上，都有犹太人的踪迹。事实上，犹太人漂泊几百年，还没有一个独立的国家，却仍然持有相当的财富。这得益于他们对财富的逻辑概念的思考，秉持着这些财富概念的思考，犹太人即使经历过贫困，仍然以东山再起为目标，创造了巨大的财富。依照犹太人塔里木法则：自然界中，氮与氧的比例是22:78；人体中，水与其他成分的重量比例也是22:78；在整个社会，富裕阶层与普通人的数量之比也是22:78；但他们所占有财富之比是78:22（注：这个数据是抽象化的，不能当作学术依据）。说白了钱就是在有钱人手里，所以，最好的生意是赚有钱人的钱。但是，想要成为这黄金遍地的78里，你首先考虑的是怎样跻身跃进，因为占位比努力重要。

*** *** *** *** ***

【思维先行，才会产生推动力】

人的一切行为和行动都是为了最后的成功，但是，思维是指导行动的重要前提，然而，思维更需要创新，只有打破旧思维的桎梏，新的思维才能出现，思路才会重见光明。《孙子》有云：“知己知彼，百战不殆。”要战胜对手，就必须要了解对手。貌似简单，实则深奥无比，即要求世人从复杂里寻求简单。简练才是真正的丰富，只有最简单的东西才具有最大孕育性和想象空间，方可符合新的思维法则。时代在不断进步，可现实却往往以为自己掌握了许多知识，喜欢将事情往复杂方向瞎折腾，以显示他的高深。简单的思维是舍弃一切复杂的表象，直指问题的本质。任何问题的复杂化，都是因为没有抓住最深刻的本质，没有去揭示最基本的规律与问题之间最短的联系，只是停留在表面的复杂性上，反而离解决问题的作用越来越远。殊不知简单化才是经济、优化，最省力、最准确的思维方式，很具有实用性。生活中，任何事情的发展一定是思维先行，才会产生推动力。思维决定目标，穷人思维导致贫穷的结果，富人思维导致富有的结果。如果你具备了富人思维，你就会变得越来越富有。如果你不具备富人思维，即使你突然有了很多资源，也会慢慢在你手中流失。

【规则与道德】

这个世界，庸才才仅仅认知道德，而智者却已经只谈规则了。《社会学》认为人首先应该遵守规则，再来谈道德。因为道德的伸缩度太大了，没有规则的道德也就不是好道德。古今中外治国理政的实践证明，一个国家的持久强大，取决于这个国家的治理水平，而一个国家的治理水平则完全体现在规则的制定和执行力上。有规则制度的社会才是积极主动、生机和谐的社会。因此，没有良好完善的制度，靠道德来约束人的行为，是极其不现实的。道德只有在资源相对充足的情况下才能得到保障，否则，人只有倾向于自私，不自私就难以生存，这是人性使然。人有如社会细胞，社会由人组成，有了明确的规则让你遵守，做到了，道德的水平自然也就提高了。反之，只谈道德不讲规则的社会，就是一个虚伪的社会。道德是一种自律的工具，是个人对自己的约束，它不是义务，而是一种良知，任何人都没有权利要求别人牺牲自我成全他人。而规则制度则是每个公民都必须服从的义务。所以，一个健全的社会，首先是法制社会，以遵守规则制度为前提，再谈道德。

*** *** *** *** ***

【人生到最后拼的还是人品】

成功的差距其实并不全是智慧、能力和金钱，更有人品。一个人品好的人即使没有多大成就，但他一定是一个有思想、有骨气的人，能够始终坚守本心，牢记底线，行得正，坐得端，走到哪里都会自带光芒。人品，反映出一个人做事的态度和做人的修养，是一个人最可贵的通行证，也是最硬核的靠山。古人云："上善若水，厚德载物。"为人处世，只有拥有好的人品，才能走得更远。所以，做人就要以人品为先，才有良好的生命力，没有伟大的品格，就没有伟大的事业。这个社会，所有的商品都有保质期，唯独人品没有保质期，而且存量越好越有价值。《菜根谭》有云："德者才之王，才者德之奴。"可见有才无德者其结果一定是不好的，人生到最后拼的还是人品。当然，欣赏一个人，始于颜值，敬于才华，合于性格，久于善良，终于人品。一个好的人品，总是赢得大家的尊重和认可，不管走了多少弯路，到最后的成就一定会大于那些喜欢鄙视别人的人。

***　***　***　***　***

【心战与大我】

这个世界，决定你人生命运终极走向的，不是过去的认知、学历和人脉。而是社会资本、文化资本和心理资本。社会资本，不是盲目去积累人脉，而要学会掌握人脉背后的逻辑思维。是以聚集为效应，以价值体系构建共同的成长体。它来自我们内在的价值以及所做的贡献和创造；文化资本来自掌握了先进的思维模式，以及与时俱进的成长模式。掌握正确认识这个世界的方式方法。它来自思维方式的迭代和成长，对旧的思维模式进行识别，你越能识别过去的模式带给你的束缚是什么，你就越能从束缚中蜕变，比别人提前超越。文化资本是一种强大的生命力，好的文化是一种创新革新，它来自内在思维的角逐，不断探索，对习俗的思考与传承；心理资本，首先是怎样强大自己的内心，对世事的接受和锤炼。一个人要想走得远，首先你要站得高，一遇区区小事就焦虑，这是缺乏心理素质所致。读《王阳明传》曾说："这个世界上最大的战斗乃是心战。"所以，我们要学会从内心建设一个强大的心理堡垒。因此，要学会追求自我，把生活当成自己最大的心战战场，千锤百炼，塑造出一个大我，方可掌握终极目标。

***　***　***　***　***

【打造】

衡量一个人生活过的是否有序，行为是否检点，举止是否高雅，行动是否利索，行为是否练达，谈吐是否不俗，对人是否真诚，等等的隐性指标，一看他/她脚上日常所穿的鞋子就知道了。一个人日常所穿的鞋子在脚上，并不显眼，但却能凸显他的形象和气质，从而引发上述的实况。鞋子长年脏污，说明此人生活过得很是忙碌，且不要求整洁，自己把自己贬低了层次；鞋子沧桑，不求品牌，不显摆，不傲娇，却很整洁，做事一定干脆利落，这样的人值得信任。一个人的形象，内在与外在各占一半。内在是需要自己努力学习，修炼自己，长期的积累、沉淀形成；而外在的形象可以通过自己精心打造，尤其每日注重细节。举止高雅，亦需衣着及鞋子衬托扶持，须知牡丹虽好，全仗绿叶扶持。所以，一个人身上所散发出来的气质，除了别人看着舒服，也是自己社交活动的一种武器。

*** *** *** *** ***

【半盏清茶悟情商】

在人生成功的公式上，情商是占有40%的比值，是绝不可缺的一部分。可在现实生活中，人往往会抱怨，抱怨这个社会的不公，就是忽略了自己有多高情商。古人云："近朱者赤，近墨者黑。"生活中人们大都喜欢与积极向上的人为伍，没有人喜欢自己的身边老是充斥着抱怨生活、负能量的声音。抱怨是人生消极的态度，是浮躁的表现。抱怨多了会导致自己离心离德。要想改变环境，首先得改变自己，锻炼出哪怕一点点情商，也可以渐渐积累。为什么高情商的人都懂得站在别人的角度去思考问题，先考虑别人再考虑自己，知己知彼，百战不殆。抱怨改变不了什么，有的只是在浪费时间，而且超拔普通人的时间坐标系七八年就够，而超拔复杂人的时间坐标系可能要在百年以上，前者可以坐观云起，笑看花开花落；而后者则终生在忙于修正自己的人生方向。所以，我们何不以一颗静心观世界，半盏清茶悟情商。

*** *** *** *** ***

【还能活多少年】

人生无常，无须张扬。忆《红楼梦》电视剧里有一句唱词："喜荣华正好，恨无常又到。”可见曹雪芹在写红楼梦的时候，搜集了几多人间悲欢离合，喜怒无常的喜悲剧。《庄子》亦云：“知时无止，察乎盈虚，故得而不喜，失而不忧，知分之无常也。”人生历程，哪怕你权威多高，知识渊博，总有太多的道理和知识是我们所没有涉及的，也是完全不知的，应当感受到自己的渺小。正如鲁迅先生说的一句话：“……皮袍下面藏着自己的小。”在现实生活中，不是现在你有多少钱，而是你还能活多少年。当你遇到纠结、不开心时，想想自己还剩多少年可以折腾，世事无常，想明白了，你就再也不会生气了。《圣经》曰：“不忘人恩，不念人过，不思人非，不计人怨。”皆系劝善理论，和佛、道、儒家同一个概念，人生就是减法，不要张扬，见一面少一面，还不如积极活好当下，迎接明天的阳光。

*** *** *** *** ***

【靠谱的人做靠谱的事】

酣客酒庄的广告语是：“靠谱的酒只与靠谱的人喝。”顾名思义就是酒靠谱，但是要与靠谱的人喝，是绝对性的褒义。过去社会夸一个人最多的词语无非就是能力强、聪明、勤奋、努力还有自律及讲信用等。到了现代，只需用两个字——靠谱，就成了最高的评价。按股神巴菲特的逻辑，说靠谱是比聪明更重要的品质。与不靠谱的人交往、合作、共事是对时间、生命极大的浪费。所以，答应了的事，无论过程有多困难，或者要损害自己的利益，也一定要兑现，要体现靠谱的形象。孔子有云：“君子欲讷于言而敏于行。”故靠谱者首先是低调、诚信，获得群体的信任，从不吹嘘自己有多厉害。有多大的能力说多大的事，情绪十分稳定，绝不放任自己沉溺在或悲或怒的情绪里指责别人。当自己把方向认定了，就表现出较强的自制力，处理好一切复杂的事情，这才是靠谱的硬核。

【人脉与无效社交】

生活中，需要有朋友，也少不了朋友。但世俗又说没有永恒的朋友，只有永恒的利益。在利益导向下，就算曾经的敌人也可以变成朋友。反之亦然，在足够利益的驱使下，即使是你的朋友也会站到你的对立面去。现代社会，有一项很重要的资源——人脉，然而，人脉也是建立在互助互利的基础上的，而不是单方面地索取或者付出。但是，你想要和别人建立人脉关系，前提是你自己必须要有价值。世态炎凉，用你时有热情，不用你时很冷漠，也不要沮丧，就是在考验你的价值程度。否则，就是无效社交，浪费时间。虽然人脉是人们对抗通货膨胀最有力的资源，但也不能把人脉归结于社交。否则不但没有促进感情，还让双方心累，彼此的关系可能反而推得更远。所以，宁可高质量地独处，也不要低质量的朋友。人生岁月，别人给予的帮助是有限的，自己的智慧是无限的，承担自己应该承担的，不要奢望别人，别人教你的智慧，只是让你少走弯路，但不能帮你规避所有的风险。如是，看透了人生的一些真相并不代表你已经看透了人生，看透自己才行。

自己若不努力，除了年纪在增长，头发变少，容颜变老，你惹不起的还是惹不起，你喜欢的也仍然与你无关。

***　***　***　***　***

【内卷】

这个世界，人们在无形之中都要被内卷，从大人到小孩，从学习到工作，方方面面都被卷得不行。气量大的还好些，有实力、有底蕴，已经习惯了，不怕卷。但底气不足的人总是希望自己在良性循环竞争中得到进步，可现实却并非如此，因为这个世界恰恰是以胜者为王作为“成功学”理论。是故，从自由竞争到内卷，不能正确认识自己，就没有办法迎接新的挑战。其实认识自己并不难，难的是面对那个有缺点的自己，承认某些缺点是导致自己失败的内因。然而，内卷并不是终点，贫穷不是社会主义，科学技术才能创造生产力，人生最难的不是相遇，而是重逢。人生可以在内卷的浪潮里内卷，不把当下当作终点，卷出前所未有的成绩，卷出结果。

***　***　***　***　***

【同化】

当一个人身处新的环境里时，要学会先求生存，后图发展。但是，人处于特定环境，会被环境同化，看你是向什么方向同化。根据《吸引力法则》，印证了人以类聚，鸟以群分的原则。不要疑惑为什么生活得如此坎坷，其实是你自己忽略了一个关键的事实——没有达到足够的条件去融入新的环境之中。如此，则需要检查并评估自己，比如三观、理财观、审美观、爱情观和思想、水平、学历、能力及正能量等指标有多少共性。如果你长得很帅，举止潇洒，吸引力很强，自己还不知道，这是气质；你那么有钱，才华横溢，别人却不知道，这是修养。所以，把脾气拿出来，那是本能；把脾气压下去，那叫本事。同化也是有区别的，同样的同化会同化出不一样的结果。这就与环境有关，古人云："道不同，不相为谋。"但是要搞清楚此道是何道，自己足够优秀了，此道绝不排斥，反而更加拉拢；反之，你若还不够资格在这个环境里生存，却要求在环境的规则里被同化，你一定很累很辛苦。因此，想要融入更高端的圈子，首先要将自己变优秀，提升自己，才能够出现更多与自身有共性的人，自然会向好的方向同化。

***　***　***　***　***

【人格的萃取】

这个世界越来越现实，但唯人品从不贬值。因为人品，是做人的底牌；人格，是做事的底线。两者相辅相成，构成你的成就。是故，人品越好，人缘越好；人格越高，人脉越广。一个人的内涵折射在言行里；一个人的人格反映在外在上。现代社会，可怕的是为金钱谄媚，丢掉该有的尊严；为利益低头，失去做人的根本。两者皆违背了底牌和底线。所以，一个人必须要有思想，然思想来自阅历，阅历来自经历，才构成良好的三观。但正确的阅历和经历，要想把它转化为价值，也必须是建立在两个底线上的。而人品的修炼，任重而道远；人格的萃取，非一日之功。高尚的人格聚人；健康的人品赢心，有了人，心又在，成功离你就会越来越近了。

*** *** *** *** ***

【幸福就像夕阳】

随着社会的发展，人们的生活水平越来越高了，然而，幸福感却越来越低了。中国改革开放仅四十余年，把西方国家用了300年都没有完成的事，却一鼓作气完成了。我们的祖先几千年没有完成的事业现如今一下子完成了。幸福来得太快了，可是感恩之心没了，人们的欲望也变了，已经不是每天为房子、车子、票子发愁的时代了。因为随着社会的快速发展，人们的欲望越来越多，当欲望难以被满足的时候，幸福自然就越来越难了。其实幸福并不是在于你是什么人或拥有什么，它只取决于你想要的是什么。所以，多学习望尘莫及的词语，或许会对你的不正确欲望能减轻压力，增强幸福感。昔日瞿秋白先生曾说过："如果一个人是乐观的，一切都有抵抗，一切都能抵抗，一切都会增强抵抗力。"所以，幸福就像夕阳，人人可以看到，但大多数人的眼睛却望向别的地方，因而错过了机会。须知幸福与快乐是在你感恩的时候才真正来临。知足常乐，学会了知足，幸福就在我们身边。

*** *** *** *** ***

【相知与相守】

人和人的关系，相处得好不好，是需要过程的，它始于性格，验于三观，终于人品。性格是决定感情的第一要素。人与人性格能合，交往自然随意，感情也会随之醇厚；虽然人与人因性格一致走到了一起，但到底能走多久、走多远，却要由三观是否一致来决定的。古人云：“相识满天下，知音有几人。”是故，人与人之间最远的距离，是价值观、人生观和世界观的不同。不同频的人终究会走散在人海里。而同频同趣的人，无论岁月怎样变化，都会相守不腻，久处不厌，激情始终依旧。当然，世间之事变幻莫测，并非任人掌控，有时候会发生人力不可抗拒的因素，但唯有一个人的德行可立一生无变。这个世界，相知、相守，走到最后都不会一帆风顺。性格的相投，三观的契合，人品的辉映，每一种关系，每一份感情，都要历经一次次的考验，主动创造磁场，才见结果。

*** *** *** *** ***

【时代的变迁】

眼看已经到了智商过剩的时代了，似乎要返璞归真——智商并不是最重要的，重要的是顺应潮流。回顾改革开放初期，市场经济的口子忽然被打开，大多数人还没有看明白的时候，有些人已经率先开干了，功成名就，形成了胆识时代。当市场经济发展到了一定阶段，大家的商品意识都被唤醒了，参与分蛋糕的人就会越来越多，于是就形成了智商时代。再到后来，竞争越来越大，法制和法规也越来越完善，社会就告别了野蛮生长期，开始纵深发展，此时一个人要想修成正果，就必须依靠精神和专注的标配。社会像个万花筒，靠一时爆发出来的关系形象不会太长久；单靠技术支撑起来的关系形象也不会太长远。可是这两者却越来越多，多到社会对这样的人产生免疫力了。与之相对应的是：那些朴实无华的人反而越来越受欢迎，因为顺应潮流，更容易得到机会。世界在变，人的心智也变得越来越成熟，面对竞争，在各种经历和阅历的配合下，越来越理性和淡定，免疫力大大增强，已经不是几句忽悠大话就可以搞定一切的时代了。所以，一个人太突出自我，其效果一定会适得其反。《周易》有云："后其身而身先，外其身而身存。"意指忽略掉小我，才能成全大我。

*** *** *** *** ***

【思想上的巨人，现实中的矮子】

这个世界，总是富人少，穷人多，用二八定律似不为过。富人之所以能够持久维持自己的地位，尽量不让自己变穷，是具备了穷人身上所不具备的特质——勤奋、努力、爱学习、勇于探索、善于寻求机会等。反观穷人，更多的是选择安逸，绝不会冒险，且奢望一夜暴富。即使有一颗奋斗的心，但是不敢尝试，不敢执行。只做思想上的巨人，行动上的矮子，注定只能在徘徊和彷徨中越来越穷。只愿意活在自己的世界里，不思进取，不想面对未知的恐惧。其实穷人并不是天生的，是被自己的思维造成的，如果勇敢地走出舒适圈，看看外面的世界，向生活发起挑战，负重前行，只要方向正确，变穷为富的思维永远没有保质期。人生百年，勿荒勿怠，机会总比失望多，不要自我设限，自我否定，否则那才是放弃了自己的机会。

*** *** *** *** ***

【用对脑子，选对方向比努力重要】

凡事努力，是正确的，但是选错了方向，跑得越快，反而离成功越远。知道方向的人，压根就不用跑，慢条斯理溜达都比别人先到达目的地。这个世界，大部分人有梦想，但更多的人都走进了一个思维误区，以为只要足够努力，就可以获得成功。殊不知用对脑子，选对方向比埋头努力更重要。所以，真正厉害的人都是一个能够超越情绪的人，愿意敞开人生格局，在更高层面上升级自己的认知模式，在接纳、体验中升华自己的情感，使自己的心灵有一个积极光明的出口。不管你的内心有多么强大和高傲，但对自己应当要有正确的价值判断，以及由此带来的对世事的包容，反馈本性，展开对客观事实的尊重。现实告诉我们，处事多用脑比多用手成本低得多，还可以节约许多资源。厉害的人之所以厉害，成功的人之所以成功，皆在别人由于方向失误停滞的时候，他选择了进化；别人都看不清趋势的时候，他选择了未来。

*** *** *** *** ***

【情商欠费】

情商往往也有欠费的，这个世界发展快，事情也多。一个情商欠费的人，一定是急躁的人，受不得任何冒犯，会立即反击，不会控制自己的情绪。假如你的情商不欠费，一定会懂得遇事冷静，先处理自己的紧张情绪，然后着手面对事实的真相，作出正确判断，控制事态的发展，避免激化矛盾。假如你的情商不欠费，一定不会有不理智的行为，能够分析自己是急躁还是感到挫败，抑或觉得受到打压还是自己焦虑，都会顺应事态的变化，冷静而积极地处理。假如你的情商不欠费，你就不会遇事做出雪上加霜的事，还把自己看成是团队的领袖，把缜密考虑的观点作为团队的方向和战略。假如你的情商不欠费，你会提升自己忍耐度的极限，避免触动即将爆发的开关，让你变得非常理智，在合适的时机释放合适的情绪。所以，生活中，要尽可能地做到既能给团队带来正能量，又要让身边朋友认可你的真诚和温暖。但是，情商是靠自己提升的，我不完美，但我真诚，情商最好不要欠费。

*** *** *** *** ***

【形象是成功的重要背景】

形象，是成功的重要背景，也是人生游戏规则。一个人的形象让你的个人消费增值，投资你的形象就是投资你的未来。一个良好的形象为你的事业起着积极的作用，但也可以破坏或阻碍你事业的顺利发展。外在形象整体和谐统一、三观端正、举止得体、内在气质和个性突出等指标，在无形中提升了你的气质。因为一个成功者，展示给人们的形象是自信、尊严、力量、能力和智慧，它不仅仅反映在对别人的视觉效果中，同时也是外在吸引人的辅助工具。一个好的形象代表着自信，没有自信的人就别想成功。大多数人之所以失败是因为他们首先看其形象就不像成功者，或者这样的人看起来就不想成功，或者说根本不知道什么是成功。但是，越自信的人对自己的言行越有更高的要求，会唤起你内在沉淀的优秀品质，通过你的衣着、微笑、眼神、握手等举动，表现出与众不同的魅力，塑造出卓越的品质，显示出你卓越的形象。

***　***　***　***　***

【布局人生】

这个世界，会渐渐流行格局，但对于格局的定义或许比较朦胧。人生一路走来，遇到琐事繁多，纷纷在低谷中攀爬，有的人年少时就能大彻大悟，有的人却往往因小失大，这种处事的差别就取决于格局大小的不同。所谓格局，格者标准也！局者乃稳定之部署也！把看不起你的人看起，是一种修养；把不敢做的事做出来，叫作本事；把不想做的事做好，叫作能力；把咽不下去的冤气咽下去，叫作胸怀；把人人争夺的小利让出去，叫作大度；不与人计较口角，赢得人心，站高看远，不与人争一城一地，构成格局的标准。然而，在现实生活中，格局也需精细化，需要信息储备和信息的精度、知识层面等远超于人，向高于自己的人虚心学习求教，处处表现得低调、谦虚，让人信服。建设更高的思维框架，创造胸怀的宽度，加强知识的深度，细节布局人生。

*** *** *** *** ***

【关系就是生产力】

一个人每天进进出出，能够处理好与自己有关的关系才叫能力，因为关系可以转化成为生产力。身处一个团队里，须知工作就是职责，职责就是担当，担当就是价值观的体现。古人云："百年修得同船渡。"能在一个团队里共事，都是缘分，所以，处理好人际关系，乃是人生成就的重要因素。大千世界，芸芸众生，既成关系，就要珍惜，要不惜一切地维护，维护关系也等于成长自己。越年长，越要谦虚，团队的本质从来不按年龄的大小排序，而按职务，对年龄的尊重只是一种表面的应酬，年长了也千万不要自高自大。正义也许会迟到，但永远不会缺席。一个人的成功，其实最不重要的是伪智商，可以由时间来证明。你若是颗种子，那么团队就是你的沃土，但你要证明怎样发芽，发好芽。人贵在有自知之明，心存感激，感恩戴德，维系关系，人生才有诗和远方。

*** *** *** *** ***

【贫穷的改变与思维】

决定一个人是不是贫穷，并不是根据他先天的物质条件，而是你的思维方式。富人的思维方式是站在高处看问题，有一个大的格局，懂得忍辱负重，华丽转身，设计自己；而穷人的思维则是因为穷过，首先是自卑，无论做什么事情都会先考虑钱的问题。因此，越是先考虑钱，越是丧失了更多赚钱的机会。穷人也许穷怕了，带有这样的思维越来越穷也就难免了。聪明的穷人，应该看到这个世界打工者与老板的关系：老板关心的是你有什么学识，不唯文凭论、形象、穿着是否得体、视野是否开阔。而这些都是打工者需要自己去投资的，为了争取地位。有了地位不也就有钱了吗？时代不同了，有头脑的老板都不以血汗工厂为理念，他们会尽可能让员工生活得舒服，比如谷歌、苹果、微软都在尽可能地给员工提供福利，让穷人变成富人。他们深知一个抠门的老板，是不会长期富裕的。所以，穷人不是天生的，需要先转变自己的思维，赚钱是为了变穷为富，无须自卑。如果随时都在考虑钱的问题，都按"必要"来活着，那你就永远都无法改变贫穷的局面了。

*** *** *** *** ***

【十次做事上的成功，也无法掩盖一次做人的失败】

人的前途和命运，并不只是能力和机遇，更是前途和命运的背后——利益共同体，看这共同体的方向在倾向谁。为什么越有才华的人，走向巅峰时越慢，因为当一个人的智商和财富出现不相匹配的时候，这个社会至少有100种方法收割你，直到你的智商和财富相匹配为止。但是，在做人要低调的反面，乃是做事要高调。在客观上大家都愿意和强者合作，然而，只有高调才能表现出强势，才能吸引更多关联资源的机会。古人云："人之道，损不足而奉有余。"你越弱，别人离你越远；你越强，别人越愿意把资源交给你。所谓强强联手，即此道也！其实社会本质也是一个大平衡，所有强大的东西都在开始变弱；所有弱小的东西，都正在变强。是故，所有的快乐同时都潜伏在痛苦里，所有的痛苦后面却隐藏着快乐。社会的发展一切都是以人为本，最后所有的问题都是人的问题。无论你有多成功，如果不懂得做人的道理，照样会输得一败涂地。你在十次做事上的成功，也无法掩盖一次做人的失败。此外，在把事做好的同时，还要能够搞定人而不被人搞，这才是最大的成功。

*** *** *** *** ***

【为别人鼓掌】

一个人觉得自己没多大出息，往往是朋友太少，知己更少。如果嫌自己命不好，应该要去找命好的人做朋友。这个世界，须知人脉就是财脉，关系就是实力，看一个人的实力，就看你周围的关系。万丈红尘三杯酒，千秋大业一壶茶。看你这壶茶在和谁喝，这杯酒在和谁干，这就是你的格局。此时你的成就、财富、事业还没有大于你的格局。一个境界偏低的人讲不出高远的话，一个没有使命感的人讲不出有责任和担当的话，一个格局小的人也讲不出来大气的话。古人云："水至清则无鱼，人至察则无徒。"所以，认准方向，广交朋友，学习先人，提升自己，是改变你命运的最佳选择。当一个人真的能看到自己的不足时，其态度是真诚的，思考是正面的，行为是精进的，表达也是坦诚的。不怕念起，就怕觉迟。当然，切勿骄傲，别人的不足刚好是你存在的价值。但是，不愿意为别人鼓掌是愚蠢的，不懂得尊重别人的人永远得不到别人的尊重，不支持别人的人也同样得不到别人的支持。不是自己命不好，而是庸人自扰之。

*** *** *** *** ***

【快速让自己变得有希望】

人生需要傻傻的坚持，无畏的勇气和快速的复原三种能力。傻傻的坚持让自己变得有希望，无畏的勇气让自己精神倍增，敢于挑战，快速的复原可以让自己细思功过，尽快调整方向。这个世界是钱的世界，没有钱你将寸步难行。然而，钱的背后是产品和服务，把产品和服务做到极致，钱自然就来了；产品和服务的背后是心性，人若有了匠心和耐心，自然就能做出极致的东西；心性的背后是修为，人修炼到了一定程度，自然就会高瞻远瞩，改变三观;修为的背后是道,当人参透了万物变化的本质和规律时,自然就不失道而得道。一个有雄心壮志的人,不是一个老好人;做一个能为别人带来价值和结果的人,不会是一个温柔似水的人。所以,钱,不会跟着温良恭俭让者走的,唯有快速让自己变得有希望,才是王者。

*** *** *** *** ***

【贫富在骨子里的决定】

贫穷或富有,并不只是反映在表面上,还得要看其骨子里是否定型。一个人表面的贫富其实不能决定他的结果,而骨子里的贫富才决定一个人的结局。人生贫富在开始时是天生的,是由社会、家世、背景及资源组成他的命运;但到了后期,由于人思想的变化,环境的变迁,社会的关系,经济的发展,等等,导致两极分化。到了成长、成熟后无形中推动了社会贫富的分级机制,形成差距。但是这种贫富分级的形成,并非是依靠基因可以持久的。因为此时已经不再是“骨子里”的概念了,会随着思想、环境的变化而变化。富贵——每个人都有自己的看法,要看你对金钱持什么态度。要想赚钱,就要保持一个良好的心态,你对金钱的态度,就是你赚钱的态度,这就是一个人的格局。它在原来的骨子里已经开始衍生思想、精神和胸襟。然而,一个人到了最后还是贫穷,那么,很大一部分原因是自己造成的,因为在将要离开“骨子里”的时候,还没有考虑自己如何蜕变、进取、崛起和发展。

*** *** *** *** ***

【看透了自己，就不会小看别人】

尊重，是相互的，是人与人之间的认同，是心和心之间的平等。它折射出一个人的品行，于是，凡有教养的人，都会懂得尊重别人。其实交朋友的过程，就是彼此尊重的过程。你若充分看透了自己，就不会小看别人。知廉耻，才能懂敬畏。所以，要想得到别人对你的真心，你首先要学会尊重别人。不嘲笑别人的缺陷，尊重别人的隐私。每个人都有自己的做人底线，不要拿自己的标准去衡量别人，更不能用自己的眼光去评价别人。一个真正懂得尊重别人的人，自己一定是心胸开阔的人，首先是品行正派，有高度、有气节，遇事高瞻远瞩，不会临渴掘井，先想他人而后想自己。在这个现实世界里，只有学会尊重别人，才是赢家，既赢得了赞同，更赢得了人心，天天为你涨粉。

***　***　***　***　***

【警惕】

互联网其实是一把双刃剑，看似为人类增加了不少便捷，但同时也产生了很多负作用。比如直播平台低俗无聊的表演、各种真人秀节目、玄幻修仙小说、色情暗示等形形色色的垃圾内容，一不小心就会让你万劫不复。而这些内容的设计逻辑都是以无限满足人性偏好为标准，将人性的各种阴暗面激发出来，引你误入歧途；而忽略了民族存亡、国家军事、政治、经济、科学的发展，对有价值的东西视而不见。这是一个危险信号，社会在飞速发展，而人的智力水平却反而在退化。科技越来越发达，而人却变得越来越懒于思考，且只图一时的欲望，忘却了自己的人生使命和奋斗目标。为什么那些大型网络公司不去抵制这些毫无意义的垃圾内容，为国家、为民族多创造一些进步的、有用的东西？反而到处有怪现象，因为被磨灭了的人性所蒙蔽，跟随着人性的需求，不管有多粗俗不堪，还在鼓励涨粉的点击率。即使有哲学家的呐喊，也一定罕有觉醒，宁愿身陷于它们创造的混沌世界里，不思挣扎。

*** *** *** *** ***

【修养与胸怀】

一个人把脾气发出来，那是本能；能把脾气压回去，才叫本事。生活中，我们常会遇到不快的事，负面情绪可能会瞬间爆发；此时若能保持理智，不情绪化，那么，一个人的修养就得以充分体现。修养产生格局。星云大师有云：“人的肚量多大，事业就有多大；要空出所有，才能建设一切。”一个人的胸怀，往往可以决定你能做多大的事情。凡事学会换位思考，懂得淡然处之，才在无意中练就了平心静气的本领，这就是修养。学习难免有知识盲区，当知识未成体系时，它只是一个碎片，不管职位多高，哪怕身处某个领域金字塔顶端，可能也会遇到未曾涉足过的范围。此时恰巧被人触碰到盲点，如果选择勇于承认，虚心求教，可能反而更容易获得对方的尊重和尊敬。遇事见胸怀，这是一定定律，但需要勇气，表现得虚怀若谷，用空杯心态汲取别人的智慧，提升自己。

*** *** *** *** ***

【让你温暖】

每逢年底，一年就要和我们擦肩而过，告别这一年，评估自己是得到多，还是失去多？留不住匆匆岁月，挽不回逝去的时光。人这一生，总是跌宕起伏，或许得失参半，但是不管道路有多坎坷，我们走过了就有成长。爱你的人给你鼓励，让你温暖；伤你的人让你痛苦，但能够使你历练，触及思想灵魂。时光虽然减少一年，但却会让你成熟一年。人生前行的意义，无须奢求一切都尽人意，努力走好脚下的路，每一步都是人生的风景，只要活好当下，每天都是你生命的收获。

*** *** *** *** ***

【心中有爱，就有阳光】

一个人生活过得好坏，没有一定的标准，最好的生活，也许是没有烦恼、没有忧愁，始终生活很快乐。这是每个人的追求目标，可是这个世界并不是你想要就能拥有的，不管怎样都要靠自己去努力争取。只有你努力争取了，你才能获得幸福的生活。但是，一个人最好的生活状态是要心中有爱，没有爱的生活就像一片荒漠，其实爱别人就是爱自己，赠人玫瑰，手留余香。因为心中有爱的人，不管在什么时候，其态度都是积极的，是正向的，是正能量的。无论在遇到什么样的情况下，心里都是充满爱，充满阳光，用心中的爱去面对，将心中的爱转化为力量去解决问题。爱，充满无穷的魅力，你对别人有多少爱，别人会还你多少温暖，当你用爱去面对这个世界的时候，这个世界也会给你更多的温暖。心中有爱，万物都会拥抱你。

*** *** *** *** ***

【人情的收益率】

人与人的思想不同，方向也不同，是因为所站的位置不同，处的角度不同，干的工作不同，所担的责任不同，因此，三观也就不同。但是，人心是交换的，多一分理解，多一分包容，既增进了感情，又促进了工作的协调。这个世界还是有感情的，而相互回应的感情，更能持久；彼此真诚的心灵，才能相处。不辜负一颗心，人心就会暖；不亏待一份情，朋友就会纯。所以，人心是互补的，也是有感触的，你不计较别人，别人就会感恩你的宽容；你不取笑别人的缺陷，别人就会感激你的尊重。是故，要想人爱己，必须先爱人，只有时刻存有成人之美的心思，才能为自己多储存些人情债权，或许收益率还挺高。所以，助人便是助己，敬人亦是敬己。懂得换位思考的人，永远不会吃亏，而且会受人尊重，受人善待，终将得到全社会的认可。

*** *** *** *** ***

【收获成功的重量】

时代进步越快，似乎人们越是浮躁，急着成功，急着挣钱，急着出人头地。而真正有所成就的人，往往是那些能在关键时刻静下心来的人，耐心读一些书、耐心磨炼一项技能、耐心思考一个问题的人。真正的努力，不是靠装出来的，在人生历程的河流里，没有人凭运气能浮出水面。成就也是需要一定的时间的，好比一棵大树，种下树苗是不可能立即长成大树的。它也是由岁月刻画着年轮，一圈圈地往外长。并且越向往高处的阳光，树根就越要伸向黑暗的地底。因为，根基是植物的生存支撑。《左传》有云："慎始而敬终，终以不困。"这个世界，没有一个浮躁者能修成正果，只有谨慎对待开始，认真地考虑结局，才不会陷入困顿。这个社会还是公平的，时间对人也是平等的，但时间在每个人手里的价值却是不同的。辛苦过，才能收获成功的重量；付出过，才能得到成长的喜悦。

【心态决定一切】

生活不简单,尽量简单过。好的生活,其实都是在忙忙碌碌中度过,在柴米油盐酱醋茶中生香。好的人生,其实都是在苦难中寻求快乐,在五味杂陈中寻找温暖。即使遇到困难,也可以逆向思维,反思自己,走出困境。生活从来都不简单,但我们只要摆正位置,该奋斗的时候努力奋斗,该享受的时候尽情享受。不要期待太多,再好的关系,也不要高估自己在别人心中的地位,与其把希望寄托在别人身上,不如静下心来沉淀自己,开发自己。这个世界,没有一个人是完美的,因此,能快乐相处就好,不要苛求,去繁就简,生活自然就轻松自如了。心态好了,生活也就顺畅了。心态可以决定一切,一个人心态平和,其思维也就超前,能够想人所想,也会让自己的人生之路越走越宽广。

*** *** *** *** ***

【大气者的忍让】

生活中,人与人的区别还是很大的,有人谦虚,有人骄傲。然谦虚者反而会表现出大气、忍让,不轻易拿自己的涵养挑战别人的浅薄,表现出金钱名利浮云过,我心自有明月在的气概。其实大气是一种财富,谁也拿不走,爆发出来让别人叹为观止,隐蔽起来让自己从容独立。可见大气是一个人的气质和气度,是内心世界的一种外观表现,是综合素质的一种无形力量。然而,大气并不是与生俱来的，而是经历生活的多重苦难和磨砺培养出来的浩然正气，是一个人对社会、对朋友以及对生活所持有的一种态度的自然表现，想装是装不出来的。它总是能高屋建瓴地看问题，让人感觉厚重，让人觉得是值得尊重而不是敬畏，站在一定的高度而又从不让人觉得你有多高，总是沉淀自己，放眼世界。有海到天边天做岸，山登绝顶我为峰的气势，站得更高，看得更远！

*** *** *** *** ***

【成功从利他开始】

这个世界不是零和游戏，不是你争我夺，而是共创双赢。其实极致的利他就是最好的利己。一个利他主义者看到的是长期利益，愿意在过程中帮助他人，为人提供价值，但最终当然也会回馈自己。所以，一个高情商的人善于利他，而情商低的人所考虑的只是自己的利益。是故，情商的高低，就是源于利他和利己的两种思维的博弈。于是，凡走上坡路的人，总是有利他的顶级思维，而不幸的人或许有不同的选择，但结果总是越陷越深。一个人能够取得多大成就，除了自身的努力和进取之外，就是从利他开始。从表面上看经历了多少困难，殊不知遇到的困难越大，其成就往往也就越大。只要不甘失败，跌倒了爬起来，坚强地重新拼搏，就会发现利他后的结果——成功，原来是人生的一种观念。

*** *** *** *** ***

【备份与备胎】

生活是一个天平，当你每拥有一个东西时，就要考虑为拥有它而付出代价。一个人只能享受和他相匹配的东西。真正的高手都明白这个道理，得到一件东西的最好方式，就是通过自己的正确努力，让自己配得上它。一个人一辈子需要吃的苦，既不会凭空消失，也不会无故产生。你越是选择现在逃避，越不得不在未来牺牲更大代价对付它。这个世界始终以它微妙而又独特的方式维持自己的平衡。当一个人见识不足的时候，就会过度担心事物的变化，没有安全感。这就是没有底气的表现，把问题想得太多，而书读得太少。一个真正的高手都是见微知著，洞幽察微，防患于未然。为什么一个程序员编程的时候，都会留有备份，意在防止硬盘故障，代码丢失，未雨而绸缪。可怕的不是突然的变故，而是遭遇变故之后，连选择的余地都没有了。因此，给自己多一份备份，也是给人生多一种可能。

*** *** *** *** ***

【元认知】

为什么那些优秀的人，都能够及时解决复杂的问题？这和天赋、机遇没有太大的关系，是一种知行合一的能力和具有元认知知识能力。如果你认真在一个领域里投入十年，你基本上就能达到一个很高的高度。成熟是一个从1到100的过程，由于人们的元认知深度参差不齐，无形中就拉开了差距。人越成熟就会越懂得这个世界永远不会简单到非黑即白两种选择，所以，拥有元认知知识的人，就会洞悉还有灰色的，于是，就会在黑白之间寻求平衡。当我们遇到复杂问题时，总会思绪万千，就是找不到解决思路，这往往是因为我们只停留在问题的表面上，没有通过元认知思维往广度、深度去思考问题。如果你有了元认知知识的练习，遇到问题做出模型，更高、更宽，更广的思维任其有多复杂的问题也就简单化了。

*** *** *** *** ***

【最值得敬佩的两种人】

人人都希望自己有好运气，殊不知好运气是由许多条件构成的，比如健康的身体和心理；博大精深的胸怀为你开路；端正的三观让人仰望；良好的修养，使你没有脾气；和善的面孔，让人看了舒服；出言谨慎，行为检点，努力创造被爱的条件，懂得惜福与造福；处理好社会关系，投资真诚的感情，你好，我好，大家好。人生有如一个容器，装的快乐多了，烦恼就少了；装的邪恶念头少了，好的运气就多了。好与不好的分子总是在这个容器里争容量、夺位置，看你怎样去统治。这个世界，最值得敬佩的就这两种人：年轻时能够陪伴男人过苦日子的女人；富裕了依然陪伴女人过好日子的男人。这年头最怕的是身在福中不知福；有命挣钱没命花。总想着等待明天的运气，可往往意外却比明天先来了。

*** *** *** *** ***

【学习】

一个人若不懂得为人处世的艺术，哪怕是学历高，能力强也没有用，可能到时候会变得孤立无援。须知成就上级从而成就自己。当然，好人也不是指长袖善舞、八面玲珑，而是一定要有责任感，会担当，不做损害他人和团队的事情。这个社会，人品的概念越来越被人们所认可，但是，一个人的人品是需要通过与人接触或共事后看出来的，是一个长期积累的过程。作为个人，把自己的行为和人品结合起来，把用心塑造自己的品牌作为一项重要、永恒、持久的任务来做。把事情做好是基本原则，把人做好是思想指导。学历只代表过去，学习力才代表未来。决定一个人厉害与否，也并不是完全由学历和能力可以决定的，而是你内在的信念，全社会的认可。

***　***　***　***　***

【地球是平的还是圆的】

这个世界是公平的，但人与人之间的差距却很大。读《拿破仑传》有云："人与人之间只有很小的差距，但是这种很小的差距，却造成了巨大的差异。"这个世界每个人的起点都是差不多的，但成长过程中的一个习惯、一个选择却能成为拉大差距的契机。人生路上，我们需要不断前行。自弃者扶不起；自强者打不倒。总是有人喜欢坐井观天，说地球是平的。于是，科学家只有把宇航员在太空拍的照片给他看，没想到他还会继续得意地反驳："照片上明明就是平的。"生活中，越是浅薄无知的人，对这个世界了解得越少，所相信的东西也就越来越绝对，偏激的声音就越响亮。因为自负的人根本没有听过与之相对的观点科学，也就没有能力去思考，因此，差距也就越拉越大了。井底之蛙，焉知世界之大。而真正有智慧的人其实也并不知道自己与人有差距，只是具有虚心学习，积极向上，探索新世界的思想。心中有丘壑，知理不争论。懂得与其费力与人争输赢，不如腾出时间去富养自己的灵魂。所以，一个人若看不到自己的方向，不妨趁早从迷茫黯然中走出来，判断地球是平的还是圆的。

【成功的形象】

大多数不成功的人之所以失败可能是因为他们首先看起来就不像一个成功者。再者，他们看起来就不想成功，或者不知道什么是成功，再或者当成功的机会来临时，也不知道怎样去把握。当然，我们不能以自己的思维帮别人看像，但我们自己看起来一定要像。这个世界已经到了以貌取人的时候，若再不注重形象，不

修饰言行举止，再没有自信心就真的永远都别想成功了。一个人的旷达形象是事业成功的重要支撑；高雅的举止是为你事业的成功助力。否则，会给你造成破坏性的负面影响。一个成功的形象，展示给人的应该是自信、豁达、能力和正能量。它不仅反映在人前的视觉效果上，也是一种外在吸引资本的力量。你期待别人怎么对待你，而你就要以怎样的形象展示在人前。

*** *** *** *** ***

【好男人的标准】

好男人的基本标准应该是：不一定要挣大钱，但一定要懂养家；不一定多浪漫，但一定要负责任；不一定要事事听父母的，父母与子女已经隔了一代人的思想，父母的思维不一定能跟上时代的步伐，在理念和思想上可以不接受，但一定要尊重，因为我们是父母生命的延续，所以，不可违背孝心；不一定做到胸怀天下，但至少要有自己的信念和宽容。一个人未来不管有多遥远，家——是你的根据地，一半是付出，另一半一定是收获。无论怎样，都必须认真地面对。大千世界，芸芸众生，每一个人都有一个属于自己的家，做对了，梦想也就会随之实现，幸福也就伴随在你身边。

*** *** *** *** ***

【省钱与赚钱】

致富的手段无非有两个:一曰赚钱;二曰省钱。前者属于常识,而后者却值得探索。在理财的理论上,省钱是节约的一种方式,也是一种重要理财手段,对于积累财富是有一定作用的。但是,世界上没有靠省钱成为亿万富翁的,因为省钱的作用和能量毕竟有限,与其花心思去琢磨如何省钱,还不如用功研究如何拓展自己的赚钱方式和渠道。一旦有了机会,比省钱致富的速度会更快。然而,这两种思维却反映了一个问题——格局。一位年薪百万的人看中了你有潜质,找你合作,你犹豫了半天没有答应,去咨询一个月薪3000元的朋友,他告诉你不靠谱,有风险,于是你就听了朋友的话,失去了合作的机会。当然,不去思考问题的人,也不会思考自己的人生怎样进步,只能守旧,等待着天上掉馅饼。须知赚钱的思维和省钱的思维会决定你人生的距离。我们都生活在三次元里,是否具有灵活而高度的思维,是赚大钱与赚小钱的最主要区别。思维决定一个人的格局,也衡量一个人的发展方向。

*** *** *** *** ***

【平台】

平台是你的工作环境,于是就产生了领导与被领导的关系,此时,在这关系的背后就形成了一种契约,俗称组织纪律和原则性。一个人要对平台心存感恩,要搞清楚自己和平台的关系,才能懂得平台的重要性。平台是一个人生存和发展的基础，是实现你人生价值的舞台，是你健康成长的土壤，得以施展才华的机会和空间。因此，须知成功的第一步就是要心存感恩，对自己的现状要有感激之心，对别人要怀有敬意和感恩之情。当领袖的责任之一便是随时说声谢谢。所以，千万不要以为工作平淡乏味，当你满怀感恩之心去做时，你就会产生出热情和激情，发挥你的亲和力和影响力。感恩将为你开启一扇神奇的力量之门，有助于你发掘无穷的潜力，做到了，成功也就离你不远了。

*** *** *** *** ***

【让不同的立场有相同的目标】

这个世界人和人之间最重要的是需要领悟：尊重是相互的、感情是互换的、相处是对等的、交往是真诚的。这不是理论上的，而是生活的实践真理。遇事能够换位思考，把自己站到对方的立场上看问题，会立显自己的不足和误解，可以省略许多麻烦。这世上毕竟是聪明人多，唯有把自己想得比别人笨些，或许做出来的事情比别人更好。古人云："己所不欲，勿施于人。"换位思考可以让不同的立场有相同的目标；把彼此的距离拉近；能迅速感知对方的冷暖，互相搀扶，相互搭台而不是拆台。让人有路可走，自己才能进退自如。是故，人生要知分寸，懂换位，保持精神的健康，才能高瞻远瞩，成功的可能性就更高些。

*** *** *** *** ***

【衡量】

人生百态，各有千秋。人生如戏，戏如人生。回顾每年春晚，都少不了小品节目，于是乎什么角色都缺少不了，但上场后角色的优劣立分，甚至演成了蹩脚的喜剧。可观众仍在继续看下去，这种现象就产生了一种哲理——不要以自己的标准去衡量别人；也不能拿别人的标准来衡量自己。看别人低，你有嘲讽之意，看别人高，你会折磨自己。须知这个世界并没有多少无聊的人，只要不伤及你的尊严，你仍然可以表现出一颗平常心，那是一种不失矜持的人生态度。命，可以卖钱；但钱，却不能买命。真正厉害的人，习惯于默默耕耘，静待花开。所以，我们要格外地珍惜自己，用最美的心情迎接每一天。活好当下，活出精彩人生。

***　***　***　***　***

【阳光生活】

日常生活中为什么有时觉得心力交瘁，很累，一半源于生存的压力，另一半则源于进取的攀比。其实人生奔波时的温度有如喝水，无论是冷还是热，只有适合自己的温度才是最好的。生活没有完美的，所经历的曲折也是风景，适合别人的未必能够适合自己，活好当下，活出精彩，才是自己的真正幸福。当你的内心强大了，眼界开了，格局大了，所有的磨难都将不再是磨难，反而是有助于你成长的阶梯。忆往昔苏东坡如此落魄，却还潇洒自在，内心丰盈，灵魂也会自带香气——腹有诗书气自华。人生到了这样的境界，就会有如水一样的清洁品质，能够包容，滋养万物，不会处处争先，容人者人容，绝不把自己生活的另一半消耗在争夺攀比上，而是外在包容，内在格局上。我们常说简单生活，简单者即透着静好的意思，是清水洗涤之后的纯净，微风轻拂之后的淡然，是随遇而安的人生境界。人这一辈子，以生活去丰富人生，用人生去创造生活，不管怎样活，最终都会是属于自己的独特风景。唯有阳光，生活才能明朗，万物才皆有可期。

*** *** *** *** ***

【用人和感人】

人之一生心量有多大，则成就就有多大。你的心若斤斤计较，处处都有怨言；心若止水，时时都有阳光。生活中，每个人都是塑造自己的工程师，都在进修涵养。想把自己打造成怎样的人，全在于自己的规划。有同情心才能利人；有体谅心才能容人；有信任心才能用人；有责任心才能感人。如此利人、容人、用人和感人，则你的人脉资源越来越广，号召力也就越来越大。不虚伪、不做作，以真诚之心待人，以恻隐之心爱人。无论你喜欢不喜欢，都要学会面对，生活中遇到所有的人和事，都不是以我们的意志为转移。唯有沟通、妥协，或许还能争取到更多、更大的机会。于是我们能做的就只有面对、接受、放下，调整好自己的内心，用善念和爱心对待生活，感动人生。

*** *** *** *** ***

【规矩的坚守和修养的结果】

生活中有很多不成文的规矩，四季轮回，物种演化，这是自然法则，习惯了也就成为规矩，不可违背。懂规矩而遵循规矩，反映出一个人的素质和修养。然而修养恰恰能决定一个人的生命层次，昔日刘少奇特别著书《论共产党员的修养》，给共产党人指点迷津。但是，良好的修养从来不是一蹴而就的，它是从一个人的文化积淀和习惯中形成的。境界给人以光明的前景和希望，而底线却是人赖以生存的基本保障。一个人如果没了底线，就会什么都干；一个社会若没有了底线，就什么都会发生。守住规矩底线，不仅在于做了多少事，更在于明白哪些事不能做。不过生活中，不守规矩的人确实在短期内很快获得利益，但是从他不守规矩的那一刻开始就注定日后要付出惨痛的代价。这就是规矩坚守与否的区别，修养的结果。

***　***　***　***　***

【目标和学习力】

生活中，没目标的人睡不醒，有目标的人睡不着，可见努力奋斗离不开目标。有目标的人，天生执行力强，因为一个目标接着一个目标，必须要自己积极主动去执行，如此往复循环，还能呼呼大睡吗？且有目标的人总有结果导向思维：把事情做完，只是平庸；把事情做好，才是优秀；能够把事情做好又做精，才叫卓越。这个社会是金字塔的结构，人人都想往上爬，但很难。其实人的智商都是差不多的，人家当领导，而你却被领导，这是机制、机遇、胸怀、环境的差别。优秀的品格是领导者发挥领导力的根基，具有真诚和利他的两个重要维度。真诚让人觉得你值得信赖；利他则可以让你领导团队左右逢源，凝聚人心。当领导的有目标，当属下也有目标，只是程度不同而已。但是两者都离不开一个重要因素——主动学习。在这个知识爆炸的时代，如果不主动学习，就跟不上社会发展的步伐。这个世界是属于学习力强的人的，不学无术就不能与时俱进。衡量一个人是否优秀，不仅仅是看其前面的成绩，还要看他以后的学习力。

***　***　***　***　***

【对老师也要有底线】

世人常有去大佛殿求签者，希图平安，其实求与不求大致分为四种签：上上签，损己利人；上中签，利人利己；下中签，损人利己；下下签，损人不利己。损己利人的是圣人，甚少；利人利己的是贤人，不多；损人利己的是小人，是有；损人不利己的是蠢人，真有。但是，无论做什么样的人，少不了一个原则——底线。做人的最大底线应当是不损人又利己，无论是生活、工作和学习都应如此。比如“亲美”，这是个中性词，没有褒义也没有贬义，只是一种个人态度而已。美国的军事、科技世界领先，是值得我们深入交流与学习的，否则，中国为什么在美国的留学生具有38.25万人（据2021年统计，比2019年少约9万人）。从某种意义来讲，我们是以美国为师，但同时我们也在保持着自己的底线。生活中，尊重老师，但不可以盲从。亲不亲是一种个人感情，但不能没有底线，我们只取自己所值得学习的即可。所以，人与人之间的感情也是需要有底线的，看其分别，守住边界。在公平竞争的基础上，你敬我一尺，我敬你一丈。朋友来了有美酒，敌人来了有猎枪，勿谓言之不预也！

*** *** *** *** ***

【潇洒走一回】

这是个快节奏的社会，岁月的风霜，一路的风尘，逝去的情缘，总会让我们有些流连忘返。繁华三千，没多少人能看淡得失，得到时欣喜若狂；失去时萎靡不振。因此，在喧嚣的尘世中，唯有人皆喧嚣我独静，才能看得到自己的内心世界，让自己平息下来，让岁月沉淀，让心性沉稳，越来越坦然。当年屈原已是暮年仍然心在求索——“路漫漫其修远兮，吾将上下而求索！”把曾经的浮躁轻狂调整为一片静寂，视世俗一切皆为人生常态。从此喜怒哀乐不形于色，独自消化着自己内心俱往矣的悲喜，把自己重新打造成安静的模板，隐忍而不放松，克制而不压抑，知人善任，坦坦荡荡。月圆月缺，皆在于一颗安然的心，心安则身境自在。恪守自己的一份清浅时光，浅喜深爱，让花开花落也成为自己眼中的自然，潇洒走一回。

*** *** *** *** ***

【底线的意义】

人，没有了底线，其实是很幼稚的。因为没有了底线，也就没有了约束，也容易释放自我，并不去思考这碗鸡汤是否有毒，只认知鸡汤自身的味道。然而底线从来不是某种规矩，是在于个人的理解，是一种自我保护的科学行为。可在初入社会的人看来，有些底线的确并不符合现实要求，甚至于一次次被践踏。但当事情发生在某种特定环境的时候，就会慢慢发现不是被践踏，而是需要重新学会适应这个社会的许多规则。这种规则有如游戏一样，大到社会风气，小到办公室的舆论环境。之所以幼稚，是因为没有理解底线的真实意义，于是其行为便也随性而肆无忌惮，甚至疯狂。须知一个人的灭亡往往是从幼稚和疯狂开始，然后把自己逼向绝路，可悲到无助而痛苦不堪的结局。

*** *** *** *** ***

【精神长相与颜值】

这个世界为何要唯颜值论，其实人之长相是要分体貌和心灵特征的。五官之美如花开艳阳，直接；而精神之美似暗香浮动，需依托，靠修养方可呈现。颜值虽美，但掩盖不了本色；气质可以塑造，但脱离不了本性。父母对子女好，那是天性；而子女对父母好不好，那是人性，没有标准。所以，唯有精神长相，那是一种看不到的能力，然而往往这个能力恰恰可以决定一个人的精神力量，助你前行。但世事沧桑，经历了漫长的跋涉，你的形象里就会留下你走过的路、读过的书、爱过的人、历过的事、哭过的泪和洒下的汗水。科学的认知让一个人的性格写在唇边，幸福露在眼角。站姿能看出一个人的才华和气度，步态表现出你的自我认知。表情反映近来心境，眉宇间流露过往岁月。衣着显审美，发型表个性。虽然一系列的观点似是绝对化，但不无道理。所有的惊艳，不可能一蹴而就，而是长久的准备。人的一张脸，无论男女，其实就是一张人生履历表，也是一个人最标准的名片。你内在的素质、修养决定了你外在的形象反映和风貌表现。古人云："君子如玉。"一个能让别人舒服的人就如一块温润的美玉。可见一个人的真正资本，绝对不是颜值，也不是金钱或学问，而是潜在的，不会随着岁月变迁而消失的精神长相。

【格局越大，结局越好】

时代不同了，要说20世纪到处都是金子，那么，这个时代到处都是人精。然而，不管怎样人精，却都是需要格局来支撑。顾名思义，格者格调也！反映一个人的风度和仪态；局者局势也！决定某件事的发展方向。然而格局本身代表一个人的高度，直接影响一个人的命运。格局越大的人总是表现得越大气，从不计较个人一时之得失，总是抱着团结、互助的态度支持人搭台；而格局小的人总是唯恐天下不乱，思考着怎样拆别人的台。然而，在现实生活中，一个人的好运和成就往往从大格局开始。格局是修炼自己的一个平台，与别人关系不大，就看你怎样营造。你的格局越大，你就会越来越从容；会越来越心宽，越来越自信。因此，格局大的人自然表现得很谦卑，有内涵；懂包容，有责任心。一个人格局越大，结局也就一定越好。

***　***　***　***　***

【外圆内方】

人生活在这个世界，最重要的是要有为人处世的哲学，不仅要追求做事的成功，更要追求做人的成功。不过事实上做人成功了，做事也就绝对不差了。一个人越是优秀了，就会有更多优秀的人来追随你。所以，会做人比会做事更重要。做人追求的是道的层面，那么做事追求的乃是术的层面，道和术相结合，才能更好地为人和处世。世事洞明皆学问，人情练达即文章。生活中的每一件事，其实都在教导我们如何做人做事，只看你有没有细心感悟。古人云："恶从口出，善由心生。"在现实生活中，语言最能彰显一个人的水平和能力，张嘴说话是本能，把话说好是本事。历史上的"鸿门宴"，本来项羽安排很周密的计划要除掉刘邦，但却被刘邦几句话整成了庆功宴。这就是智慧+口才的能力。说话是一门大学问，也是艺术，高手说话就像古钱币一样——外圆内方。外圆，指处理事情要圆滑，精于实践经验，尊重客观事实，稳重处事；内方则时刻保持初心和本色，有原则、有底线、有尺度、有善心，绝不做违背道德和良心的事。是故，外圆内方是人生立身之本，外圆能保证你在复杂的环境里顺利与人妥善相处；内方则是保证内心不受外界污染，坚守自己的一方净土。

***　***　***　***　***

【气度】

一个人能力的高低，就是你内心是否有强大的底气，然而这种底气却是你平素努力学习、努力奋斗，渐渐累积而成的。很多时候指望依赖别人的力量，对于有心要做强者的人，虽然看似一碗鸡汤，可以帮你补充营养，但明天就是清汤寡水了。为什么黄山风景区有一株雪松孤独地生长在悬崖上，即便经受着风雨摧残，却也照样活成了挺拔高贵的样子，文人墨客及游人捧为迎客松？因此，当你的能力足以撑得起你的野心的时候，那么，这个世界任何角落的大门，都时刻在为你而敞开，你就可以表现出你的大气：万丈红尘三杯酒，千秋大业一壶茶的气度。

*** *** *** *** ***

【验证人生】

读万卷书，行万里路，人生除了行路，应当还有交友。广览群书，可以获得大量的知识，进一步懂得世界之大，是拓展知识边界的保证；交友交流，可以得到以人为镜的反映，从中看到自己的不足，不断提升自己。读书和交友虽然不成正比，但可以补充人生营养，更深地洞察人世间的平凡和伟大，崇高和渺小。这个世界，人之禀性总是存在着一种虚渺的想法，认为有比自己差的人，或有与自己差不多的人，同时又存在着比自己强大的人。因此，一个人在自己的范围里或许可以吹嘘自己有多牛，但这是完全空虚而抽象的表现，而且是危险的存在。多读书是为了自己顿悟，少犯错；交友是为了汲取诤言，镜鉴自己的不足。如此，则可以精进自己，树立正确的世界观，争取提升和突破，验证人生。

*** *** *** *** ***

【逻辑思维与自然规律】

这个世界，天外有天，人上有人，不要自视清高，权力是暂时的，金钱是身外的，只有身体是自己的。所以，谦卑是一种态度，更是一种修养，摆正自己的位置，做人才能踏实和持久。不管你有多优秀,也是要全社会认可才算。撒播美丽,才能收获幸福,在自己审视美丽的同时更要让别人欣赏美。要学会尊重人,切勿损害他人人格,免得快乐一时,伤害一生。须知生命的整体是相互依存的,只有利他了才可以换来你更多的生存资源。世界上每一样东西都要依赖其他另一样东西,这是自然规律,否则,就不符合逻辑思维了。所以,不能自命不凡,要感恩大自然的福佑,感恩你身边的人,思想—行为—习惯,造就一个人。

【过去的伤痕不是绊脚石,而是勋章】

这个世界,众生百相,每个人似乎都在命运的推动下被逼前行,没有人自甘落后,大都在四季更迭、时光轮转后寻找更好的出路。人到中年,可以不诉沧桑,不露锋芒,但也不减锐气和幽默。不怕成功太晚,只怕努力太迟。我们不能只图世俗在一时带来的短暂快感,应当更需修炼与生活交手时的达观。一个人想要赢得别人的尊重,不是靠年龄的叠加,

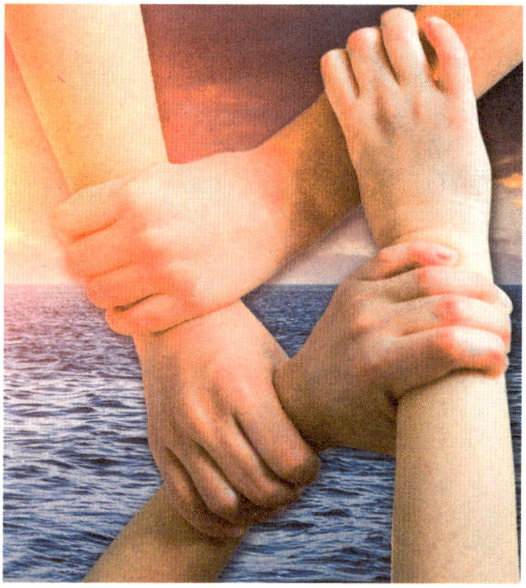

而是靠智慧的积累。当你逐渐变得优秀了，那么，你过去的伤痕，就不再是你人生的绊脚石，而是你未来人生路上最闪亮的勋章。是顺从命运的推动随波逐流，还是用伤痕来抗争去换一次崛起，皆在于自己的选择，还来得及。

*** *** *** *** ***

【智商与情商的有机结合】

世界似乎进入了唯情商论时代，其实并非如此，殊不知情商也是建筑在智商的基础上的，没有深度的智商，何来完美的情商？其实生活中的困扰，大部分是出在人际关系的沟通上。无论是工作还是生活的纠结、困惑与失落，其根源都在于正确而完美的沟通，其形式表现在与别人的对话、协商、争论和说服层面上，其结果的好坏全在于沟通的质量，而不是过程。可在现实生活中，人们却往往低估了沟通表达的复杂与重要程度，忽略了这项能力的培养。但是，这项能力的培养，恰恰是需要深度的智商指导，并不是情商可以做到的。深度的智商能够带来其他知识所不能有的力量，它是成就你的基石。当然，有了高情商，来配合智商指导，运用四两拨千金的杠杆原理，使某项工作或研究多、快、好、省地进行，突破自己，化解别人的尴尬，既表现了自己，又给别人足够的体面，这是情商与智商的有机结合，并非唯情商论可以做到的。

*** *** *** *** ***

【坚持是一种人生常态】

生活中并非全是玫瑰花，往往边上总会有刺人的荆棘。这个世界，人们都在艰难地活着。生活也并不是永远顺利，我们都在努力奋斗的路上含泪奔跑。没有人关心、帮助你的时候，其实也是考验你的时候，你熬过去了，你的内心也就变强大了；熬不过，只能在痛苦的深渊里挣扎。一个人要想走出世俗的阴影，别无选择，只有靠自己，在迷茫的旋涡中跳出来。这个社会没有人感同深受，只有唯成绩单是问。人生没有彩排，每天都是现场直播，也就没有停止的机会。我们所走的每一步路，所做的每一件事，所遇见的每一个人，都是你在编的角色组合，演好为止，所以要珍惜。人生如逆水行舟，不进则退，唯有坚持，不断进取，才有成功的可能。有时候坚持虽然很累，但是，如果不坚持，那么，往后的生活就更累。所以，坚持是一种人生常态，是一种宿命，坚持总比不坚持好。

*** *** *** *** ***

【时代与大势】

人们都在追求强者，崇拜强者，然而强者和弱者也是一直在互相转换的，并没有永恒的强者，也没有永远的弱者。古人云富不过三代，其实穷也不过三代，这是由新社会改变的现实。改革开放四十多年来，各行各业都有一套内在的利益机制在掌握着人的各种需求和行为。但是，要想看清每个人的行为，需要切割成不同的利益方,用每个人的切身利益推导行为,才能找到强弱的根源。须知强者的起源,首先是成功。现实告诉我们,所有的问题都是人的问题,无论你多么地成功,如果不懂得做人的道理,那么由强转弱也只是时间问题。你十次做事上的成功,也弥补不了一次做人的失败。在把事做好的同时,还要能搞定人而不被人搞,这才是最大的成功。这个世界越来越进步,比拼胆大、比拼努力的时代已经过去了,未来社会乃是知识和智慧的社会,很难有个人的成功了,只有时代和大势。

***　***　***　***　***

【颜值与命运的创造】

在唯颜值论的时代,不得不承认颜值在现实生活中确实占有一定的优势,它可以影响人们对你的第一印象,是一种宝贵的资源。一个人的容貌可以决定后半生的福运;一个人的面相,往往能反映出他的性格、气场、生活和能力。你曾经看过的书,走过的路,见过的人,经历过的事,都已经渗透到你的骨髓里,反映在长相上,成为了你的气质与外在。《红楼梦》里的林黛玉被曹雪芹写成:“两弯似蹙非蹙笼烟眉,一双似喜非喜含情目。”写出了女性的颜值代表;美国前总统林肯招聘白宫职员,也唯颜值是从,那些形象猥琐的坚决不要。然而,随着时间的流逝,一个人的品行往往会刻画在脸上,脸上的表情代表着一个人的情绪,而情绪则反映了一个人的素养。所谓相由心生,当一个人的素养缺失了,相貌则也会随之改变。因此,此时的脸也会透露出你格局的瑕疵，也决定你未来的命运。是故，颜值虽然可贵，但也不是绝对值得迷信的，因为面相的改变掌握在自己的手里；命运的创造也可以由自己做主。

*** *** *** *** ***

【情商的限度】

情商，且是当今社会人们所追求的，然而情商只有高低之分，没有标准可衡。最简单的道理，就是懂得为别人创造台阶，让人很舒服地下来，即使遇到有多喧嚣的场合，只是帮助别人清新空气，绝不参与制造。情商高，总是用莫大的胸怀去包容别人，用别人的智慧撑大自己的格局，站得高，看得远。实践证明有了高的情商，一定会有大的格局。智商决定一个人的才华，而情商则可以决定一个人的命运。一个高情商的人，一定是动、静皆宜的，临危不惧，总会很有策略性地表达内心的感受和想法，但也不仅仅靠说，还靠行动，靠做人的风范，让人信服。在让人信服的后面，逐渐累积，构成了情商。

*** *** *** *** ***

【千里马与伯乐】

凡有卓越成就的人，其成就可能早已注定在个性特征上，并不是偶然发生，只是人们都属于后知后觉而已，不懂得预判和感知。生活中，发现一个人的价值和魅力，乃是伯乐的本事。

可这个世界恰恰是千里马多，而伯乐却少，导致社会进步存在缺陷。在现实生活中，人与人之间的差距并不绝对是颜值和性格，而是骨子里的一种睿智和清晰的表现，是否看到未来的美好和远方的光芒，能否在现在微弱和渺小中预见未来的茁壮成长。差距就在这里。昔日央视主持人王勃就是这样的典型代表。一个人倘若连自己的潜质都看不到，何谈经营和进取？指望伯乐来发现，那成功的概率恐怕几万分之一都不一定有。是故，凡成大事者在骨子里早就具备规划和谋略，但很少展现在面上，给人的感觉就是深邃有加、高深莫测，其实他的成功计划却已经在悄悄地进行了。所以，要想缩短上述差距，唯有创造，从骨子里开始，而不是在表面上，但也可以逆向思维，复盘人生风景，只要你有决心有恒心，酒香不怕巷子深，伯乐自然就会出现在你的酒香里。

*** *** *** *** ***

【做现代版的苏东坡】

“竹杖芒鞋轻胜马，一蓑烟雨任平生。”这是当年苏轼落魄时自己的写照。人总以为自己这一生应当是鲜衣怒马，满腔热血为国家为社会做点什么，但事与愿违，只有写些诗句，写出情怀，不失潇洒和豁达。当然，现在是新时代了，交通工具全是采用飞机、高铁和轿车，鲜衣可以有，但不再是怒马了。尤其人走在变老的路上，只有心宽似海，才能看得到更多美丽的风景。但事实上却都难避免世俗里的焦躁和不安，只有通过岁月的磨砺，越来越学会微笑去面对一切。人生如戏,戏如一盘尚未下完的棋,我愿为卒子,勇往直前,从不后退。勇出一种精神,在圆梦的路上奔跑,从未停过,勇出现代版的苏轼。得到了,高兴;失去了,也不遗憾。人生就是一场修行,修到最后,修出如海洋似的心境。在岁月深处,无论是生死还是聚散,都只是衡量你为国家为社会做了什么,顿悟自己有多少的宽容。自然要比昔日的苏轼更洒脱。

*** *** *** *** ***

【平庸的深渊】

知人者智,自知者明。这是中华文化几千年的发展史,源远流长。这个世界不缺人才,缺的是虚心把自己打造成真正对国家、为社会有用的人才。但现实生活中,往往有眼光长远而没有去拼搏、实践,获得成功的人。这是目光短浅的表现,有如井底之蛙,看不到外面的世界,于是也就无法考量事物整体的难度和变化。长此以往,这种人渐渐地扼杀了自己的目标思维,只看到现状,看不到愿

景，没有方向，只能把自己一步步带向平庸的深渊。因此，生活中，在有宏观调控计划的条件下，应当为自己的目标作出努力，鼓起勇气接受新事物，果断处事，切勿半途而废。乘机建立新的思维方式，并将它培养成习惯，有助于下一个计划的实施，获得更大的成功。

*** *** *** *** ***

【不能用自己的尺子丈量别人的人生步伐】

生活是个万花筒。高度不够的人，所站的位置总在谷底，怎么看周围都是山谷和悬崖，纠结的也都是鸡毛蒜皮；层次高的人，站在山巅，有广阔的视野，看得远，怎么看周围都是好风景。一个人看不惯别人和社会现实的主要原因是自己的格局不够大。所以，人生除了设计自己的格局之外，更重要的是学会尊重别人、尊重社会现实，不要把自己的三观强加于人。殊不知一个人活得潇洒、快乐与否，最忌讳的是用自己的尺子去丈量别人的人生步伐。世界上绝对没有完全相同的两片树叶，所以，每个人都有不同的价值观，但往往习惯于站在自己的角度和立场看问题，如此就要碰撞出不同的观点，因此，我们要改变的就是怎么去尊重这个“不同”，就需要你的格局和胸襟，即允许别人与你不同，让你海纳百川，内心也就有了平和，会先尊重别人再尊重自己。

*** *** *** *** ***

【家庭文化】

一个家庭的组合乃是社会的细胞：由父母、兄弟、姐妹、子女组成，世代相传，缺一不可。家庭成员的矛盾，容易引发混乱，是家族发展的大忌，而家庭的不和谐，使其作为社会的细胞也无法健康生长，对社会带来负面影响。家庭不和谐主要有两方面的原因，一是内部；二是外部。这个社会总是不缺八怪，所以，做人要有自己的立场和底线，不听信谗言，使各个细胞获得健康成长。时代在进步，在突飞猛进，我们若不调整思路，不紧跟潮流，还在那里终日处理那些八怪所形成的内耗，实在是一种悲哀。知识不够用，可以多读书，可以从书本里找，何况还有网络。新时代了，不像几千年前只有孔子，世人把他奉为神明；一本《周易》，从五行、天干、地支、太极到八卦的运用，解析它的象、数、理的学说，太复杂了。它也不一定符合新时代的应用。因此，我们要做的是和谐社会，尤先和谐家庭。团结一致，健康发展。

***　***　***　***　***

【人不学不知义】

人生结局早有注定，这是《易经》理论，但现代科学却也无法否认，为什么明明可以做富二代的却变成了败家子；明明是官二代，却成为社会渣子，比平民更可怕。冥冥众生，一切的开始似乎都有意向性的答案。聪明人在奋力改写答案，无知人在听天由命，等待人生答案的出现。可人生结局又似乎是命中注定的，你的生命是父母给的，而你的命运却是要自己亲手打造的。这和农民种瓜得瓜、种豆得豆的道理一样。如是，若要追责，那么人生在16岁前是父母的责任，因为一个人世界观的定性是从儿童时代开始的，所有魅力的塑造，都离不开文化的支撑，所以，看你是一个什么样的家庭文化，来灌输和引导孩子的成长；那么到了16岁以后，进入了转折期，开始考虑的是人生发展方向，设计格局、布局和步局，心有多大，人生舞台就有多大。为20岁以后打基础，此时做父母的已经无法控制你的思想了。这个社会，就像一个金字塔，站在巅峰，可以高瞻远瞩；站在半山，能上能下；站在山脚下，就只有羡慕别人的份。殊不知玉不琢不成器，人不学不知义。你若向往诗和远方，就必须要实实在在地努力奋斗，好高骛远，乃纯粹是痴人说梦！

***　***　***　***　***

【朋友的质量】

人生最大的幸运，不是中奖，也不是捡钱，而是遇人——诤友，他随时可以给你鼓励、指引和帮助。古人说的“物以类聚，人以群分”就是这个道理，然而诤言也要乐意接受才有效果。朋友的质量能够决定你人生的质量——一流的朋友谈的是理想、二流的朋友谈的是事业、三流的朋友谈的是某件事情、四流的朋友喜欢谈是非。一个人的思想决定一个人的行为，接近什么样的人，就会走什么样的路。牌友只会催你打牌，酒友只会催你贪杯误事。而靠谱的人却会感染你如何取得进步，发掘你的潜能。虽然没有直接带给你利益，但是可以开拓你的眼界，激活你的心灵，指导你的方向，给你正能量。

*** *** *** *** ***

【走向巅峰】

生活没有彩排，但每天都要演绎人间的正义和邪恶，克服各种困难，解决所有矛盾，走向真善美。《论语》云："中庸之为德也，其至矣乎。"可见中庸并不是没有原则，人云亦云，而是不偏不倚，保持均衡。要想改变人间邪恶，首先是要做到强国强民，强大了才是实力，强大也是靠实力来支撑的。个人也一样，人生如海，潮起潮落，往往不是败给命运或他人，而是自己。不必怀疑，我们都在走向成熟，走向巅峰，奋起打击邪恶。

*** *** *** *** ***

【情商的妙用】

智商，已经是现代社会人们的共识，一个高智商的人可以在某个领域，获得很高的奖励。但决定人命运的不是智商，而是情商。凡一件成功的事情，智商只占30%，而另外70%是靠情商完成的。智商，一部分是天生的，加上后天的补充；而情商却是在智商的基础上，通过工作与生活的实践，积淀经验，取长补短，充实自己，谦虚谨慎，先看到自己的不足，让别人评价你是否优秀。一个人如果智商很高，却缺乏情商，那么只能独处，要成大事也只是偶然或暂时的。智商体现在独处之时，情商体现在人群之中，是一个人建群的能力，也就是凝聚力和向心力。这个世界，每个人都想活出自我，但是，人类始终是群体动物，皆需在群体之中生存。而一个高情商的人，从来不是天生的，只不过是愿意站在他人的角度，拿出容人之量，始终用善意对待人和事。我们读懂了智商和情商的区别以及它的运用，结论就是凡所有建功立业者既需要智商又需要情商。

***　***　***　***　***

【制度是义务】

在权力面前，道德容易沦丧，唯制度才能使社会平衡发展。昔日思想家管仲云："道之国，行治修制，先民服。"可见用制度来治理国家，从而使民众折服。一个社会、一个人乃是一个国家的缩影，如果缺失制度，完全指望靠道德来约束人的行为，是没有效力的。约束机制的不足会导致权力的腐败，道德的力量终究无法替代制度，只有好的制度才能扼制坏人的发展，使社会平和。况且道德不是义务，只是一种良知，任何人都没有权利要求别人牺牲自我成全他人；唯制度才是义务，是公民就要无条件遵守的规则。因此，人，首先是遵守规则，再来谈道德。相形之下，违背了规则制度的道德是没有任何意义的，若只谈道德不讲规则，社会就变成了虚伪的社会。只有建立起强大而具有约束力的制度，才能使社会的运行和和谐得到保障和稳定，只有建立在制度之上的道德才是好道德。

*** *** *** *** ***

【下里巴人和阳春白雪】

读书为了求知，而知识的储备，不是为了炫耀自己懂得多，是为了让自己说出来的话言之有物，直指核心内容，表达的方式及词汇也简明扼要，使听者舒服。当然，说出来的话只是冰山一角，海面以下乃是长年累月的学识沉淀。懂的，不隐瞒；不懂的，不妄言。清晰的逻辑，能让对话者快速理解你表达的思维方向，使交流的效率倍增。知识丰富了，沉淀多了，你说的话就会更有条理，先表达主干思想，再展开细节描述，一二三摆开，使听者很快领悟，同时也就拉近了距离，让人乐意接受你的主张。值得注意的是在你表达的同时首先要思考对方想要达到什么目的，切勿离题太远，夸夸其谈，更要了解对方的认知范围，采用他能听得懂的词汇，倘若对方只能听懂“下里巴人”，你切勿老唱“阳春白雪”，变成了事倍功半。

*** *** *** *** ***

【脾气的强大与脆弱】

一个人，越没本事，自尊心就越强。这是一个人的修养问题。一个人的脾气好坏和性格有关，是性格决定了一个人的脾气走向? 其实不然,比性格更重要的是能力。谚云:“上等人有本事没脾气;中等人有本事有脾气;下等人没本事大脾气。”因为能力已经包括了修养、智商、情商、水平、胸襟及眼界,一个强能力者单凭能力就能得到自己想要的东西,自然不需要凭借发脾气来壮威达到目的。反之,一个没有能力的人,除了发脾气之外,实在拿不出底气来解决当下遇到的问题,就无法顺利地实现自己的目的,所以,这种人认为发些脾气是为了加强自己要求的力量,也就成了唯一能做到的事情。在现实生活中,我们要认知这种脾气不是强大,而是脆弱,甚至不堪一击。世上没有人靠发脾气做到强大。

*** *** *** *** ***

【好人的要求更严苛】

社会为什么对好人的要求要比对坏人的严苛? 当你被称为一个好人了,那么,你必须做到完美无缺,社会会把所有的道德枷锁戴在你头上,哪天你要是有一点点没做完美,你所有前面的功德都会遭到唾弃。而坏人却不一样,由于前面长期干的都是坏事,只要做出了一件好事,就被大家认为改邪归正,浪子回头而捧得非常高。须知这个世界没有无缘无故的爱,也没有无缘无故的恨。人与人之间最直接最健康最长久的关系,应该就是互相成全,而不是牺牲一方成全另一方。真正爱你的人,一定会先爱自己,经过百般努力让自己成为你喜欢的模样来打动你,而不是打着爱的旗号去要挟你满足自己。生活中,我们总以为人的自由度越高,社会也就越公平,其实不然,当人的素养还没有到达一定阶级,还没学会自律的时候,就会被背后各种利益奴役或操控,于是便失去约束,酿成灾难。所以,做好人难,是暂时的,只要有底线,坚持原则,社会自有评论,总比做坏人光明正大。